Mischa Martini

Akte Mosel

Akte Mosel

1. Auflage: September 1999
2. Auflage: November 1999

Internet: www.weyand.de, e-mail: info@weyand.de

Umschlaggestaltung: Bob, Trier
Satz: Verlag Michael Weyand, Trier
Druck und Bindearbeiten: Clausen & Bosse, Leck
ISBN 3-924631-90-5

Der Roman wurde angeregt
von realen Fällen.

Personen und Handlung
sind frei erfunden.

Ähnlichkeiten mit
Verhaltensweisen von Menschen
an der Mosel und anderswo
sind zufällig,
vielleicht unvermeidlich.

Wäre nicht das nervende Knattern seines Mofas, könnte er etwas von der Ruhe um ihn spüren. So aber pflügt er mit dem lauten Gefährt durch die sonntagsträgen Dörfer entlang der Mosel. Seit dem Frühschoppen ist er unterwegs. Er ist nicht zuhause zum Mittagessen gewesen. Egal.

Bei Thörnich fährt er den Berg hoch. Die Mittagshitze staut sich hier an den Weinbergshängen. Das Zweirad wird langsamer. Der Fahrtwind ist heiß. Auch in Bekond ist kein Kind auf dem Spielplatz.

Ein Sportflugzeug startet vom Föhrener Flugplatz und fliegt dröhnend über ihn hinweg. Im Dorf biegt er von der Straße auf einen schmalen Weg ab. Der führt über einen Holzsteg. Den kleinen Bach neben dem Geländer sieht er nicht. Der Helm beschränkt die Sicht. Dumpf hört er den Motor im Leerlauf tuckern. Er sieht die Kinder auf dem Spielplatz. Zwei Jungen sind am Klettergerüst. Am Sandkasten kniet ein Mädchen.

Er hält an. Die Kinder beachten ihn nicht. Schweiß läuft ihm über die Brille. Er wischt ihn mit dem Ärmel ab. Der Motor hat nur noch eine niedrige Drehzahl und brummt unregelmäßig. Abgase steigen ihm in die Nase. Das erinnert ihn daran, wie vor langer, langer Zeit das Moped des Mannes gerochen hat, der vielleicht sein Vater war.

Er steigt ab und schiebt das Mofa zu dem Mädchen am Sandkasten. Es wirft Glaskugeln in eine Kuhle. Wieder wischt er den Schweiß von der Brille.

»Dein' Mutti ... schickt mich.«

Das Mädchen dreht sich zu ihm um. Es schaut ihn an. Dann blickt es zum Klettergerüst.

»Dein'... Mutti!« wiederholt er und stellt den Motor ab.

»Die Mama hat Dienst«, sagt es.

»Deshalb komm' ... ich ja«

»Und der Papa?«

»Kann ... net«, er versucht, nach dem Arm des Kindes zu greifen.

Es weicht aus und hopst in den Sandkasten.

»Los ...«, mahnt er.

»Ich hole noch die Kugeln.«

Er dreht sich um. Die Jungen vom Klettergerüst starren herüber.

Er schiebt das Mofa zurück zur Holzbrücke. Das Mädchen folgt. Nebenan liegt neben der leeren Schule ein dicht mit Hecken bewachsenes Grundstück. Da will er hin. Nur allein sein, mit seinem Schatz. Mehr nicht!

Hinter der Brücke schaut er wieder zurück. Die Jungen raufen miteinander. Er greift nach dem Arm des Mädchens, etwas zu fest. Es gibt einen Schmerzenslaut von sich. Kugeln fallen ihm aus der Hand. Es will sich bücken. Er packt fester zu und zieht es weiter.

»Laß' los! Meine Kugeln! Das tut weh!«

Mit der einen Hand schiebt er das Mofa, mit der anderen zieht er das Mädchen, das nun lauter jammert. Schweiß läuft ihm über die Brille. Er kann ihn nicht abwischen. Auf der Straße blickt er sich um.

»Mir sinn ... gleich da«, versucht er, das Kind zu beruhigen.

Das Mädchen weint.

»Is gut, et passiert nix,« er zieht das Mädchen vom Bürgersteig unter niedrigen Bäumen hindurch. Zweige schlagen gegen seinen Helm. Das Mofa läßt er hier zurück. Als sie tiefer ins Gestrüpp gehen, hört er es hinter sich rascheln. Die Jungen kommen gelaufen. Sie rufen etwas. Er läßt das Mädchen los.

Mit den Armen die Äste beiseite stoßend, hastet er zum Mofa zurück, wirft es an und fährt mit Vollgas unter dem Gestrüpp hindurch, ohne sich umzudrehen.

*

Walde steht in der Nachmittagshitze auf dem Bahnsteig und schaut gedankenverloren die Schienen entlang. Er starrt auf das große Plakat gegenüber. Das Porträt der Raucherin verwandelt sich in das der 12-jährigen Nicole. Es ist das erste Bild, das in der Akte eingeklebt ist. Auf diesem ist sie noch am Leben. Es folgen Nahaufnahmen der Partien mit den Einstichstellen der spitzen Tatwaffe. Ob es ein scharf gefeilter Schraubendreher, ein Zimmermannsnagel oder ein Eishacker war, konnte bis heute nicht festgestellt werden. Was damit angerichtet wurde, kann Walde nicht vergessen ...

Der Zug taucht aus der flimmernden Luft auf, noch bevor er zu hören ist. Walde bückt sich und faßt die heißen Griffe der Koffer. Viel zu früh. Die Lok ist noch nicht am Bahnsteig angekommen. Er haßt Abschiede. Als endlich die Waggons quietschend vorbeirollen, streift ein Luftzug seine schwitzende Stirn.

»Werde ich dir fehlen?« Anna steht von der Bank auf und umarmt ihn.

Er steht steif da, die Koffer ein wenig seitwärts vom Körper gestreckt, und wartet darauf, daß sie ihn wieder losläßt.

»Du bist ja noch da«, er zieht die Schultern hoch und geht zu den sich öffnenden Türen. Leute steigen aus. Walde wartet. Als Anna dicht an ihm vorbei die Stufen hinaufsteigt, schaut sie ihm mit dem forschenden Blick in die

Augen, den er auszuhalten gelernt hat. Er quetscht sich in den Gang. Die Abteile sind nur spärlich besetzt, dennoch geht Anna bis zum nächsten Wagen durch. Waldes Blick folgt ihren Hüftbewegungen.

»Ich glaube, es fängt schon an. Ich vermisse schon deinen Hintern«, flüstert er ihr ins Ohr, als sie die Tür zu einem leeren Abteil aufschiebt.

»Hab' ich mir gedacht, du Chauvi«, sie lächelt ihn an.

Er verstaut die Koffer. Dann bückt er sich zu ihr hinunter und küßt sie. Der Wagen ruckt leicht.

»Es geht gleich los, mach's gut und rufe an, wenn du zuhau ..., wenn du angekommen bist.«

»Hätte ich mich da nicht beworben, wäre ich jetzt arbeitslos«, sagt sie.

»Du warst von den ganzen Sommerferien nur fünf Tage hier.«

»Jetzt aber Hallo! Du hast keinen Tag Urlaub genommen, bist doch sowieso froh, wenn ich weg bin, das merke ich doch, das Monster ruft.«

»Das ist halt mein Job, wir brauchen jetzt nicht wieder davon anzufangen.«

»Und ich muß den Unterricht vorbereiten, das ist mein Job.«

Am Bahnsteig geht Walde zu ihrem Fenster. Seine beträchtliche Körperlänge reicht dennoch nicht aus, um sie zu küssen. Er hält sich mit einer Hand an der Fensterkante fest. Anna legt ihre darauf. Waldes Hand beginnt augenblicklich zu schwitzen. Er beobachtet aus den Augenwinkeln und dann im Spiegelbild der Scheibe eine hübsche Frau in einem kurzen Kleid, die hinter ihm vorbeigeht.

»Kannst du damit nicht wenigstens warten, bis ich abgefahren bin«, zischt Anna.

Walde versucht einen verständnislosen Gesichtsausdruck.

»Ich meine mit der Brautschau ...«

»Ach, du meinst die da«, Walde deutet mit dem Daumen zum Bahnhofsgebäude.

»Dein Blick ist also rein beruflich?«

»Genau: Linkshänderin, hat immer kleinere Freunde, hält sich deshalb schon gewohnheitsmäßig etwas krumm, sie trägt Kontaktlinsen und hatte vor etwa einer Stunde guten Sex, schätze im Cochemer Tunnel, und zwar mit dem da.« Walde deutet mit dem Kopf auf einen kleinen, dicklichen Priester, der mühsam einen Rollkoffer hinter sich herzieht.

Die Waggontüren werden zugeschlagen, und der Pfiff zur Abfahrt ertönt.

Walde nimmt die feuchte Hand vom Fenster.

»Und der Koffer ist voller Aphrodisiaka?« fragt Anna.

»Jetzt riech' ich es auch!« Der Zug rollt an.

»Vergiß' mich nicht zu schnell, Spatz«, ruft sie.

Spatz, wie ätzend, so genannt zu werden, wie phantasielos, soviel er weiß, hießen alle ihre Typen Spatz. Das sollte er ihr jetzt sagen. Heute Abend könnte sie sein Bettzeug nicht in die Diele werfen und die Türen knallen.

»Ruf' an!« Walde geht ein paar Schritte neben dem Zug her.

Im *Volvo* schaltet er die Klimaanlage ein und wechselt die CD. Eben haben sie auf dem Weg hierher noch *Do it again* von *STEELY DAN* gehört. Das war einmal *ihr* Titel.

An St. Maximin vorbei ist die Straße frei. Er beschleunigt den Wagen. Rechts rauscht ein Graffito vorbei. Die Strichmännchen scheinen sich beim Vorbeifahren zu bewegen – und *SEAL* singt dazu *Crazy*. In Höhe des Arbeitsamtes kommt die Stelle mit der irren Trommelsequenz, bei der Walde auch diesmal die Lautstärke hochdreht. Soweit der Straßenverkehr es zuläßt, kann er sich in der Musik verlieren. Alles andere ausblenden kann er ebenfalls, wenn er tief in einem Fall steckt und in unendlichen Datenmengen einem entscheidenden Hinweis nachspürt ... und früher manchmal auch mit Anna.

Der *Volvo* rollt durch ein Industriegebiet im Norden der Stadt. Golden färben die letzten Strahlen der Sonne eine verglaste Front. Dahinter liegen ehemalige Kasernen und ein kleiner Park.

Walde stellt den Wagen am Eingang des Parks nahe am Spielplatz ab. Am ehemaligen Bootsverleihhäuschen am See blickt er sich um, wie erwartet, ist um diese Zeit kein Kind mehr im Park. Auf der Wiese neben dem Wasser sitzen in Gruppen Leute zusammen. Wahrscheinlich sind es Bewohner der Kasernen, die als Aufnahmelager für Asylsuchende und Aussiedler umfunktioniert wurden.

Von einem Mann mit Mofa keine Spur. Es ist nicht die richtige Tageszeit für ihn. Die Objekte seiner Begierde sind nicht mehr unterwegs. Wahrscheinlich sitzt er im Moment zu Hause vor der Glotze und zieht sich Pädophilenpornos rein. Walde erkundigt sich per Telefon im Präsidium. Nichts von Belang ist gemeldet. Seine Unruhe bleibt.

In der Dämmerung fährt er über die Autobahn nach Pfalzel. Marie hat Geburtstag. Nichts Rundes, irgendwas knapp über die 35. Vor dem Haus ist die Straße eng und kein Parkplatz zu finden. Als er zu Fuß vom Einparken zurückkommt, hört er aus dem Garten Stimmengewirr und Gelächter. An der Hauswand spiegelt sich schwacher Feuerschein. Die beiden Flügel des hölzernen Gartentors in der mehr als mannshohen Mauer stehen offen. Walde geht gebückt hindurch. Drinnen flackern ringsum Öllampen und Windlichter. Am Himmel sind die ersten Sterne zu sehen. Walde bleibt stehen, um sich in der Dunkelheit zu orientieren. Vor ihm ist eine Gruppe von Leuten, von denen er niemanden kennt, in ein angeregtes Gespräch vertieft. In der gegenüberliegenden Ecke des Gartens lodert ein mächtiges Feuer. Ein kräftiger Mann steht dahinter und gießt aus einem großen Schöpflöffel etwas auf einen Stein, der über dem Feuer auf einem Gestell liegt. Der Schatten, den er dabei hinter sich an die Gartenmauer wirft, sieht bedrohlich aus. Walde erkennt Jo und geht vorsichtig in Richtung Feuer. Er weicht dabei kleineren und größeren Tümpeln aus. Manche sind kreisrund, andere nierenförmig oder länglich wie ein Schlauch. Gesäumt werden sie von allerhand zumeist nicht mehr als einen halben Meter hohen Figuren. Viele hat Marie selbst modelliert. Manche stecken auf Stäben, andere stehen auf Podesten aus Ziegeln oder liegen auf Kiesrändern und Beeten.

Joachim Ganz verteilt mit einem Holzschaber die zischende Masse auf dem heißen Stein.

»Hallo, Walde, mit dir hab' ich heute nicht mehr gerechnet. Möchtest du eine Crèpe?«

Walde schaut zu einer Gruppe von Frauen, die wenige Meter entfernt an einem Stehtisch lehnen.

»Gell, schöne Beine hat die Doris!« bemerkt Jo, der Waldes Blick gefolgt ist.

»Gibt es auch was zu trinken?« fragt Walde.

Marie kommt herbei, um Walde zu begrüßen. Er überreicht ihr ein kleines Päckchen: »Herzlichen Glückwunsch!«

»Ein Frosch?« Marie faltet das braune Packpapier auseinander. »Oh, eine Katze, eine zusammengerollte, die hat gefehlt. Danke Walde. Hat Jo dir schon was angeboten?«

Walde schüttelt den Kopf.

»Der Herr war von Doris' Beinen abgelenkt«, protestiert Jo. »Soll ich dich ihr vorstellen?«

»Danke, wie weit ist die Crèpe? Gibt es auch was zu trinken?« Walde will Jo vom Thema ablenken. Seine dröhnende Baßstimme ist im gesamten Garten zu vernehmen.

»Hier, trinken wir auf Doris' Beine«, Jo reicht Walde grinsend ein Glas Wein.

Am Stehtisch dreht sich Doris Morgen um und prostet Jo zu. Dabei mustert sie Walde.

»Danke!«, zischt Walde zu Jo, der die Crèpe zusammenfaltet und auf einen Teller legt.

*

»Das hat mir heute noch gefehlt«, seufzt Walde, als er am Nachmittag des folgenden Tages neben der Wasserleiche wenige Meter hinter der Moselstaustufe auf dem Rasen kniet. Er hat sich ein Taschentuch vor die Nase gepreßt. Das grelle Gegenlicht schimmert rötlich durch seine Ohren. Die gepflegte Grasfläche gehört zu einem der Bungalows, die in den sechziger Jahren beim Bau der Staustufe für die Mitarbeiter des Wasserschiffahrtsamtes errichtet wurden. Einer der Bewohner steht hinter den Gardinen und ist unschlüssig, ob er herauskommen und seine Neugierde befriedigen oder sich den Appetit und den ruhigen Schlaf für die nächsten Tage erhalten soll. In dezentem Abstand stehen Leute von den Schiffen, die auf ihren Schleusengang warten.

Walde untersucht kurz den Toten, dessen Haut blaue und grüne Verfärbungen aufweist. Es reicht aus, um grobe Merkmale festzustellen. Der Mann hat wohl schon vor geraumer Zeit sein finales Bad genommen.

»Armer Kerl, finde deinen Frieden«, murmelt Walde. Soviel Achtung hat er verdient, der hier so unwürdig auf der Erde liegt.

»Wer ist es, Harry?« fragt Walde.

»Keine Ahnung, Stefan, er hat keine Papiere – Selbstmord oder Badeunfall«, mutmaßt Harry.

»Und warum sind wir dann hier?«

»Er hat im Nacken eine Verletzung, und der Kollege vom KI 11 dachte, er müßte uns einschalten.«

»Der dort drüben?« Walde deutet augenzwinkernd zu einem Mann in Zivil, der in Hörweite an einem Obstbaum lehnt, an den er sich gerade erbrochen hat.

»Es ist seine erste Wasserleiche.«

Der Mann löst sich vom Baum und kommt ein paar Schritte näher.

Walde geht ihm entgegen. Der Kollege wischt sich den Mund mit einem Taschentuch ab. Seine Gesichtsfarbe unterscheidet sich nicht von der der Wasserleiche.

»Herr Hauptkommissar, bitte entschuldigen Sie, ich hätte Sie nicht gerufen, wenn ...«

»Ist in Ordnung, Herr ...«

»Grabbe, Polizeihauptmeister, Kriminalinspektion 11, seit letzter Woche.«

»Waldemar Bock«, Walde vermeidet einen Händedruck.

»Ich dachte, Sie heißen Stefan?«

»Harry hat einen kleinen Derrick-Tick.« Walde schaut wieder zur Leiche. »Vermutliche Todesursache?«

»Die schwere Kopfverletzung deutet auf Fremdverschulden hin.«

Die umstehenden Gaffer recken die Hälse.

»Es ist nicht der Schädel, sondern der Hals, ich tippe auf Fischfraß, der hat ja nicht erst seit gestern im Wasser gelegen«, mischt sich Harry ein. »Kann sein, daß der Mann sich abkühlen wollte, dann, zack, Herzschlag, vorbei.« Harry klatscht in die Hände, Grabbe zuckt zusammen. »Schätze, es ist der Arbeiter, der bei Wasserliesch vom Moselbagger gefallen ist.«

»Mal sehen, was die Pathologie sagt. Sollte er nicht in der Vermißtenkartei auftauchen, muß die Presse ran«, Walde verscheucht eine dicke Schmeißfliege.

»Für die Zeitung hat er wohl schon ein wenig zu lange in der warmen Brühe gelegen, Stefan, oder wollen Sie sich so ein Bild beim Frühstück ansehen, Herr Grabbe?«

Grabbe würgt und wankt zu dem gequälten Obstbaum zurück.

»Kann er zur Untersuchung?« fagt Harry.

Als Walde nickt, zwinkert Harry und ruft: »Kann mir bitte jemand beim Tragen helfen?«

Die eben noch neugierigen Schiffer verlieren schlagartig das Interesse und haben es plötzlich eilig, zu ihren Kähnen zurückzukehren.

Walde fährt ins Präsidium. Die Luft in seinem Büro ist stickig, er öffnet beide Fenster. Was hereinströmt, hat mit Frischluft wenig zu tun. Die Abgase, die von den Straßen aufsteigen, mischen sich mit der seit Tagen über der Stadt hängenden Dunstglocke.

Immer noch besser als der Scheiß, der hier in der muffigen Luft hängt, denkt Walde. Sein Büro ist von der

Truppe, die kürzlich das gesamte Präsidium auf Belastungen durch PCB und Asbest untersuchte, als deutlich unter dem zulässigen Grenzwert belastet eingestuft worden. Aber warum andere, im Prinzip baugleiche Büros geräumt werden mußten, leuchtet ihm nicht ganz ein. Eine Zeitlang hieß es sogar, das ganze Gebäude müsse abgerissen werden. Dem Stadtbild hätte es bestimmt gutgetan, wenn der achtstöckige Plattenbau verschwunden wäre.

In der Kantine im 7. Stock fragt die Frau an der Kasse: »Na, waren Sie schwimmen?«

Walde zahlt den Kaffee und zwei belegte Brötchen: »Nicht so laut, sonst werden die Kollegen noch neidisch!«

Die Hitze in seinem Dienstwagen auf dem Weg durch den Feierabendverkehr von der Mosel zum Präsidium, das heiße Büro und zuletzt die Treppe hoch zur Kantine haben ihm den Schweiß aus allen Poren getrieben. Seine Haare klatschen am Kopf.

Beim Essen schaut Walde aus dem Fenster. Gleich gegenüber ragen die Ruinen der Kaiserthermen, einer Badeanlage aus den römischen Tagen der Stadt, aus grasbewachsenen Hügeln. Ringsherum quält sich der frühe Feierabendverkehr.

Die Brötchen ziehen sich wie Gummi. Der Salat unter der Wurst hat schlappgemacht. Die Mahlzeiten mit Anna waren schöner ...

In seiner Hosentasche niest das Telefon. Den Ton hat Harry einprogrammiert. Er hört sich fast echt an und hat den Effekt, daß an unpassenden Örtlichkeiten nicht gleich alle Leute auf ihn aufmerksam werden. Die Frau hinter der Theke wünscht grinsend Gesundheit, als Walde sein Handy aus der Tasche fingert.

»Ja? Bock.«

»Wir sind unterwegs zum Spielplatz auf der Kenner Lay. Der Kerl soll ...«, Harry ist durch das Martinshorn schwer zu verstehen. »... ein Mofa fahren.«

»Verstanden, ich komme.« Walde springt auf. Im Fahrstuhl weist er die Zentrale an, alle verfügbaren Streifenwagen Richtung Kenn zu schicken. Alle Mofafahrer, die im Umkreis unterwegs sind, sollen kontrolliert und die Personalien festgehalten werden.

Schaulustige drängen sich vor zwei Streifenwagen, die mit eingeschaltetem Blaulicht die Zufahrt zum Spielplatz in Kenn blockieren. Dahinter stehen ein Zivilfahrzeug und ein Polizeibus, dessen Schiebetür offen steht. Drinnen sitzt Gabi Wagner, Kommissarin der Kriminalinspektion Sexualdelikte, zwei Kindern gegenüber, die immer wieder ängstlich aus dem Fenster auf die Polizisten und die Menge dahinter starren.

Harry und Grabbe stehen mit dem Rücken zum Bus. Eine Frau wird von den Polizisten durchgelassen und drängt sich an den beiden vorbei. Die Kinder springen auf und umarmen sie.

Gabi steigt aus: »Wir fahren jetzt mit der Mutter und den Kindern zum Präsidium.« Sie deutet auf das jüngere Mädchen. »Nina, sie ist sieben, wurde von einem fremden Mann angesprochen. Als die Schwester, sie ist zehn, mit noch zwei Freundinnen dazukam, ist der Kerl mit einem roten Mofa abgehauen. Er trägt eine blaue Jacke und einen grauen Helm. Es könnte der vom Sonntag in Föhren sein.«

»Wer hat uns gerufen?« fragt Walde.

»Die Mädchen wohnen hier gleich neben dem Spielplatz. Sie sind nach dem Föhrener Vorfall von ihren Eltern gewarnt worden und haben sofort reagiert. Ich habe Conny erreicht, die hat zwar Urlaub, ist aber zum Glück nicht verreist. Sie kommt gleich ins Präsidium und hilft bei den Vernehmungen.«

»Was ist mit Spuren auf dem Spielplatz?«

»Der Lehmboden ist hart wie Beton«, sagt Harry. »Der hätte sein Mofa schon durch den Sandkasten steuern müssen ...«

Ein Funkspruch kommt aus dem Wagen: »Tatverdächtiger Mofafahrer zwischen Fastrau und Fell gesehen.«

Harry springt blitzschnell in den Wagen. Als Walde auf den Beifahrersitz plumpst, dröhnt schon das Martinshorn, und die Schaulustigen hasten zur Seite. Harry ist in seinem Element, mit Affenzahn schleudern sie die Serpentinen zur Hauptstraße hinunter, wo sie mit 180 Sachen an einem Einkaufszentrum vorbeirasen. Walde erkundigt sich bei der Zentrale, woher die Meldung stammt. Ein Mitarbeiter der *Wochenpost* soll angerufen haben.

Harry brüllt zu Walde herüber: »Den kenn' ich, der ist vor Jahren bei uns rausgeflogen und arbeitet jetzt als freier Journalist, der hört Tag und Nacht Polizeifunk und grast die Unfälle ab.«

In Fell drosselt Harry die Geschwindigkeit. Kein Mofa ist in Sicht. Am Ortsende teilt sich die Straße. Harry entscheidet sich für die in Richtung Thomm. Wie hätte es anders sein können? Alljährlich wird auf dem kurvenreichen Anstieg ein Bergrennen veranstaltet. Walde läßt ihn gewähren, die Chancen stehen fünfzig zu fünfzig. Gleich hinter dem Ort sieht Walde, wie ein Helm links hinter einem Busch verschwindet. Harry hat es auch bemerkt und biegt auf einen Schotterweg ab. Walde wäre froh, seine Dienstwaffe dabei zu haben, um einen Warnschuß abzugeben. Harry hat seine Waffe immer dabei, aber er steuert den Wagen mit so hoher Geschwindigkeit über den unbefestigten Weg, daß Walde ihn lieber nicht danach fragt. Die Reifen wirbeln blaue Schieferplättchen auf. Walde stemmt die Beine fest unter das Armaturenbrett. Mit der rechten Hand hält er sich am Außenspiegel fest. Der warme Fahrtwind ist staubig. Nur schemenhaft ist das Gefährt vor ihnen zu sehen.

Rechts ist ein Steilhang mit endlosen Schieferhalden. Links fliegen vergitterte Eingänge zu ehemaligen Bergwerken vorbei. Früher wurde in den Stollen Schiefer abgebaut. Die Sonne hat den ganzen Tag gnadenlos gebrannt. Die Hitze wird durch den Boden festgehalten. Jetzt am Spätnachmittag herrschen hier höllische Temperaturen.

Fußgänger, die sich am Wegrand in Sicherheit gebracht haben, verschwinden im aufgewirbelten Staub. Harry steuert nach links einen Stichweg hoch. Das Mofa ist fast eingeholt. Der Fahrer trägt einen grauen Helm. Sein blauer Blouson bläht sich am Rücken. Walde versucht, das kleine Nummernschild zu entziffern. In einer scharfen Rechtskurve umklammert er den Außenspiegel so fest, daß er fürchtet, ihn abzureißen. Der Wagen kommt an einer Böschung zum Stehen. Harry muß zurücksetzen. Mit durchdrehenden Reifen nehmen sie wieder Fahrt auf und sehen, wie der Mofafahrer sich hinter dem Schild *Besucherbergwerk* zwischen Loren und Holzbuden hindurchschlängelt. Der Weg endet dahinter vor einer dicht bewachsenen Anhöhe.

»Das Spiel ist aus«, schreit Harry nach einem waghalsigen Slalom. Noch während der Wagen über den feinen Schiefer schlittert, reißt Walde die Tür auf und sieht, wie das Mofa wenige Meter vor ihm in einem schwarzen Schacht verschwindet.

»Blockier' den Eingang«, ruft Walde und spurtet in den Stollen. Der Kreis der vom Scheinwerfer des Mofas angestrahlten Wände wird immer kleiner. Walde atmet Abgase und Modergeruch. Als das Mofa wenig später hinter einer Biegung verschwindet, schaut Walde zurück. Vom Eingang dringt nur noch spärliches Licht zu ihm. Aus den dunklen Wänden stehen feucht glänzende Zacken hervor. An der Decke führt ein Bündel Kabel entlang. Walde läuft mit eingezogenem Kopf weiter.

Hinter der Biegung ist es stockdunkel. Walde bleibt stehen, es fröstelt ihn. Das Knattern hallt durch den Gang. Weder vor noch hinter ihm ist etwas zu erkennen. Er kramt den Autoschlüssel aus seiner Tasche und drückt auf den Knopf, der ein kleines Birnchen aufleuchten läßt, das bei nächtlicher Schlüssellochsuche helfen soll. Die Leuchtkraft ist zu schwach, um hier etwas auszurichten. Walde schaltet es aus und tastet mit dem ausgestreckten rechten Arm an der Wand entlang. Er hebt die Füße höher und fuchtelt mit der linken Hand vor sich ins Dunkel.

Ein quietschendes Geräusch kommt von weit vor ihm, gefolgt vom ruhigen Tuckern des Motors im Leerlauf. Es folgen dumpfe Schläge. Soweit er sich überwinden kann, beschleunigt Walde seine Schritte. Ab und zu streift sein Haar die Decke, und er bückt sich noch tiefer. Es scheppert heftig. Das Geräusch pflanzt sich durch den Stollen fort.

Walde bleibt stehen und reißt die Augen weit auf. Es bleibt ringsum schwarz. Er hört nur seinen schnellen Atem, sonst ist es still wie in einem Grab. Sein Mund steht weit offen. Bemüht, so wenige Geräusche wie möglich zu machen, setzt er einen Fuß vor den anderen.

In dem Moment als sein Fuß in eine große Pfütze platscht, stößt seine nach vorn ausgestreckte Hand gegen weichen Stoff. Er schreckt zurück. Plötzlich zucken grelle Blitze ringsum. Seine Kiefer prallen hart aufeinander. Der Schlüssel fällt klirrend zu Boden. Es folgt ein stechender Schmerz in seiner Schädeldecke. Er duckt sich und tritt, sich aufrichtend, mit voller Wucht nach vorn. Sein Fuß trifft. Walde weicht zurück. Vor ihm lärmt es, als wäre etwas zu Boden gefallen und würde noch eine Weile hin und her schaukeln. Walde hält den Atem an und lauscht mit äußerster Konzentration. Nichts rührt sich. Vorsichtig tastet er um sich herum den Boden ab. Immer wieder unterbricht er die Suche und lauscht. Endlich findet er den Schlüsselbund. Aus welcher Richtung ist er gekommen? Er versucht, sich zu orientieren. Jetzt nicht hektisch werden, nur keine Panik bekommen. Er ertastet eine Wand. Immer noch ist alles still. Dann schaltet er das Birnchen an und untersucht den Boden. Mit der Hand stößt er gegen etwas Hartes. Es ist ein Helm. Das Lämpchen ist kaum eine Hilfe. Daneben liegt eine Gestalt. Walde tastet sie nach und nach mit dem Lichtstrahl ab. Die Beine sind seltsam verdreht. Die Jacke ist blau. Er fühlt den Stoff. Es ist wahrscheinlich Baumwolle, eine Arbeitsjacke. Er drückt etwas fester. Der Stoff gibt nicht nach. Der ganze Körper rutscht zur Seite. Er packt mit beiden Händen zu. Der Körper ist leicht, viel zu leicht, es ist eine Puppe.

Walde tastet zur Wand zurück. Was hat ihm sein Freund Jo, neben Wein- auch ein ausgewiesener Kellerkenner, von seinen unterirdischen Exkursionen berichtet? Falls man sich verirrt hat, immer an einer Wand, rechts oder links, vorbeitasten. Dann kommt man unweigerlich wieder zum Ausgang, muß aber in Kauf nehmen, durch viele abzweigende Gänge zu irren. Eine zweite Möglichkeit, die Jo beschrieb, war, der Zugluft zu folgen. Die gibt es aber nur, wenn drinnen der Temperaturunterschied zur Außenluft groß genug ist ...

Von Ferne hört Walde Rufen, kann aber nichts verstehen. Er befühlt seinen Kopf. Ist es Schweiß oder Blut, was sich da so warm anfühlt? Er wischt die Hand an seinem Hemd ab. Hat sich weiter vorn im Stollen etwas geregt? Walde kann die Entfernung nicht abschätzen. Der Motor wird wieder gezündet, heult kurz auf und tuckert im Leerlauf weiter. Das dumpfe Klopfen beginnt von neuem. Jetzt wird Walde klar, was es sein könnte. Eine Treppe, deshalb fährt er nicht. Der Motor heult auf, die Treppe scheint zu Ende zu sein.

An der Decke leuchten Lampen auf. Um Walde herum stehen und liegen Puppen in Bergmannskleidung. Jetzt sieht er auch die Grubenlampen an den Helmen. Seine Augen brennen; nachdem er darüberfährt, ist seine Hand rot. Weiter hinten ist eine lange Treppe, die in einen größeren Raum führt. Auf der einen Seite liegt Schutt, daneben ist ein weiterer Stollen. Walde horcht. Das Motorgeräusch ist nicht mehr zu hören. Menschen mit Helmen und gelben Friesennerzen kommen die Treppe herunter. Ein Mann in heller Arbeitsjacke mit einem breiten schwarzen Gürtel darüber drängt sich nach vorn und schaut ihn erschrocken an: »Herr Bock?«

»Ja?«

»Ihr Kollege, ich soll Ihnen ausrichten, er hat die Verfolgung aufgenommen. Ich rufe Ihnen einen Krankenwagen.«

»Danke, ich habe mir nur den Kopf gestoßen.«

»Das muß versorgt werden. Ich bringe Sie zu einem Arzt in Fell. Sie sind nicht der erste, dem das hier im Bergwerk passiert ist.«

An der Pforte des Präsidiums erfährt er, daß Polizeipräsident Stiermann, intern "Seekuh" genannt, ihn erwartet.

Sekunden nachdem die Vorzimmerdame ihn angemeldet hat, reißt Walter S. Stiermann seine Bürotür auf. Dunkles Hemd, grauer Anzug, die Jacke zugeknöpft, der Knoten der hellen Krawatte fest angezogen, kommt er mit Schwung heraus, reißt die Brille mit der linken Hand von der Nase und macht mit der rechten eine einladende Geste. Wie immer schlägt er Walde auf die Schulter: »Kommen Sie herein, Herr Bock, schön, daß Sie noch Zeit für unser Meeting haben.«

Was soll der Spruch? Er ist der Chef, denkt Walde. Im Zimmer fröstelt es ihn augenblicklich, es scheint ihm noch kälter als im Bergwerksstollen. Die Klimaanlage läuft auf Hochtouren. Stiermann steuert auf eine Sitzecke zu, hinter der eine halb eingerollte Stars and Stripes und eine deutsche Flagge an der Wand lehnen. Darüber hängt ein Foto, das Stiermann zusammen mit dem ehemaligen Chef der New Yorker Polizei zeigt. Der Spitzname "Seekuh" hängt mit seiner meistgebrauchten Verabschiedungsfloskel "See you" zusammen. Oder ist es die präsidiumsinterne Deutung des abgekürzten zweiten Vornamens? Das S. ist nirgends offiziell registriert, das kann hier jeder an seinem Computer nachlesen.

Walde sinkt in einen Sessel. Das kalte Leder erzeugt an seinem verschwitzten Rücken eine Gänsehaut. Er muß sich zusammenreißen, daß er sich nicht vor Kälte schüttelt.

»Was darf ich Ihnen anbieten, Kaffee, Wasser oder einen Whisky?«

Walde könnte eigentlich einen heißen Grog oder einen Glühwein gebrauchen, bittet aber um Kaffee und bemüht sich, nicht mit den Zähnen zu klappern.

»Die News bitte!« Der Präsident setzt sich und putzt seine Brille mit der Krawatte. Walde beobachtet es mit Grausen. Seine Eltern betrieben in der Simeonstrasse ein Optikergeschäft. Walde weiß durch jahrelange Mithilfe im Laden, daß Stiermanns Gestell nicht unter tausend Mark zu haben ist und die Gläser durch die Krawatte verkratzt werden. Sein Vater hatte den Laden von seinem Vater geerbt. Er konnte Beamte nicht ausstehen, obwohl er nicht schlecht an ihnen verdiente. Die Beamten saßen seiner Meinung nach nur ihre Stunden ab. Überstunden, wie sie bei einem selbständigen Optiker massenhaft anfielen, kannten sie nicht. Obendrein konnten sie es sich leisten, während der Dienstzeit private Besorgungen zu machen, zum Beispiel eine neue Brille zu kaufen. Das hörte sich so gut an, daß Walde schon früh beschloß, in den Staatsdienst zu gehen. Wäre er Finanzbeamter geworden, hätte es seinen Vater umgebracht, die hatte er ganz besonders gehaßt.

Walde umschließt die warme Kaffeetasse: »Ein Mofafahrer, wahrscheinlich identisch mit dem Täter von Föhren, hat ein siebenjähriges Kind angesprochen und ist, als andere Kinder auftauchten, abgehauen. Das da«, Walde deutet zum Pflaster an seinem Kopf, »ist bei der Verfolgung passiert.«

»Was sagt der Doc?«

»Er hat rasiert und geklammert, ist nichts weiter.«

»Na ja, es bleiben ja noch genug Locken übrig. Sie haben ziemlich viel traffic ausgelöst mit ihrem Großalarm!«

»Großalarm ist etwas übertrieben. Wir haben Sommerferien, und im Streifendienst sieht es nicht besser aus als in meiner Abteilung oder bei Kollegin Wagner.«

Stiermann stöhnt: »Manpower fehlt, irgendwann müssen die Leute ja Urlaub machen. Wenn ich an die ganzen Überstunden denke, die kann ich ja nicht einfach canceln. Wir haben im Moment einen Boom bei den Hauseinbrüchen.«

»Wie immer in den Sommerferien«, Walde knöpft den Kragen seines Hemdes zu und versucht, die Ärmel über seine Ellenbogen zu ziehen.

»Was ich damit sagen will ist, könnten Sie diese, ich nenne sie mal größeren Einsätze bitte auf ein Minimum reduzieren? Sie wissen ja, wir machen zur Zeit die Aktion PRÄSENZ VOR ORT. Ein Bergwerk ist da die falsche Location.« Stiermann nippt an seinem Glas, sein Schnauzbart stößt einen Eiswürfel an, der auf und ab wippend zum Rand dümpelt. »Das gibt ein gutes Feedback von den Bürgern, wenn unsere Leute mehr in den Wohngebieten auftauchen.«

»Ich habe bei der Sache mit dem Mofafahrer kein gutes Gefühl«, Walde verkneift sich, Feeling zu sagen, »Herr Präsident. Wenn ein Einbrecher erst nach dem fünften Delikt gefaßt wird, ist das etwas anderes als hier, wo es Schlimmes zu verhindern gilt.«

»Ich höre, Sie arbeiten mit Frau Wagner im Team, das gefällt mir. Nur denken Sie an die Verhältnismäßigkeit. Ihr Engagement in Ehren, aber legen Sie hier nicht die Maßstäbe an, die für Kapitalverbrechen gelten? Sie wissen, was ich über den Fall *Nicole* denke. Der Täter ist schon lange nicht mehr hier.«

Er wartet einen Augenblick, und als Walde nichts entgegnet, steht er auf. »Halten Sie mich auf dem Laufenden und stimmen Sie bitte bis Ferienende größere Aktionen vorher mit mir ab.«

Er schüttelt Walde die Hand: »Ich möchte ein Briefing von heute. See you.«

*

Die drei Kerle werden Doris Morgen allmählich lästig. Es reicht schon, wenn vorbeifahrende Autofahrer sie anglotzen oder Bauarbeiter ihr vom Gerüst nachpfeifen. Zu Fuß auf der Straße sind die Männer meistens feige. Es sei denn, sie sind nicht allein, wie diese Blödmänner, die jetzt schon eine Weile dicht hinter ihr hergehen.

Doris bleibt vor einem Schaufenster stehen und schaut zurück. Die drei bleiben ebenfalls stehen. Einer nuschelt irgendwas auf Französisch, und die beiden anderen grinsen sie an. Sie geht weiter. Es ist früher Abend, die Geschäfte haben noch geöffnet, kein Wölkchen ist am blauen Himmel. Sie geht über einen Parkplatz. Hier schließen ruhigere Wohnstraßen an die City an.

Die drei sind jetzt dicht hinter ihr. Doris bleibt stehen und dreht sich um. Auch die Männer halten an, einer reagiert später und schwankt zu den anderen zurück. Alle haben kurzgeschorene Haare.

»Mon amour, chérie, ma petite ...«, lallt einer der Bubis mit schmachtender Miene.

»Es reicht!« Doris redet den Sprecher direkt an, der einen Kopf kleiner ist als sie. Sie beschleunigt ihre Schritte, die Gruppe folgt. Es sind nur noch ein paar Meter bis nach Hause. Bis auf ihre Verfolger ist niemand auf der Straße. Die Geräusche der Stadt und das Kichern überschwemmen ihren Kopf.

Endlich ist sie vor ihrem Haus angelangt. Über eine längere Strecke des Bürgersteigs klafft eine metertiefe Baugrube. Zwischen rotweiß gestreiftem Absperrband balanciert sie über die Bretter. Sie schließt auf und spürt eine Hand an ihrem Hintern. Sie drehte sich um und schlägt den Mann aus voller Drehung mit der flachen Hand. Es klatscht wie ein Peitschenhieb, und der Typ fällt rücklings, vom Zischen des reißenden Bandes begleitet, in die Grube. Unten zappelt er wie ein auf den Rücken gefallener Käfer. Blut läuft ihm aus der Nase. Die beiden anderen starren mit nach vorn gebeugten Oberkörpern in die Grube. Unten richtet sich der Kerl stöhnend auf und greift nach den Händen seiner Kumpel.

Im Treppenhaus schlägt Doris die Haustür zu und sinkt auf die Stufen. Arme und Beine kribbeln. Ein Druck auf ihren Augen läßt die Wände milchig erscheinen. Die dunklen Punkte kreisen immer schneller. In den Ohren rauscht eine mächtige Brandung. In ihrem Unterleib wird es kalt. Der Atem geht hechelnd. Der kalte Klumpen zieht sich ruckartig zusammen. Sie reißt die Einkaufstüte vor den Mund und atmet hinein. Knisternd zieht sie sich zusammen und dehnt sich wieder aus.

»Was ist mit Ihnen, Frau Morgen, haben Sie einen Asthmaanfall?« Die Frau aus der Parterrewohnung steht neben ihr. »Soll ich einen Arzt rufen?«

Doris' Atem bekommt wieder Rhythmus. Sie nimmt die Tüte vom Mund und schüttelt den Kopf. Die Nachbarin versucht, ihr aufzuhelfen.

»Danke, es geht schon wieder.«

Doris geht langsam die Treppe hoch. Sie traut ihren Beinen noch nicht und hält sich am Geländer fest. Die Frau wartet im Treppenhaus, bis Doris ihre Wohnungstür schließt. In der Küche öffnet sie die Tür zum Balkon, die Katze streift ihr um die Beine. Sie füllt die Schale mit Wasser und schaut in den Garten, zu dem Minka über ein angrenzendes Dach und einen Kirschbaum gelangt. Von der Straße aus hält man es kaum für möglich, daß sich hinter der geschlossenen Häuserfassade der Sichelstraße, mitten in der Innenstadt, so tolle Gärten verbergen.

Doris geht ins Bad. Nach dem Duschen läßt sie ihr kurzes Haar draußen in der Sonne trocknen.

Hat sie dem Kerl das Nasenbein gebrochen? Wird er zur Polizei gehen oder etwas anderes gegen sie unternehmen?

Doris war nach dem Modedesignstudium – bei Grafik schaffte sie die Aufnahmeprüfung nicht – als Erstzuschneiderin in einem Düsseldorfer Modehaus gelandet. Gleich nach der Hochzeit überredete ihr Mann Leo sie zum Umzug nach Trier, wo er eine Gebäudereinigung eröffnete, in der sie bis zur Trennung mitarbeitete. Was heißt, sie arbeitete mit? Sie schmiß den Laden, während Leo jedem Rock hinterherjagte. Nachher hatte sie auch noch einen Großteil der von Leo verursachten Schulden am Hals und war froh über Räumers Jobangebot.

Ihre Liebe zur Kunst hat sie sich erhalten. Sie erledigt für den Trierer Kunstverein die Öffentlichkeitsarbeit und steht ab und zu Künstlern Modell.

Anstatt wie üblich im Kulturzentrum tagt der Kunstverein heute in einem Biergarten. Als Doris aus dem kühlen Treppenhaus tritt, dessen dicke Außenmauern bisher die Hitze nicht ins Innere haben dringen lassen, wird ihr wieder bewußt, wie heiß es ist. Bis zum Brauereigarten ist die rechte Hand, in der sie ihre Mappe hält, naß geschwitzt. Sie wischt die Handfläche an ihrer Jeans ab.

Am Tisch des Kunstvereins trifft sie gleichzeitig mit Joachim Ganz ein.

»Hallo, Doris, heiß heute«, mit einem kurzen Klopfen auf die Tischplatte grüßt er die Anwesenden. Da kann sich

Doris die lästigen Shakehands ebenfalls sparen.

Sie rückt sich einen Metallstuhl mit Holzsitz zurecht und bestellt Viez-Sprudel. Ein purer Viez hätte sie gleich umgehauen. Ihre Tischnachbarn üben da weniger Zurückhaltung. Die erste Runde Steinkrüge mit frisch gezapftem Bier und die 0,2-Liter-Gläser mit herbem Elblingwein sind bereits geleert.

»Du bist blaß«, sagt Joachim zu Doris.

»Ein paar blöde Typen haben mich angemacht.«

»Wo?«

»Bei mir vor der Haustür. Aber du siehst auch ein wenig verknittert aus, habt ihr letzte Nacht noch ausgiebig Maries Geburtstag gefeiert?«

»Nein, ich habe heute die Vorauswahl für die Versteigerung des *Großen Ring* treffen müssen, insgesamt 50 Proben.«

»Bei dieser Hitze?«

»Der Termin wurde schon vor Monaten festgelegt, da konnte noch niemand ahnen, daß der Sommer ausgerechnet in den August fallen würde.«

»Aber du hättest den Wein ausspucken können.«

»Erstens hasse ich Spucken, deswegen gucke ich mir ungern Fußballspiele an, zweitens wäre das eine Sünde gewesen bei so edlen Tropfen, wie ich sie heute vorgesetzt bekam.«

»Du Armer, in deinem Job muß man wohl einiges schlucken.«

»Das kannst du glauben, und dazu noch Schläge einstecken. Nach der Probe stand der Mann mit dem Hammer auf der Kellertreppe. Ich mußte mich glatt zwei Stündchen hinlegen.«

»Im Büro?«

Joachim überhört die Frage: »Na, jedenfalls werde ich so langsam wieder nüchtern.« Er schlürft geräuschvoll sein Mineralwasser, als wäre er noch bei der Weinprobe.

»Darf ich um Ihre Aufmerksamkeit bitten!« Helga Ungers eröffnet die Sitzung des Kunstvereins.

»Ich begrüße Sie recht herzlich zu unserer heutigen Vorstandssitzung.«

Doris zerrt Block und Kuli aus ihrer Mappe.

»Frau Dern läßt sich entschuldigen, sie fliegt morgen in aller Frühe in die Staaten. In diesem Zusammenhang sei bemerkt, daß sie dort Ausschau hält nach dem ein oder anderen Objekt für unsere deutsch-amerikanische Ausstellung im nächsten Jahr.«

»Und nach dem ein oder anderen gutgebauten zweibeinigen Subjekt, das die Objekte herstellt«, murmelt Jo für alle hörbar dazwischen.

»In der Einladung wurde für heute nur ein Tagesordnungspunkt angegeben. Gibt es weitere Vorschläge?« fährt Helga Ungers ungerührt fort.

Schweigen.

»Das ist nicht der Fall. Dann komme ich zu unserem heutigen Thema: die Vorbereitung der Herbstausstellung mit Grafiken ...«

Doris' Kuli gibt den Geist auf.

Ein Blick in die Runde zeigt ihr, daß sie die einzige ist, die der Vorsitzenden noch zuhört. Zwei Frauen und vier Männer, und wer macht die Arbeit? Klar. Die Herren der Schöpfung sitzen entspannt um den Tisch und gucken ungeniert in die Dekolletés der weiblichen Gäste. Im Biergarten kehrt Leben ein. Die Geschäfte haben soeben geschlossen.

»He, Jo, hast du einen Kuli dabei?« Doris stößt Joachim, der einer Schönen am Nebentisch in die halb aufgeknöpfte Bluse stiert, sachte einen Ellbogen in die Seite. Dieser kramt in seinen Hosentaschen und befördert nacheinander Schlüsselbund, Geldstücke, 50-Mark-Schein, Schweizermesser, Klapplupe und undefinierbare Brocken auf den Tisch. Doris wartet nur noch darauf, daß ein paar Kieselsteine und eine lebende Eidechse zutage kommen.

»Nee, tut mir leid, Doris, mehr hab' ich nicht dabei.«

»Aber guck mal hier«, Jo legt einen der Brocken, ein kleines grünes, nicht ganz rundes Stück auf Doris' Block.

»Das ist eine römische Münze, hab' ich heute morgen gekriegt«, erläutert er. »Eine Mariana, das war die Schwester des Trajan ...«

»... können wir so verfahren?« Helga Ungers hebt ihre Stimme. »Ich bitte um Handzeichen, falls jemand dagegen ist ...« Sie schaut in die Runde. »Das ist nicht der Fall, dann stelle ich fest, daß der Vorschlag einstimmig angenommen worden ist.«

Erst bei den letzten Worten hat Jo wieder zugehört. Ihm bleibt nur noch übrig, es den anderen gleichzutun und auf die Tischplatte zu klopfen.

»Also, es geht um die Ausstellung im September.« Doris blickt in die Runde, »Einladungen und Vernissagebetreuung sind geregelt. Wir brauchen noch jemanden, der beim Aufbau hilft.«

»Warum gucken jetzt alle mich an?« fragt Jo.

*

Zuhause streift sich Walde vorsichtig sein verschwitztes Hemd über den Kopf. Dabei klappen die Ohren nach vorne. Der *Lauscher unter den Schnüfflern,* so hatte ihn Harry mal in Anspielung auf seine manchmal aus den Haaren ragenden Ohren genannt. Harry ist nicht nur Kollege, sondern auch ein Freund. Er ist der einzige, der ihm von Anfang an bei der Arbeit loyal zur Seite stand, als er als knapp 30-jähriger das Dezernat übernahm.

Nach dem Duschen, bei dem er den Kopf ausgespart hat, legt Walde *STEELY DAN* ein und greift zum Telefon: »Hallo, Anna, warum hast du nach der Fahrt nicht angerufen?«

»Sollte ich dich mitten in der Nacht wecken?«

»Und der Anrufbeantworter ...?«

»Da hätte ich wohl besser eine E-Mail geschickt, mein Lieber.«

»Ach, bin ich wieder dein Lieber? Gestern war ich noch dein Spatz!« Walde dreht die Musik leiser.

»Soviel ich weiß, magst du auch den Spatz nicht besonders«, sagt Anna.

»So hießen ja bisher wohl alle deine ... Freunde.«

»Plagt dich die Eifersucht?«

»Bitte, wir wollen doch jetzt nicht mit ...«

»Oh, entschuldige, ich habe vergessen, daß Donnerstagabend ist und gleich deine geliebte Probe beginnt. Warum rufst du an, wenn du keine Zeit hast?«

»Anna, wir müssen uns doch jetzt nicht streiten.«

»Wer macht denn hier Vorwürfe?«

»So war das nicht gemeint.« Walde ist aufgestanden und schaut auf die Straße, wo ein Krankenwagen mit Blaulicht vorbeirast.

»Was hast du gestern noch gemacht?« fragt Anna.

»Ich war im Nells Park.«

»Hab' ich mir gedacht, daß du noch eines deiner Reviere aufsuchen mußtest.«

»Was heißt Reviere, ich bin kein Förster.«

»Aber einer, den das Jagdfieber nicht mehr losläßt.«

»Sag' doch gleich, Verfolgungswahn oder Phantomsuche ... ich wollte dich nicht damit aufregen, aber es haben sich in den letzten Tagen Dinge ereignet, die mir Angst machen. Ich weiß, wir haben schon tausendmal darüber ... deshalb habe ich auch nichts gesagt, als du hier warst.« Anna schweigt. Walde befürchtet, daß sie fragt, ob er noch ausgegangen ist. Dann muß er haarklein von der Geburtstagsfeier berichten. Wer da war, besonders welche Frauen. Wann er gegangen ist, und ob er allein gegangen ist. Ob er vielleicht Verabredungen getroffen oder Telefonnummern ausgetauscht hat.

»Rufst du das nächste Mal an?« fragt Walde.

»Mal sehen, mach's gut.«

Es klickt in der Leitung.

Walde verstaut seine Baßgitarre im Koffer und bricht zur Probe auf. Seit einem Jahr trifft er sich alle zwei Wochen mit Uli und Karl in der ehemaligen Tuchfabrik, die heute als Kulturzentrum dient, um Musik zu machen.

Heute läuft es wie gewohnt. Uli stellt einen Rhythmus ein, irgendetwas zwischen Rock und Funk, und Walde probiert zwei, drei Takte lang einen Baßlauf, bis er paßt. Karl und Uli lassen es ruhig angehen und wechseln zwischen betonten Akkorden und Akzentuierungen des Baßlaufes ab. Walde liebt endlose Wiederholungen eines Grundthemas mit nur ganz leichten Variationen. So haben Gitarre und Orgel genügend Zeit, sich Melodien einfallen zu lassen.

Walde hat sich warmgespielt. Er wippt im Takt, hin und wieder erscheinen auf seinem Gesicht leichte Mundbewegungen, die sich bis zu Grimassen steigern. Sein Enthusiasmus wird immer wieder von der schmerzenden Kopfhaut gebremst.

Die drei haben sich in das Thema gefunden und variieren es durch behutsame Rhythmusänderungen und Auf und Abs in der Klangdichte. Am Ende dauert ihr erstes Stück eine dreiviertel Stunde.

»Ich brauche eine kleine Pause, meine Finger tun schon weh.« Karl schnallt seine *Fender* ab und lehnt sie an die Box. »Ich hab' seit dem letzten Mal keine Gitarre in den Händen gehalten, bin gleich wieder zurück. Soll ich euch was mitbringen?«

»Ein Pils«, bestellt Uli.

»Mir auch eins«, ruft Walde hinter Karl her, der schon halb aus der Tür ist.

Uli zeichnet jedesmal die komplette Session auf Band auf. Zu Hause mixt er in seinem Minitonstudio die ein oder andere Passage neu ab.

Als Karl zurückkommt, hat er zwei Bierkrüge dabei. Nach einer weiteren Stunde ist Schluß. Sie stöpseln die Instrumente ab und räumen die Anlage zusammen.

Uli fragt: »Zum Jupp oder zur Brauerei?«

»Brauerei wäre nicht verkehrt.«

Unter den großen Platanen sind die Tische vollbesetzt. Stimmengewirr und Zigarettenqualm werden von dem dichten Blattwerk der Platanen festgehalten. Die drei suchen in dem durch Lichterketten nur schwach beleuchteten Biergarten nach freien Plätzen. Gegenüber winkt jemand.

Joachim Ganz lädt sie mit einer Handbewegung ein, sich an seinen Tisch zu setzen. Von der Sitzung des Kunstvereins ist außer ihm noch Doris übriggeblieben.

»Hast du dich schon wieder geprügelt?« ruft Jo so laut, daß die Leute an den Nebentischen interessiert herüberschauen.

Walde setzt sich, bevor er antwortet: »Hab' mir den Kopf gestoßen, was gab es heute auf deinem Revier?«

Joachim Ganz führt im Landwirtschafts- und Weinbaureferat der Bezirksregierung unter anderem die Amtsgeschäfte des Kommissars für Reblausbekämpfung. Der Titel ist ein Überbleibsel aus der Zeit um die Jahrhundertwende, als während einer großen Reblausplage, die den gesamten Weinbau an der Mosel bedrohte, eine behördliche Stelle zur Bekämpfung des kleinen Schmarotzers eingerichtet wurde. Auf einem rostigen Schild neben dem Eingang des Amtes steht auch heute noch *Kommissar für Reblausbekämpfung.*

»Ich bin da einer Bande auf der Spur, eine ganz heiße Sache«, antwortet Jo.

»Organisiertes Verbrechen jetzt auch im Weinberg?« fragt Walde.

»Schlimmer noch, ich vermute, sie verstecken sich tagsüber in den Wäldern und kommen nur nachts hervor. Eine der Banditinnen habe ich vergangene Nacht höchstpersönlich gefaßt.«

»Und, hat sie gestanden?«

»Noch nicht, aber ich krieg' die Reblaus schon noch weich. Zur Zeit ist sie noch nicht vernehmungsfähig – wegen des Verhaftungsschocks – ich habe sie um ein Haar zertreten.« Jo trinkt aus seinem Sprudelglas.

»Und wenn es gar keine Reblaus ist, es gibt auch andere Läuse«, mischt sich Uli ein.

»Das fehlte noch, Bacchus bewahre mich!« entrüstet sich Jo.

Als eine Bedienung ein Tablett auf den Tisch stellt und die Getränke verteilt, schaut Doris auf ihre Uhr.

»Doris, sorry, daß ich dich mit dieser Fachsimpelei gelangweilt habe, aber echte Kriminologen haben nie Feierabend«, sagt Jo, der Doris' Blick bemerkt hat.

»Soviel mir bekannt ist, muß man kein Kriminologe sein, um eine Ladung Gift auf die armen Rebläuse zu spritzen. Das ist doch wohl höchstens eine Frage der Dosis. Und da hilft ja wohl schon die Packungsbeilage weiter«, bemerkt Doris.

»Jetzt mal ohne Quatsch«, unterbricht Jo. »Der Walde und ich, wir haben uns tatsächlich an der Uni bei einem Kriminologievortrag kennengelernt.«

»Ich dachte, du hast Biologie studiert?«

»Stimmt, aber der Bender, der ehemalige Chef des Bundeskriminalamtes, hat damals einen Vortrag an der Mainzer Uni gehalten. Der kam mit großem Gefolge an, fünf Autos und zwei Dutzend Leibwächter. Er soll angeblich ganz oben auf der Abschußliste der *RAF* gestanden haben. Abgesehen von der konkreten Terrorismusbekämpfung hatte er aber wirklich was drauf.«

»Bist ja schließlich auch Kommissar für Rebläuse geworden«, Doris trinkt ihr Glas aus. Sie greift nach ihrer Mappe und steht auf.

»He, Doris, willst du schon nach Haus, jetzt, wo es gerade gemütlich wird?« ruft Jo.

»Hab' morgen einen frühen Termin, also bis dann.«

Als Doris zwischen den Tischen hindurch auf die Straße gelangt, kramt sie in der Mappe nach ihrem Haustürschlüssel, um sich zu versichern, daß sie ihn eingesteckt hat. Als erstes ertastet sie ein kleines Döschen. Die Lutschtabletten hat sie, bevor sie das Haus verließ, herausgenommen. Jetzt ist es randvoll mit fein gemahlenem schwarzen Pfeffer. Der ist besser als Tränengas. Im Falle, daß einer der Typen von eben ihr nochmals zu nahe kommt, wird er eine unangenehme Überraschung erleben. Sie findet den Haustürschlüssel und beschleunigt ihre Schritte.

Auf der Brücke über die Bahngleise versucht ein Junge, über einen der schmalen Brückenbögen zu balancieren. Unten ermuntert ihn eine Gruppe grölender Betrunkener. Obwohl Doris nicht will, muß sie doch hingucken. Als er den höchsten Punkt erreicht, auf der einen Seite fünf Meter über der Straße und auf der anderen zehn über den Bahngleisen, schwankt der Kletterer und streckt die Arme wie ein unsicherer Seiltänzer zur Balance aus. Langsam sinkt er auf alle Viere und krabbelt rückwärts. Die Gruppe unter ihm ist verstummt und starrt mit offenen Mündern nach oben.

Vor ihrer Tür steigt Doris über den Bauschacht. Das zerrissene Band hängt immer noch schlaff herunter. Seit Wochen wird eine neue Gasleitung in der Straße verlegt. In ein paar Stunden werden wieder Bagger und Preßlufthämmer nerven.

Die Katze empfängt sie miauend. Sie tut so, als hätte sie seit Tagen nichts zu fressen bekommen. Doris schüttet ihr etwas Trockenfutter in den saubergeleckten Napf. Die Katze verliert schnell das Interesse und streift im Bad, wo Doris sich vor dem Spiegel abschminkt, um ihre Beine.

Im Bett kuschelt sich Minka an Doris' Füße. Früher hat

sie sich gerne an dem warmen Fell gewärmt. Kalte Hände und kalte Füße plagten sie auch im Hochsommer. Seitdem sie regelmäßig joggt, hat das nachgelassen.

Vor dem Einschlafen denkt sie, wie immer, an Leo. Kaum zu glauben, daß es schon vier Jahre her ist, daß er sie verlassen hat. Ein Jahr lang hat sie gekämpft, gelitten, aufgegeben, vermeintlich Versäumtes nachgeholt und ist dann in emotionalen Winterschlaf (Jo nannte es einmal Dornröschenschlaf) gefallen.

*

Gabi Wagner hat ihren Kopf in Waldes Büro gesteckt: »Waldemar, könntest du mal bei Gelegenheit bei mir reinschauen? Mein Drucker streikt.« Strähnen haben sich aus ihrem Zopf gelöst und baumeln vor ihrem Gesicht.

»Sieht nach möglichst sofort aus«, Walde rollt seinen Stuhl zurück und steht auf.

»Ich bin im Moment allein, und der Bericht muß bis zwölf zur Staatsanwaltschaft.«

»Da haben wir ja noch 20 Minuten«, bemerkt Walde mit Blick auf die Armbanduhr.

Sie schiebt die Haare aus dem Gesicht: »Der blöde Kasten macht keinen Mucks mehr.«

»Dann drucken wir vorsichtshalber bei mir aus. Schick' mir die Datei rüber.«

Als sie zurückkommt, schnurrt schon Waldes Drucker: »Wegen des roten Mofas ...«

»... gleich, ich such' mir schnell noch jemanden, der das rüberbringt.« Sie überfliegt den Text und kritzelt ihre Unterschrift darunter: »Bin gleich zurück.«

Minuten später drückt Walde ihr ein Blatt in die Hand und bietet ihr einen Stuhl an: »Hier stehen alle in der Stadt Trier und den östlich angrenzenden Gemeinden zugelassenen Zweiräder, die in Frage kommen.«

»Mir ist nicht so ganz klar, warum es ausgerechnet die hier auf der Liste sein sollen«, bemerkt sie.

»Also, der Mann, der am Sonntag das Kind vom Föhrener Spielplatz locken wollte, und der von gestern in Kenn, die sollen laut übereinstimmenden Zeugenaussagen und meinen eigenen Beobachtungen ein rotes Mofa alten Typs gefahren haben.«

»Die Zeugen von Föhren sind ausschließlich Kinder«, wirft Gabi Wagner ein.

»Die Roller, Vespas und Mofas neueren Typs sehen alle gleich aus.«

»Und was ist mit den Nummernschildern?«

»Auch die sind gleich, ich habe mit Kollegen von der Schupo gesprochen und war in einigen Läden, die diese Dinger verkaufen. In den letzten Jahren werden fast nur noch diese runden Mofas mit Wetterschutz gekauft. Sie unterscheiden sich äußerlich nicht von den Rollern und können mit einem kleinen Kniff auch schneller gemacht werden.« Walde klaubt einen Prospekt unter einem Stapel Papiere hervor und zeigt auf die Bilder.

»Und sowas erzählen sie dir in den Läden?«

»Das weiß doch jeder, der es wissen will. Aber das spielt in diesem Fall sowieso keine Rolle. Die Kinder konnten sehr wohl zwischen einem Mofa alter Bauart und den neuen Rollern, Vespas, oder wie sie auch immer heißen, unterscheiden.« Walde drückt vorsichtig auf den Verband, unter dem die Kopfhaut juckt.

Sie seufzt: »Hoffentlich! Hätte die Beobachtungsgabe

der Kinder beim Täter so gut funktioniert wie bei dem Mofa, dann wäre uns geholfen.«

»Die übrig gebliebenen Mofas sind auf die rote Farbe und männliche Halter eingegrenzt«, fährt Walde fort, er ist aufgestanden und schaut aus dem Fenster. »Wenn der Fahrer etwas mit dem Fall *Nicole* zu tun hat, dann ist er heute mindestens 20 Jahre, eher älter. Dann habe ich alles noch durch ein paar Siebe laufen lassen.«

»39 Verdächtige«, überlegt Gabi, »und wenn das Mofa früher grün war und rot umgespritzt wurde oder gestohlen ist und ein gefälschtes Kennzeichen hat oder gar nicht zugelassen oder geliehen ist? Und wenn der Täter jünger ist und nichts mit der Sache vor neun Jahren zu tun hat oder von weiter außerhalb kommt?«

»Dann kann uns der Kasten nicht weiterhelfen.« Walde klopft an das Gehäuse des Rechners.

»Alle Leute auf Streife haben von mir Anweisung, verstärkt Augenmerk auf rote Mofas in Zusammenhang mit Spielplätzen oder sonstigen Treffs von Kindern zu richten.«

Stiermann wird begeistert sein, wenn er davon erfährt, denkt Walde: »Wir sollten zusätzlich alle 39 Halter dieser Liste überprüfen und die drei Mofafahrer, die gestern in der Umgebung von Kenn gestoppt wurden. Das macht insgesamt 42.«

Sie seufzt: »Okay, versuchen wir es.«

»Ich habe die Halter nach Alter eingeteilt, zuerst die Jüngsten. Teilweise sind die Arbeitgeber ergänzt. Ich würde gerne oben bei den Älteren anfangen.«

»Abgemacht, ich spanne zusätzlich zwei Kollegen ein.«

Walde tippt Harrys Nummer ins Telefon: »Wie steht's, wo bist du?«

»Im Dienst, wo sonst«, knurrt Harry.

»Ich lache später, nun sag' schon, was machst du?«

»Ich habe die Spielplätze von Schweich bis Ruwer abgeklappert, war wenig los, zur Zeit sind wohl die meisten Kinder nach Hause zum Essen.«

»Gute Idee, was hältst du von Essen?«

»Nichts, Stefan, es ist zu heiß.«

»Dann trinkst du was und guckst mir beim Essen zu.«

An Waldes Bürotür klopft es.

»Moment, bei mir hat's geklopft ... Herein!«

Die Tür bleibt zu, und es klopft wieder.

»Wo sollen wir uns denn treffen?« fragt Harry.

»Herein!« ruft Walde laut. Wieder klopft es.

»Es ist nicht abgeschlossen, herein!« Walde steht auf.

»Was ist denn bei dir los, Stefan?«

»Da traut sich jemand nicht herein, ich geh' mal nachsehen.«

»Gut, tu' das, aber sag' mir vorher, wo wir uns treffen sollen.«

Es klopft abermals.

»Sekunde, Harry.« Walde wirft den Hörer auf den Tisch, rennt zur Tür und reißt sie auf. Niemand da. Er tritt auf den Gang. Harry lehnt grinsend neben der Tür an der Wand und schiebt sein Handy in die Hosentasche.

»Ich hätte meinem ersten Impuls folgen und durch die Tür schießen sollen.« Walde schüttelt den Kopf und geht ins Büro zurück. Harry schlägt ihm lachend auf die Schulter: »Sei froh, daß du in Fell keine Knarre hattest. Sonst hättest du womöglich die Puppen im Bergwerk abgeknallt.«

Walde geht nicht darauf ein und reicht Harry ein Blatt: »Die untersten elf sind für dich.«

»Die Mofas?«

Walde nickt.

»Wer übernimmt die anderen?«

»21 hat die Sitte, und ich überprüfe die restlichen zehn.«

»Heute noch?«

»Wenigstens noch ein paar, aber jetzt gehen wir auf einen Sprung in die Kantine.«

Sie erwischen einen Fensterplatz. Walde kaut Salat und schaut auf die Stadt.

Harry setzt sein Colaglas ab: »Hat sich unsere Datenplackerei in irgendeiner Weise auf diese Liste hier ausgewirkt?«

»Hoffentlich, ich habe alle Halter auf Vorstrafen wegen Sexualdelikten überprüft. Ebenso alle im Fall *Nicole* registrierten Personen und unsere Spezialdateien abgecheckt.«

»Und?« Harry schiebt einen halbvollen Aschenbecher außer Riechweite.

»Einer, es ist ein 39-jähriger Fernmeldetechniker der Telekom. Gegen ihn lief vor mehr als 20 Jahren ein Verfahren wegen fahrlässiger Brandstiftung. Es wurde ohne Anklage eingestellt. Den nimmst du dir als ersten vor.«

»Das hört sich nach Erziehungsregister der Staatsanwaltschaft an, Stefan.«

»Stimmt.«

Zwei Uniformierte setzen sich an das andere Ende des Tisches.

Harry redet gedämpft weiter: »Hätten wir die Daten nicht eingegeben, wären sie jetzt weg. Die Staatsanwaltschaft mußte die schon längst löschen. Sonst hätte sie den Datenbeauftragten am Hals.«

»Ach wie gut, daß niemand weiß ...«, flüstert Walde.

»... daß bei dir zu Hause der Computer Rumpelkasten heißt.«

»Was soll ich denn machen, ich mißbrauche meine Daten nicht. Ich habe noch nicht einmal meinen Fragebogen für die Volkszählung abgegeben.«

*

Am nächsten Morgen holt Doris ihren *Fiat* aus dem Parkhaus. Bis Ende des Monats läuft der Vertrag noch, dann spart sie die Mietzahlung für den Stellplatz. Sie fährt zum Arbeitsamt. Vor dem Zimmer, in das sie für 9 Uhr bestellt ist, warten ein halbes Dutzend Leute. Sie liest im vorsorglich mitgebrachten Taschenbuch und beobachtet ab und zu das Hin und Her. Es riecht nach Kaffee. Sie bekommt Hunger, obwohl sie eben erst gefrühstückt hat. Es hat Jahre gedauert, bis sie die Pfunde, die sie sich nach der Trennung von Leo und dem Aufhören mit dem Rauchen angefressen hat, wieder abtrainieren konnte. In den letzten Monaten hat sie wieder ein ständiges Hungergefühl, und es sind wieder ein paar Kilo hinzugekommen.

Zähe zwei Stunden später wird Doris von der Sachbearbeiterin aufgerufen: »Entschuldigung Sie, daß Sie so lange warten mußten. Heute ist hier die Hölle los. Schillo ist mein Name, ich vertrete Frau Petry.« Sie schaut auf ihren Bildschirm und fragt: »Wie sind die Aussichten, Frau Morgen?«

»Ich habe mich letzte Woche beworben und bisher noch keine Antwort. Haben Sie etwas?«

Frau Schillo hackt in die Tasten: »Also unter Textilindustrie ist zur Zeit nichts gemeldet.«

»Da werden Sie hier auch nichts finden außer einer

Fabrik für Gummistiefel. Ich habe die letzten Jahre in einem Gebäudereinigungsunternehmen gearbeitet und hauptsächlich das Personal betreut.«

Die Sachbearbeiterin tippt wieder etwas ein: »Personal ist auch nichts, Moment, hier habe ich was: Personalbuchhaltung!«

»Dafür hatten wir einen Buchhalter, ich habe mich um die Einstellungen, Arbeitseinteilungen und Abrechnungen gekümmert.«

»Also doch Buchhaltung.«

»Nein, nicht direkt, die Firma hatte über 300 Leute beschäftigt, die meisten mit Verträgen für geringfügig Beschäftigte, es war ein ständiges Kommen und Gehen. Da mußten Anzeigen geschaltet, Bewerbungsgespräche geführt und Schulungen abgehalten werden. Was die Buchhaltung anbetrifft, gingen nur die Stundenabrechnungen über meinen Tisch.«

»Das war die Gebäudereinigung Räumer ... ist jetzt sechs Monate her, und Sie haben gekündigt ...«, der Blick der Sachbearbeiterin wechselt unablässig zwischen Papieren und dem Bildschirm.

»Nein, so war das nicht, das wird von Herrn Räumer, meinem ehemaligen Chef, behauptet.«

»Hier steht, daß Sie gekündigt haben und sogar tätlich wurden.«

»Das habe ich alles mit Ihrer Kollegin schon geklärt. Der Betrieb ist anschließend in Konkurs gegangen, ich hatte vier Monate Lohn und jede Menge Überstunden ausstehen und hab' mal auf den Tisch gehauen.«

»Da müssen Sie aber ganz schön fest gehauen haben, hier steht, Sie hätten den Tisch umgeworfen.«

Frau Schillo zündet sich eine Zigarette an, steht auf und

öffnet ein Fenster.

Doris versucht, ruhig zu bleiben: »Ich habe dort knapp vier Jahre gearbeitet und die Firma mit aufgebaut. Können Sie sich vorstellen, was es heißt, monatelang Ansprechpartner für hundert Mitarbeiter zu sein, die auf ihren Lohn warten?«

»Warum hat man sich nicht an Herrn Räumer gewandt?«

»Der war doch nie da, der hat doch noch ein paar andere Firmen, Immobilienverwaltungsgesellschaft, Immobilienvermittlung ...«

»Und die existieren noch?«

»Der hat riesigen Immobilienbesitz in der Stadt. Keiner konnte glauben, daß die Firma liquidiert wird«, sagt Doris.

»Das war wohl eine GmbH & Co KG, da geht sowas ohne großes Federlesen.«

»Auf Kosten der Mitarbeiter und Lieferanten. Abgesehen davon habe ich nur einen Teil meines Lohnes über Konkursausfallgeld erhalten und dazu noch eine Sperre der Arbeitslosenunterstützung aufgebrummt bekommen.«

Vom Arbeitsamt fährt Doris zum Umziehen nach Hause und gleich weiter Richtung Stadtwald. Unterwegs zeigt das große Thermometer an der Bäckerei, wo sie sich zwei Hörnchen kauft, 29 Grad Celsius. Die Ozonwerte der letzten Tage lagen konstant über 200 Mikrogramm. Sie parkt auf einem kleinen Parkplatz direkt am Weißhauswald. Spätabends spielt sich hier der sogenannte *Eifelstrich* ab.

Doris steigt aus dem Auto und stellt ihre Uhr auf Stopfunktion um. Nach zwei Kilometern kommt sie über die Weggabelung am *Schusters Kreuz*. Zwischenzeit 11 Minuten, 22 Sekunden, das ist zu schnell. Der Schweiß läuft ihr schon von der Stirn in die Augen. Sie trägt eine kurze Hose und ein ärmelloses Laufhemd, das vorne aus einem Material gearbeitet ist, das den Schweiß schnell verdunsten läßt und auf dem Rücken nur von ein paar dünnen Trägern zusammengehalten wird. Jetzt geht es drei Kilometer bergab. Sie zügelt das Tempo und läßt ihren Gedanken freien Lauf. Noch eine kurze Gerade, dann kommt ein langer Anstieg. Doris braucht sich nicht mehr zu besonnenem Laufen anzuhalten, die Geschwindigkeit hat von selbst merklich nachgelassen. Bergauf werden ihre Schritte kürzer. Ihr Hemd ist naß und klebt. Sie zupft es über der Brust hoch, um das Gefühl zu dämpfen, daß ihr der Atem eingeschnürt wird. Besser wäre es, ein paar Meter zu gehen, aber sie läuft weiter. Die Arme rudern heftiger. Als sie oben ankommt, fühlt sie auf der folgenden, leicht abschüssigen Geraden, wie die Kräfte wiederkommen, wie der Atem ruhiger und ihr ganzer Körper leichter wird. Noch ein kurzer Anstieg, und der anstrengendste Teil ist geschafft. Der Sturm *Wiebke* hat hier vor ein paar Jahren den gesamten Wald im Umkreis von einem halben Kilometer platt gemacht. Die Sonne brennt ungehindert auf den Weg. Rechts ist die Stadt zu sehen. Dom, Liebfrauenkirche und Basilika behaupten seit vielen Jahrhunderten ihre Vorherrschaft. Darüber werden die Weinberge des Petrisberges vom Fernsehturm und den Gebäuden der Universität überragt.

Aggressives Hundegebell lenkt Doris von der Stadt ab. Oberhalb führt in zwei-, dreihundert Metern Entfernung ein Weg parallel an ihrem vorbei. Das Gekläff kommt näher. Ein Hund läuft den Hang herunter, direkt auf sie zu. Weit dahinter müht sich sein schreiendes Herrchen, dem Tier zu folgen. Doris hält an. Kurz darauf steht der Hund laut knurrend ein paar Meter vor ihr. Es ist ein Terrier, kein Pitbull, aber total gereizt.

»Aus! Aus!«, ruft Doris. Sie hat keine Angst vor Hunden und als langjährige Joggerin schon einige unvermeidliche Erfahrungen mit Vertretern dieser Rasse gemacht, aber der hier scheint besonders schlecht gelaunt zu sein. Der Hund nähert sich und zuckt dabei mit den Hinterbeinen, als wollte er zum Sprung ansetzen. Das Herrchen brüllt sich die Stimme aus dem Leib, ist aber noch nicht in Reichweite. Doris rührt sich nicht vom Fleck und bemüht sich, den Hund nicht zu sehr mit den Augen zu fixieren und dadurch womöglich noch mehr zu reizen. Sie nimmt Abwehrstellung ein. Wenn sie ihn nicht mit dem Fuß erwischt, kriegt er einen Handkantenschlag auf die Nase. Endlich ist der Mann bei seinem Hund angekommen und packt ihn am Halsband.

»Jetzt lassen Sie ihn aber besser an der Leine!« sagt Doris.

»Der muß endlich lernen, daß er die Jogger in Ruhe lassen soll«, flucht der Hundehalter.

»Suchen Sie sich dafür bitte einen anderen Sparringspartner!« Doris schüttelt den Kopf und läuft weiter. Hinter sich hört sie Schläge und Hundejaulen.

Der über die Stirn laufende Schweiß brennt Doris in den Augen. Sie fährt mit dem nassen Arm über das Gesicht, dann beugt sie sich vor und tupft die Stirn mit einem trockenen Zipfel des Hemdes ab. Ihr Gesicht glüht. Ein leichter Wind weht durch die Blätter. Instinktiv breitet sie leicht die Arme aus, als wolle sie den Wind umarmen. So etwas wie einen inneren Schweinehund, den es zu überwinden gibt, kennt Doris nicht. Laufen macht ihr Spaß, und wenn ihr eine Strecke, was selten passiert, zu lang wird, drosselt sie einfach das Tempo.

Hinter einer Biegung begegnen ihr zwei ältere Paare. Ein Mann tritt auf sie zu. »Entschuldigung, wo geht's zum Kockelsberg? Sie brauchen nicht zu antworten, zeigen Sie nur in die Richtung!«

Sehe ich denn so mitgenommen aus, daß er annimmt, ich hätte keine Luft mehr zum Reden?

»Gleich links, da steht auch ein Wegweiser«, antwortet sie betont ruhig.

Der Wandersmann nickt dankend, ohne den besorgten Blick zu verlieren.

Noch bevor sie um die Kurve trabt, riecht sie, was sie erwartet. Am Parkplatz vorbei quälen sich die Fahrzeuge im Stop and Go in Richtung Stadt. Ihre Nase ist jedesmal nach dem Laufen aufs höchste sensibilisiert. Sie läuft ein paar Schritte zurück, bis sie außer Sichtweite der Straße ist, macht Dehnübungen und führt Schläge aus. Im Karateverein, dem sie eine Zeitlang angehörte, ist sie nicht über den Braunen Gurt hinausgekommen. Dafür beherrscht sie ein paar solide Abwehrtechniken und einen hochwirksamen Angriffsschlag, der bei Männern augenblicklich zur Kampfunfähigkeit führt.

Auf der Rückfahrt legt sie sich ein Handtuch um den Nacken. Nach ein paar warmen Schlucken aus der im brütendheißen Auto liegenden Wasserflasche schießt ihr der Schweiß aus allen Poren. Mit heruntergedrehten Wagenfenstern, die mangels Fahrtgeschwindigkeit kaum Wind hereinlassen, quält sie sich Meter um Meter zurück zu ihrer Wohnung.

Nach dem Duschen fühlt sie sich müde und zufrieden, als habe sie einen langen Arbeitstag hinter sich. Auf der Couch kuschelt sich Minka an sie. Doris krault ihr den

Kopf und den Hals, mehr duldet die Katze nicht. Schon nach wenigen Minuten sind beide eingeschlafen.

*

Walde fährt seinen Wagen durch das gußeiserne Tor in die gepflasterte Einfahrt von Joachims Haus, das jetzt, am späten Freitagnachmittag, seinen Schatten auf den Vorplatz wirft. Über das alte Granitpflaster geht er zum Gebäude, eine ehemalige Scholasterei aus dem 16. Jahrhundert. Joachim und Marie haben aus dem arg mitgenommenen Gemäuer mit viel Liebe, Schweiß und Geld ein Schmuckkästchen gemacht. Den Zugang säumen eine Vielzahl von Kapitellen und anderen Säulenteilen, Sarkophagstücken und Balkenresten. Walde betätigt den Türklopfer. Nach dem dritten Klopfen wird geöffnet. Jo steht, nur mit einem knappen schwarzen Tanga bekleidet, vor ihm. Sein großer Körper ist mit Blutspritzern gesprenkelt. In der Hand hält er ein Messer. Walde versucht, sich seine Überraschung nicht anmerken zu lassen.

»Hallo, Herr Kollege, hast du einen Durchsuchungsbefehl?« dröhnt Jos bassige Stimme. Dabei hält er die blutverschmierten Hände so, daß nichts auf den Steinboden tropft, und weist mit der Messerspitze ins Innere.

Scheiße, er hat Marie gekillt, denkt Walde, und jetzt ist er total besoffen, sonst könnte er nicht so cool sein. Warum hat er seine Frau umgebracht? Wer ist als nächster dran? Jetzt könnte er seine Dienstwaffe, am besten Verstärkung, gebrauchen.

Walde überlegt, unter welchem Vorwand er verschwinden könnte. Wie immer, wenn er unter Streß steht, fällt ihm nichts ein. Wie kann er Jo das Messer abnehmen?

Selbst bei einem Kampf ohne Waffen fürchtet Walde, gegen den zwar ein paar Zentimeter kleineren, dafür aber mindestens 30 Kilogramm schwereren muskelbepackten Gegner den kürzeren zu ziehen.

Walde geht zögernd hinter Jo durch Diele und Küche und folgt ihm in den Garten. Dort sitzt Marie am Gartentisch. Sie trägt einen Bikini, und ihre braune Haut ist ebenfalls mit Blut bespritzt. Aus ihrem freundlichen Lächeln schließt Walde, daß sie lebt und es sich bei ihr auch nicht um ein verletztes Opfer handeln kann.

Wen haben die beiden umgebracht? Walde fallen auf der Stelle zwei Motive ein, die bei Jo eine solche Kurzschlußhandlung auslösen könnten. Entweder hat jemand die Münzsammlung verhökert oder den Weinraritätenkeller leergesoffen!

»Nimm Platz, wir entkernen Kirschen, magst du welche?«

Als er sich auf einen Stuhl fallen läßt, bleibt Waldes Seufzer nicht unbemerkt.

»Was hast du denn gedacht, was hier los ist?« grinst ihn Jo an, als könnte er Gedanken lesen. »Was zu trinken, Sprudel oder Saft?«

»Sprudel, danke«, Walde beruhigt sich langsam. Jetzt nimmt er auch die Einmachgläser, die bis auf eines gefüllt sind, und eine Schüssel voller Kirschkerne auf dem Tisch wahr. Marie bedient einen kleinen, an der Tischkante angeschraubten Apparat, der einem Korkenzieher ähnelt. Sie legt jeweils eine Kirsche ein, drückt mit einem Hebel einen Dorn durch die Frucht, und der Kern fällt an der Seite herunter.

Joachim hat eine Schüssel vor den Bauch geklemmt und entfernt die Kerne mit einem Küchenmesser.

»Kirschen im August?« fragt Walde.

»Die hatten wir nach dem Pflücken eingefroren, weil wir keine Zeit zum Einmachen hatten. Wir sind gleich fertig, dann können wir los.«

Marie erhebt sich etwas von ihrem Stuhl: »Was ist mit deinem Kopf passiert?«

Walde fährt instinktiv an das Pflaster: »Das ist im Feller Bergwerk passiert. Als ich mich im Dunkeln vortasten mußte, habe ich an Jo, den Experten, gedacht, von wegen an einer Seite vorbeitasten oder dem Luftzug folgen.«

»Grundbedingung ist schon mal, daß man unter Tage nie allein ist, mindestens zwei Leute. Außerdem sollte man genügend Reservelicht dabei haben. Das ist wie beim Tauchen.«

»Da braucht man wohl eher Sauerstoff.«

»Natürlich, aber auch Licht, wenn du nicht nur direkt unter der Oberfläche bleiben willst. Ich ziehe mir noch was an, und dann können wir.«

Jo und Walde haben sich verabredet, um gemeinsam nach Kersch zu fahren. Jo hat auf Luftbildern von einem großen Getreidefeld am Ortsrand auffällige Wachstumsstrukturen entdeckt, die auf eine frühere Besiedlung, vielleicht die Fundamente einer Römervilla, hinweisen.

Jo ist ein geübter Beifahrer. Er hat nie auch nur den Versuch gemacht, einen Führerschein, egal welcher Klasse, zu erwerben. Selbst das Fahrradfahren ist ihm zuwider, lieber geht er zu Fuß. Ansonsten benutzt er Stadtbusse oder läßt sich von Marie im 2CV-Kastenwagen kutschieren. In seinem Haus haben, abgesehen von der Zentralheizung, einigen Haushaltsgeräten und einer Stereoanlage, sonstige technische Errungenschaften der letzten 50 Jahre wie Fernseher und Computer nur zögernd Einzug gehalten. Dafür ist es vollgestopft mit größeren und kleineren Sammlerstücken aus verschiedenen Epochen der Stadtgeschichte. Seine Sammelleidenschaft ist ungebrochen.

»Können wir noch vorher zum Kockelsberg?« fragt Jo, als sie die B 51 hochfahren. »Ich habe gehört, da wird Aushub von der Baustelle an der Schwesterklinik abgekippt.«

»Und was ist mit dem Kerscher Acker?«

»Der kann warten, den kennt sowieso keiner, aber hier haben wir Konkurrenz. Die Schwestern bauen eine Tiefgarage. Der größte Teil des Abraums ist auf das Gelände der Tabakfabrik gefahren worden. Das ist eingezäunt, und da kommt keiner ran. Und heute sollen ein paar Lkw's zum Kockelsberg.«

»Und das Museum?« fragt Walde.

»Die sind verwöhnt und haben kein großes Interesse. Dort im Moselvorland standen Wohnhäuser, wahrscheinlich auch ein paar Handwerksbetriebe. Außer altem Gemäuer sind bisher nur einfache Tontöpfe und ein paar Fibeln und Münzen gefunden worden.«

Walde spürt Jos gespannte Vorfreude, als sie am Kockelsberg ankommen. Sie parken unweit des Hotels, dessen Parkplatz mit dem Aushub in Richtung Berghang aufgeschüttet und erweitert werden soll.

Walde schaut ins Moseltal und auf die Stadt mit ihren vielen Kirchtürmen.

Um die zahlreichen Erdhügel lassen bereits vier Sucher ihre Metalldetektoren dicht über den Boden kreisen. Von den dicken, mit Batterien gefüllten Stielen, an deren Ende sich Scheiben mit Elektromagneten befinden, führen Drähte zu den Kopfhörern der Männer. Ab und zu sind Pfeifgeräusche in verschiedenen Tonhöhen zu vernehmen. Hat ein Gerät auf Metall im Boden angeschlagen, folgt das Eingrenzen der Stelle. Mit ein paar vorsichtigen Schlägen mit einer kleinen Hacke wird das begehrte Objekt freigelegt, wobei immer wieder die Piepstöne den genauen Aufenthaltsort signalisieren. Häufig sind es letzten Endes nur verrostete Nägel oder Kronkorken, die dem Suchgerät verheißungsvolle Töne entlocken.

Die Baustelle liegt in der prallen Nachmittagssonne. Gleich oberhalb sitzen auf der nur wenige Meter entfernten Terrasse des Hotels zahlreiche Gäste unter weißen Sonnenschirmen bei Kaffee und Kuchen. Von hier haben sie einen herrlichen Ausblick auf die Stadt und das Moseltal. Heute liegt das Interesse jedoch eindeutig auf den Gräbern, die den Boden durchwühlen, der von den in unregelmäßigen Abständen ankommenden Lkw's abgekippt wird.

Jo entwickelt eine erstaunliche Behendigkeit. Im Nu hat er sein Suchgerät zusammengeschraubt und die Empfindlichkeit mittels eines Groschens, den er auf die Erde geworfen hat und nun mit dem Gerät umkreist, eingestellt. Danach eilt er zu einem Erdhügel, der anscheinend frisch abgekippt worden ist. Zwei Männer mit schweißglänzenden, nackten Oberkörpern schuften bereits dort.

»Tag, schon was gefunden?« Jo tritt zu den Männern, die durch Kopfnicken den Gruß erwidern. Jo erwartet keine Antwort. Alle, die heute hier graben, sind alte Hasen in der Gräberszene. Wer bisher nichts gefunden hat, hat noch Hoffnung. Wer was gefunden hat, wird es zu vertuschen suchen. Dafür gibt es genügend Tricks.

Ein hoher Piepston, einer der schwitzenden Gräber lokalisiert den Fund. Er nimmt ein Messer aus der Tasche und steckt es nach kurzer Untersuchung wieder zurück.

Was er da, begleitet von einer Unmutsäußerung, wegwirft kann eine Anhaftung gewesen sein. Den Fund hat er wahrscheinlich zusammen mit dem Messer heimlich in der Tasche verschwinden lassen.

Jo ist in seinem Element. In der Rechten hält er eine kleine Hacke, mit der er Stück für Stück Erde aus dem Hügel heraushackt und dünnflächig verteilt. Dann tastet er die Fläche mit dem Detektor ab und hackt, wenn das Gerät nicht anschlägt, ein weiteres Stück heraus.

Walde steht neben ihm und schaut zu. Er fühlt sich nicht wohl unter den Blicken der Hotelgäste. Wenn ein Gerät piepst, beobachtet er interessiert, wie der Gegenstand geortet und untersucht wird.

Die Szene erinnert ihn an die Angler an der Mosel. Beim Grundangeln, wenn der Köder mit einem Bleigewicht weit hinaus auf den Grund des Flusses geworfen wird, befestigen die Fischer an den Spitzen der Ruten kleine Signalglöckchen. Wenn helles Läuten zu hören ist, kommt der spannende Augenblick. Was hat angebissen, eine Forelle oder ein Aal? Wie groß ist der Fisch? Kann er gelandet werden, oder hat er nur den Köder angeknabbert und hängt nicht mehr am Haken? Manchmal streift auch ein unter der Wasseroberfläche schwimmendes unsichtbares Treibgut die Schnur und löst falschen Alarm aus.

Als Walde Bruchstücke von römischen Ziegeln entdeckt, zieht er sie aus dem Abraum und legt sie neben Jos Tasche mit der Aufschrift *Luxair*.

Ab und zu begleitet Walde, teils aus Freundschaft, teils aus Interesse, Jo auf seinen Grabungstouren. Vor ein paar Wochen waren sie in einer Kiesgrube, die mit Bauschutt aufgefüllt wird. Sie hatten – eigentlich war es nur Jo – ein paar Münzen aus dem Mittelalter gefunden.

»He, was willst du denn damit?« Jo schaut kurz auf.

»Sind doch römische oder nicht?«

»Klar sind es römische, aber wer sammelt denn sowas? Die ganze Stadt ist voll davon, wenn wir die jetzt auch noch behalten wollten, wo kämen wir denn da hin?« Jo schüttelt den Kopf.

Sein Interesse wird durch einen ankommenden Lkw abgelenkt. Der Fahrer wendet und legt den Rückwärtsgang ein. Jo schnappt sich schnell Gerät, Hacke und Tasche und stapft aus dem Bereich, wo abgekippt wird.

»So, dat war's für die Woch!« ruft der Fahrer, als die Ladung vom Kipper gerutscht ist und er die Klappe verriegelt.

»Komm, wir trinken noch einen«, lädt ihn einer der Gräber ein. Es ist sinnvoll, sich mit den Fahrern der Baufirmen gut zu stellen. Sie sitzen an der Quelle und geben oft wertvolle Tips, wo „römisch kontaminiertes" Material abgekippt wird.

»Behal' die warm' Brüh!«

»Ist aus der Kühltasche, komm' in den Schatten«, entgegnet der Gräber und geht zu einer großen Tasche, die ein Stück entfernt im Schatten eines Baumes steht. Den beiden trottet ein weiterer Hobbyarchäologe nach. Gleich darauf zischen die Bierflaschen.

»Jo, ich düse zurück, soll ich dich nachher abholen?« Walde ist die Situation unangenehm. Er hat nicht damit gerechnet, daß soviele andere Gräber da sind; dazu kommen noch die Beobachter von der Terrasse. Einer hat vorhin ein Foto geschossen; Walde hat ihm im letzten Moment den Rücken zugedreht.

»Du kannst das Gerät haben«, bietet Jo an.

»Nein danke, mach' ruhig weiter, wann soll ich dich abholen?«

»Ich komme schon zurück, nimm nur bitte deine Ziegel mit.« Jos Interesse wendet sich wieder dem Hügel zu. Gerade hat er etwas gesehen, das plötzlich seine ganze Aufmerksamkeit in Anspruch nimmt. Etwas hat kurz aufgeblitzt und ist dann wieder unter den nachrutschenden Erdbrocken verschwunden. Das Suchgerät legt er hinter sich und gräbt jetzt mit der Hacke und der linken Hand. Er fühlt wie seine Körpertemperatur sprunghaft steigt. Der Schweiß schießt aus allen Poren.

Plötzlich hält er eine Münze in der Hand. Sie hat etwa die Größe eines Fünfzigpfennigstücks, wiegt aber viel schwerer. Er dreht sich suchend nach Walde um, aber der ist schon weggefahren.

Er muß sich zusammenreißen, sonst buddelt er wie ein hungriges Wildschwein, das im tiefsten Winter ein Eichhörnchendepot entdeckt hat. Noch nie haben ihn drei Schritte in seinem Leben so viel Überwindung gekostet, wie die, um zu seiner Tasche zu gehen und die Feldflasche herauszunehmen. Er trinkt einen tiefen Schluck und schüttet dann ein paar Tropfen über Kopf und Nacken. Er nimmt ein großes Stofftaschentuch und verknotet die Enden, bevor er es sich über den Kopf legt. Dann schüttet er Wasser über die Münze, die sich sofort in ihrer vollen Pracht zeigt. Das alles kommt ihm bekannt vor, ein „déjà vu" – woher? Jo überlegt, wo er so etwas schon einmal erlebt hat.

Ein Aureus, das ist pures Gold! Die Münze glänzt in der Sonne. Sie ist makellos, wie das Prunkstück aus einer Museumsvitrine. An der Aufschrift kann er auf den ersten Blick feststellen, daß sie römischen Ursprungs ist.

Jetzt kann Jo nachfühlen, wie es den Goldsuchern gegangen ist, wenn sie auf eine Goldmine gestoßen sind. Er, der den Weinrausch zur Genüge kennt, verfällt dem Goldrausch. Er spürt, wie eine Gänsehaut über seinen Körper läuft, wie sich alle Haare auf seiner Haut aufstellen und sich der Schweiß auf einmal ganz kalt anfühlt.

Betont langsam, es kommt ihm vor wie in Zeitlupe, geht er zur Fundstelle zurück und gräbt – wie er sich einbildet – ganz ruhig weiter. Das Tempo ist in Wirklichkeit so hoch, daß die beiden Gräber, die nicht zur Bierrunde mitgegangen sind, herbeikommen und nun von der anderen Seite Jos Erdhügel beharken.

»Ganz schön heiß heut', Jo!«

Als Jo antworten will, muß er sich zweimal räuspern, bis er herausbringt: »Ja, meine Kehle ist schon wieder wie ausgetrocknet.«

Er blickt dabei nicht auf. Er ist kein geübter Lügner. Sein Gesicht fühlt sich heiß an. Bestimmt ist es dunkelrot. Wenn sie ihn nach einem Fund fragen, würde er nichts verheimlichen können. Er gräbt wieder mit Hacke und Hand. Mit den Schuhen verteilt er die Brocken, die vom Erdhügel rollen. Jo legt zwei weitere Aurei frei, die nur wenig Verkrustung aufweisen.

Als er einen größeren Lehmbrocken beiseiteschiebt, liegen sie vor ihm, wie Eier in einem Nest, goldene Eier. Goldglänzend und groß, an die 10 Münzen, so rein wie frisch aus der Prägeanstalt.

Jetzt weiß er, woher ihm die Situation bekannt vorkommt. Es war die Szene in einem Film, wo ein Schatzsucher eine mit Goldstücken gefüllte Piratentruhe öffnet. Mit größter Überwindung unterdrückt Jo einen Schrei. Der Schweiß tropft ihm auf die Brillengläser. Es drängt ihn, sich augenblicklich über den Fund zu werfen. Ohne Überlegung schaufelt er mit zwei Händen Erde darüber.

Nur keinen Verdacht erregen! Er arbeitet an der dem Hotel abgewandten Seite des Hügels, so daß sein Fund keinen neugierigen Blicken von dort ausgesetzt ist. Wie gerne würde er diesen Schatz in der Originallage fotografieren! Das ist aber keinesfalls möglich, auch wenn er eine Kamera dabei hätte, dann könnte er ebensogut eine Leuchtrakete abschießen, um die Aufmerksamkeit auf sich zu ziehen.

Er will die Aurei nicht einfach in die Tasche stecken. Die Gefahr ist zu groß, daß sie dort aneinander reiben und sich gegenseitig beschädigen. Was er von der Prägung gesehen hat, sagt ihm, daß es sich um seltene, vielleicht sogar bis dato unbekannte Münzen handelt. Ein Wert pro Stück von mehreren tausend Mark steht fest. Weiter kann sein überhitzter Kopf nicht denken. Er legt seine Hacke über die zugedeckte Fundstelle und plaziert das Suchgerät daneben, damit keiner der anderen auf die Idee kommt, genau an dieser Stelle zu graben, dann holt er seine Tasche und kehrt zurück. Nach einem Schluck aus der Feldflasche findet er in der Tasche ein weiteres Stofftaschentuch, eine halbe Packung Tempos, eine Lupe und ein kleines Notizbuch.

Natürlich ist das alles auffällig, aber was soll er machen? Er setzt sich hinter den Hügel und reißt die Papiertaschentücher durch. Nun legt er das Goldnest vorsichtig wieder frei und fischt, angestrengt bemüht, ein Gegeneinanderklirren der Münzen zu vermeiden, eine nach der anderen heraus, rollt sie ein und verstaut sie in der Tasche. Manche kleben leicht aneinander, lösen sich aber schon nach leichtem Druck. Für die elfte Münze muß seine Kopfbedeckung herhalten.

Von der anderen Seite des Hügels sind Laute des Erstaunens und Getuschel zu vernehmen. Aha, die zwei sind auch fündig geworden.

Jo hat sich vom ersten Schreck erholt. Er spürt, daß er wieder halbwegs klar denken kann. Dennoch übt die Tasche solch einen Sog auf ihn aus, daß er sie am liebsten fest an sich gedrückt halten möchte. Jetzt spürt er auch die drei Münzen, die er anfangs in die Gesäßtasche seiner Shorts gesteckt hat. Zwei nimmt er heraus und steckt sie – nachdem er sie mit den letzten Tropfen des Wassers abgespült hat, zwischen die Seiten des Notizbuches. Als er weitergräbt, überfällt ihn wieder das Fieber. Er stellt sich vor, wie er in Windeseile den ganzen Hügel abträgt und ihn hundert Meter breit auseinanderzieht und dann die obenauf liegenden Goldstücke wie bei der Kartoffelernte, wenn die Früchte mit dem Pflug ausgehoben worden sind und auf dem Feld liegen, einsammelt.

Da blitzt es wieder vor ihm auf. Als Jo die Münze herausziehen will, hängt sie fest. Er legt ringsherum ein Stück frei. Es ist kein einzelnes Goldstück, sondern irgendetwas Größeres. Er vernimmt ganz in der Nähe Stimmen. Er hat überhaupt nicht bemerkt, daß die anderen zurückgekommen sind. Sie gehen zu den Plätzen zurück, wo sie ihre Suchgeräte und Hacken abgelegt haben, ohne daß seine Grabungsstelle von ihnen eingesehen wird. Jetzt wird es höchste Zeit, den Fund zu bergen.

»Oh, hat Ihr wat gefunn?« hinter Jo steht der Lkw-Fahrer. »Dat sieht aus wie Gold!«

Jo ist so überrascht, daß er den Fund, den er gerade in den dreckverschmierten Händen hält, fallen läßt. Der Klumpen bricht beim Aufprall entzwei und rollt vor die Füße des Fahrers. Als Jo danach greift, kann er nur einen Teil erhaschen, den anderen hält der Fahrer in den Händen und beäugt ihn interessiert. Im Gegensatz zu den ersten gefundenen Münzen, die gut erkennbar waren, handelt es sich bei diesen Klumpen um ein paar Dutzend Münzen, die fest zusammengebacken und teilweise verkrustet sind.

Im Nu sind die zwei von den anderen umringt. Einer reicht Jo eine angebrochene Mineralwasserflasche. Jo nutzt den Augenblick, um dem Fahrer den anderen Klumpen wieder aus der Hand zu nehmen. Als er die Erde wegspült, starren die Umstehenden mit offenem Mund und weit aufgerissenen Augen auf die Funde. Manche der Gräber sind bereits seit Jahrzehnten aktiv. Dies übertrifft alles, was sie bisher gefunden haben, bei weitem.

»Wenn ihr jetzt nicht Ruhe bewahrt, haben wir gleich die Leute vom Hotel hier.« Jo will retten, was noch zu retten ist.

»Dat da is pures Gold, laß' mich mal droffbeißen«, meldet sich der Fahrer.

»Unterstehen Sie sich«, Jo graust es bei dem Gedanken, daß eine Münze durch den Biß dieses Banausen ihre Reinheit, die sie über viele Jahrhunderte bewahrt hat, und damit auch einen Großteil ihres Wertes, einbüßen könnte.

*

Vom Kockelsberg aus fährt Walde eine Spielplatzrunde durch das östliche Stadtgebiet und einige angrenzende Orte, ohne etwas Verdächtiges zu bemerken. Auf der Rückfahrt in Richtung Innenstadt zieht er vor einer roten Ampel sein Notizbuch aus dem Handschuhfach und tippt eine Nummer ins Telefon: »Tag, Robert, hier ist Walde, hast du noch einen Termin frei?«

»Hallo, lange nichts von dir gehört, laß' mal sehen, der Terminkalender ist voll, aber du hast Glück, gerade hat mich ein unerzogenes junges Ding versetzt. Wo bist du?«

»An der Kaiser-Wilhelm-Brücke.«

»Wenn du mit Blaulicht fährst, nehme ich dich noch dran.«

Robert plaziert Walde in den Frisierstuhl am Fenster: »Diana bringt dir einen Kaffee und wäscht deinen Schopf, ich hole in der Zeit schon mal die Heckenschere.«

Er deutet auf das Pflaster. »Können wir das entfernen?«

»Besser nicht.«

»Darf es naß werden?«

Walde schüttelt den Kopf, und Robert verdreht die Augen.

Nach der Wäsche, bei der es Diana gelingt, das Pflaster trocken zu lassen, schlingt sich Walde ein Handtuch um den Kopf und blättert im Telefonbuch die letzten Namen unter dem Buchstaben *S* durch. Aachener Straße oder Martinerfeld ist die Adresse.

Waldes Finger ist bei Syman angekommen. Es ist nicht die richtige Adresse. Ein paar Einträge vorher stimmt die Straße mit den Angaben der Gesuchten überein. Walde greift zum Handy und steckt es zur Hälfte unters Handtuch, eine männliche Stimme meldet sich: »Hallo?«

»Bock, guten Tag, ist Ihre Tochter schon aus dem Krankenhaus entlassen?«

»Wer ist da?«

»Bock!«

»Wen wollen Sie sprechen?«

»Ihre Tochter«, Walde stutzt, die Stimme hörte sich nicht älter als 30 Jahre an. »Oder Ihre Schwester, ist sie zuhause?«

»Ich habe keine Tochter, und meine Schwester wohnt nicht hier.«

»Na dann entschuldigen Sie die Störung.«

Harry ist nicht erreichbar. Ein Beamter aus der Telefonzentrale des Präsidiums nimmt die Adresse entgegen und verspricht zurückzurufen, sobald er die Daten der Hausbewohner aus dem Einwohnermeldeverzeichnis gesucht hat.

Am Fenster bleibt ein Kind stehen und zeigt seiner Mutter den Mann mit dem Telefon im Turban.

Robert tritt an seinen Stuhl, wickelt das Handtuch von Waldes Kopf und meint: »Immer dem Verbrechen auf der Spur. Aber mach' ruhig weiter, jage du die Verbrecher, und ich versuche, deine Haarpracht zu bändigen. Wie ist es mit einem modischen Kurzhaarschnitt, 8 bis 12 mm, in der Stirn etwas länger und dazu eine leichte Tönung?«

Waldes Hände umklammern die Lehnen, sein Oberkörper schnellt nach vorn.

»War nur ein kleines Witzchen, bleib' sitzen, Waldemar. Also wie immer, und die Ohren bleiben drin in den Haaren?«

»Und dran am Kopf«, ergänzt Walde.

»Bitte, mit der alten Geschichte muß doch wirklich mal Schluß sein, du weißt, wie peinlich mir das ist.« Robert schaut nach links, ob jemand zuhört. »Ich habe deine ... Physiognomie noch nicht gekannt und bei den dichten Locken ...«

»... hast du nicht vermutet, daß du schon mein Ohr in der Schere hattest«, unterbricht ihn Walde.

»Du mußt aber auch zugeben, daß deine Ohren, obwohl du ja insgesamt groß bist ...«

»... so groß sind sie gar nicht, sie stehen nur etwas ab, ich habe als Kind eine Zeitlang mit einem Stirnband über den Ohren geschlafen und mir eine Art Zahnspangeneffekt erhofft.«

Waldes Telefon niest, er hält es an das rechte Ohr, weil Robert an der anderen Seite schnippelt.

»Gesundheit!«

»Danke. Ja, Bock?«

Er hört eine Weile zu, dann bedankt er sich und schaltet den Apparat ab: »Ganz schön frech, dann ist sie also verheiratet.«

»Schwindlerin?« fragt Robert.

»Warum?« Walde schaut fragend in Roberts Spiegelbild.

»Du hast dich doch eben darüber aufgeregt, daß jemand verheiratet ist, ich nehme an, es handelt sich um eine Heiratsschwindlerin.«

»Nein, ich habe die Frau letzte Woche in der *Glocke* kennengelernt, und sie hat gesagt, ich solle mich bei ihr melden.«

»Da hast du eine ganze Woche gewartet, alle Achtung.«

»Sie war inzwischen im Krankenhaus.«

»Was hat sie?«

»Weiß ich nicht genau, ich denke, es war nichts Besonderes, eine Nasenkorrektur oder so.«

»Eine Schönheitsoperation, interessant, hast du sie besucht?«

»Nein, das wäre zu intim gewesen.«

»Bist du nicht mehr mit Anna zusammen?«

»Doch, aber Anna hat einen Job 500 Kilometer weit weg, und ich kann doch mal eine andere Frau treffen.«

»Ich dachte, Anna macht ein Praktikum? Den Kopf bitte etwas nach vorn.«

»Nein, ein Referendariat, zwei Jahre lang.«

»Deine Wirbel machen mich noch wahnsinnig. Ich muß gleich nach dem Fönen nochmal drübergehen.«

Robert bemerkt Waldes kritischen Blick im Spiegel: »Keine Bange, ich paß' schon auf. Also ich soll dich für diese verheiratete Frau stylen, wie war noch ihr Name?«

»Wenn es so ist, wie ich glaube, heißt sie Sibylle.«

»Warum, hast du ihren Namen vergessen?«

»Nein, das war so eine Idee, es hat sich so ergeben.«

»Sie wollte dir ihren Namen nicht nennen?« Robert schaltet den Fön an.

»Nein, eigentlich wollte ich nicht, ach, das war so ein Spiel, sie sollte mir einen Anhaltspunkt geben, und ich wollte es herausfinden. Adresse und Anfangsbuchstaben des Nachnamens.«

»Klar, warum auch einfach, wenn es kompliziert viel schöner ist«, bemerkt Robert.

Von draußen schauen wieder Leute herein.

»Sag' mal, nervt dich das nicht, den ganzen Tag bei der Arbeit angeglotzt zu werden?« fragt Walde. »Das ist ja wie im Zoo!«

»Nein, das ist Werbung, und ich schaue ja auch manchmal zurück, wenn es was Interessantes zu sehen gibt.«

Robert schaltet den Fön ab und greift zu Kamm und Schere. Walde zuckt nach vorn und lehnt sich wieder entspannt zurück.

Robert streift leicht über das Pflaster: »Ich hab' gehofft, du würdest es unaufgefordert erzählen, was ist denn mit deinem Kopf passiert?«

Waldes Handy niest wieder.

Harry klingt aufgeregt: »Gut, daß ich dich erreiche, Stefan, es brennt, und es hat einen erwischt!«

»He, ich habe Feierabend.«

»Wo bist du, Stefan?«

»Ist denn sonst niemand mehr im Dienst? Ich sitze beim Friseur, bei Robby, in der Dietrichstraße.«

»Ich hol' dich ab.«

*

»Bitte, wir müssen uns jetzt zusammenreißen. Nur kein Aufsehen erregen. Das hier sind in der Tat zusammengebackene Goldmünzen. Sie waren in der letzten Lkw-Ladung. Laßt uns jetzt gemeinsam weitersuchen. Nachher besprechen wir das Ganze, wenn es da oben ruhiger geworden ist.« Jo deutet mit dem Daumen zurück zum Hotel, wo inzwischen einige Gäste am Geländer stehen und gespannt zur Grabungsstelle blicken.

»Okay, kommt, wir machen weiter, das hier ist bestimmt noch nicht alles. Jo hat Recht. Klappe halten, keiner sagt was!« stimmt einer der beiden zu, die eben auf der anderen Seite des Hügels fündig geworden sind.

Bald darauf sind alle auf engstem Raum zugange. Jo hat die beiden Klumpen in seine Tasche gelegt und behält sie im Auge. Das tun die anderen ebenso. Jeder geht konzentriert zur Sache. Manche arbeiten nur mit der Hacke, andere haben ihr Suchgerät auf *Gold* eingestellt und untersuchen Schicht für Schicht. Es dauert nur wenige Minuten, bis die nächste Goldmünze – diesmal von einem Gräber mit Detektor – gefunden wird. Der Fund verschwindet sofort in einer Tasche, dennoch haben es alle am Hügel mitgekriegt.

Jo erinnert sich, wie er als Jugendlicher den Bericht über Heinrich Schliemanns Entdeckung des Schatzes des Priamos in Troja las. Er, der damals ein großer Karl-May-Fan war, hatte nie eine spannendere Geschichte in den über 40 Bänden über Winnetou, Old Shatterhand und Kara Ben Nemsi gefunden. Nein, auch das hier ist kein am Schreibtisch phantasierter Schatz im Silbersee, es ist Realität. Allein der Münzkuchen, den er eben gefunden hat, ist mehrere hunderttausend Mark wert.

»Was gefunden, meine Herren?« Ein weiblicher Hotelgast hat sich vom Balkon zur Grabungsstelle begeben. Es handelt sich offensichtlich um eine Kulturtouristin, die mit Reiseführer und Kamera bewaffnet die historischen Sehenswürdigkeiten der Stadt abklappert.

Normalerweise gibt Jo gerne Auskunft. Jeder Besucher der Stadt erfüllt ihn mit Stolz. Das Interesse an Trier und seiner Geschichte verbindet ihn mit jedem Touristen, aber jetzt versucht er, die Frau zu ignorieren. Die anderen arbeiten ebenfalls weiter.

»Da hinnen liejen echte Ziejel von de Römern«, gibt der Fahrer Auskunft.

Keiner der anderen blickt auf. Die Besucherin bleibt. Als ein dicker Klumpen Dreck vor ihren Sandalen landet, weicht sie ein paar Schritte zurück. Die Männer lassen sie deutlich spüren, daß ein Kiebitzer nicht erwünscht ist. Schließlich schlendert sie zwischen den Erdhaufen weiter.

Jetzt folgen Entdeckungen reihum, kaum eine Minute vergeht, in der nicht eine oder mehrere Münzen aus dem Hügel, der zunehmend flacher wird, gefischt werden.

Jo gehen tausend Gedanken durch den Kopf, die nur um einen Wunsch kreisen: das behalten zu dürfen, was er gefunden hat. Er freut sich über jede Münze, die die Kollegen finden. Er selbst entdeckt, außer einem größeren Stück Bronze, nichts mehr. Als der Hügel nach einer dreiviertel Stunde restlos abgetragen ist, wird nun Schicht um Schicht mit den Geräten abgesucht. Wie erwartet, sind nur wenige Münzen übersehen worden.

»Kommen Sie mit, ich besorg' was zu trinken«, fordert Jo den Fahrer auf, der immer noch gespannt die Grabungen verfolgt.

Im Restaurant des Hotels bedarf es einiger Überredungskünste, bis die Dame am Tresen dazu bereit ist, Flaschenbier zu verkaufen. Die kellerkühle Kiste, die beide schließlich zur Grabungsstelle tragen, kostet fast das Dreifache des üblichen Handelspreises. Im Schatten des Waldrandes, 50 Meter von der Grabungsstelle entfernt, stellen sie die Kiste ab.

»Ich geh' den Laster holen und stell'en quer hin, dann hann die da hinnen nix mehr ze glotzen.«

Damit sind die Beobachter von der Hotelterrasse gemeint, wo inzwischen nur noch zwei Tische besetzt sind. Offensichtlich hat dort jedoch niemand etwas von dem Schatzfund bemerkt.

»Ich schlage vor, wir machen jetzt alle eine Pause, dahinten stehen ein paar Bierchen«, Jo betont das Wort *alle* und greift nach seiner Tasche. Am liebsten hätte er sie sich beim Bierholen umgehängt, aber das wäre ein Affront gegenüber seinen Kollegen gewesen, den er nur schwer hätte wieder gutmachen können.

In einem engen Kreis hocken die Männer, alle mit einer Bierflasche vor sich, wie die Indianer ums Lagerfeuer. Jeder hat seinen Fund zutage gefördert. Anstatt eines Feuers bilden ungefähr 300 Aurei eine mehr als zwei Kilogramm schwere Quelle der Wärme in ihrer Mitte. Zwischen 15 und 60 Münzen schwankt die Ausbeute der Einzelnen. Schon eine einzige Münze hätte unter normalen Umständen für jeden der Gräber eine Sensation bedeutet, aber heute ist kein normaler Tag. Wer heute zu Hause geblieben ist, weil es ihm zu heiß ist, wer zur Arbeit gehen muß, wer einen Arzttermin hat, einkaufen geht oder sonstwie verhindert ist, wird sich vielleicht sein Leben lang grämen, nicht dabeigewesen zu sein. Wenn in vielen Jahren einer beim

Treffen der Münzfreunde sagen wird 'Der da war dabei', dann wird bestimmt niemand fragen, wobei!

»Guckt mal, wat ich am Hinnerreifen klewen hat«, der Fahrer hält eine Goldmünze hoch, die eine leichte Rundung aufweist. »Aber dat ist ja wohl net alles, ich hann die Shore hier angekarrt, und ihr steckt se inn, wat springt dann für mich raus?«

Hieraus erwächst eine lebhafte Diskussion, wer welchen Anteil zu zahlen hat.

Jo hört nicht zu, seine Gedanken kreisen um das Stück Bronze. Er dreht es in seinen Händen. Nur an der einen Seite klebt Erde. Offenbar hat es einmal zu einem Gefäß gehört. Als er mit zwei Fingern Anhaftungen abkratzen will, ritzt er sich die Haut ein. Die Ränder glänzen und weisen keine Patina auf. Woher kommt die scharfe Kante? Kann es sein, daß dies ein Teil eines Gefäßes war, in dem sich der Schatz befand? Hat der Bagger es beim Aushub zerstört? Liegen die anderen Teile noch in der Baugrube an der Schwesterklinik? Wenn dem so wäre, dann ist nicht ausgeschlossen, daß hier nur ein Teil des Schatzes abgeladen wurde und der Rest noch in der Baugrube liegt.

Jos Gedanken werden unterbrochen. Jemand tippt ihn am Oberarm. »Was hältst du davon?«

»Wovon?«

»Jeder gibt 10 Prozent ab«, wird er mit einer Handbewegung in Richtung Fahrer aufgeklärt.

»Ja, und was ist mit dem Museum?« Jos Frage löst sichtliche Verlegenheit im Kreis aus.

»Dann sind wir alles los, römische Goldmünzen rücken die doch bestimmt nicht mehr heraus«, läßt sich einer im Kreis vernehmen.

»In der Tat, mit einer Rückgabe ist nicht zu rechnen,

aber wenn wir sie nicht abliefern, wird es Ärger geben. Oder meint ihr, das hier bleibt unter uns?« gibt Jo zu bedenken.

Manche nicken, einige schauen skeptisch.

»Wat is, wollt ihr mich linken?« der Fahrer zieht seine verschwitzte Baseballkappe vom Kopf und streckt sie in die Mitte. Als von allen Seiten Münzen hineingelegt werden, gibt Jo seufzend ein Stück hinzu, das sich von den zusammengebackenen Münzen, die der Fahrer vorhin schon in den Händen gehalten hat, gelöst hat.

»War heute keiner vom Landesmuseum auf der Baustelle?« wendet sich Jo an den Fahrer, der seinen Mützeninhalt untersucht.

»Die hann irjend so'nen Brunnen beguckt. Mein letzt' Fuhr war von nem Fundament, dat net tief genuch war. Den Architekt hat den Bagger noch tiefer grawen lassen, weil morjen ja de Beddon kommt.«

»Morgen ist doch Samstag, da wird betoniert?«

»Dat Parkdeck muß feddig werden, sonst git et wat von de Schwestern auf den Deckel, hat de Chef gesagt. Damit hann eich aber nix zu tun. Dat macht de *Readimix*, ich hann' morjen frei.«

In Jos Kopf beginnen die Gedanken zu rasen. Ein Fundament, das morgen betoniert wird. Sollte sich dort noch ein Rest des Schatzes befinden, ist er unwiederbringlich verloren. Er schaut auf die Uhr, 21 Uhr. Die Dämmerung setzt bereits ein.

Jo läßt den Fahrer stehen, der sich wieder der Grabung zuwendet und geht zu seiner Tasche. In seiner Geldbörse hat er noch ungefähr 12 Mark.

An der Rezeption des Hotels wählt er die Privatnummer von Dr. Zelig, dem Grabungsleiter des Landesmuseums, und gerät an dessen Anrufbeantworter. Ohne eine Nachricht zu hinterlassen, legt er auf. Er beschließt, es später noch einmal zu versuchen und ruft zuhause an: »Marie, es kann später werden.«

»Soll ich dich abholen?«

»Weiß noch nicht, ich melde mich später nochmal.«

Als er zur Grabungsstelle zurückeilt, bleiben Jos Gedanken bei Marie. Sie hat sensible Antennen, die ohne Worte die Situation erfassen, sie wird bestimmt wachbleiben und auf seinen Anruf warten.

*

Doris wird von einem dumpfen Knall geweckt. War es ein Unfall auf der Straße, oder hat die Katze etwas hinuntergeworfen?

Es ist später Nachmittag. Durch das Fenster dringt das dumpfe Brausen des Feierabendverkehrs. Sie zieht ein dünnes, knielanges Kleid und Sandalen an.

Als sie zum Einkaufen aus dem Haus geht, muß sie sich an einem eng an der Hauswand stehenden Tieflader vorbeidrücken. Die Raupe ist gerade erst abgeladen worden. Das hat wohl zum abrupten Ende ihres Schlafes geführt.

Durch die enge Gasse *Sieh um Dich* gelangt sie zum Domfreihof. Der Platz liegt im gleißenden Sonnenlicht. Die Blätter der Platanen beschatten nur den Bouleplatz. Eine Nonnengruppe kreuzt ihren Weg und verschwindet im Eingang zum Dom.

Die Straßencafés rund um den Hauptmarkt sind besetzt. Doris schlängelt sich zwischen den Marktständen hindurch zur Fleischstraße. Als sie an der Straßenterrasse der *Brasserie* vorbeikommt, wird sie am Arm angetippt.

»Wohin so schnell, meine Dame?«

Günther Hecht, heller Leinenanzug, der genialste und moralisch verkommenste Anwalt der Stadt, geschniegelt und herausgeputzt wie immer, sitzt allein unter einem Sonnenschirm.

»Tag, Günther.«

»Komm, setz' dich, ich lade dich ein!«

»Gut, einen Kaffee, aber dann muß ich einkaufen.«

Doris läßt sich an Hechts Tisch nieder. So kurz nach dem Aufwachen ist ihr Denkapparat zu langsam, um eine plausible und halbwegs höfliche Absage zu formulieren. Hecht winkt der Bedienung und bestellt Kaffee und Cognac.

Auf der Straße flanieren mehr oder weniger spärlich bekleidete Passanten vorbei. Den Terrassengästen zeigt ein gegenüberliegendes Kaufhaus seine plastikverkleidete Breitseite. In einiger Entfernung gleitet der gläserne Fahrstuhl an der *Akademischen Buchhandlung* lautlos auf und ab.

Die Bedienung bringt Doris' Kaffee und zwei Cognac.

»Danke für die Einladung, aber bitte nur Kaffee.«

»Sorry«, Hecht legt beschwichtigend eine Hand auf Doris' Arm. »Einspruch stattgegeben, der Schriftführer wird gebeten, den Cognac aus dem Protokoll zu streichen.«

Doris rührt in ihrem Kaffee, obwohl sie ihn schwarz und ohne Zucker trinkt.

»Du scheinst schon länger Feierabend zu haben«, bemerkt Doris mit Blick auf den Bierdeckel, den eine Handvoll Kreuze zieren.

»Das Gericht hat Ferien, für Ehescheidungen ist es zu heiß, und den Rest erledigen meine Mädchen«, er mustert sie: »Apropos Scheidung. Wann kann ich dich endlich von Leo befreien?«

»Das geht dich ...«

»Spätestens nach der Sache mit Leos Krankenhauskosten ist es höchste Zeit für einen Abgang.«

»Ich mußte ja nicht zahlen.«

»Aber nur dank meiner bescheidenen Hilfe. Sag' mal, ihr lebt schon seit Jahren getrennt. Dann kommt eine Rechnung vom Krankenhaus, die Leo nicht bezahlen kann. Willst du warten, bis du für sein Altersheim aufkom...«

Mitten im Wort hält er inne und steht auf: »Ja, guten Tag! Wie geht's, Herr Räumer?«

Doris schreckt bei dem Namen auf. Räumer erblickt sie und errötet augenblicklich. Er drückt Hechts Hand im Vorbeigehen. Trotz der Hitze ist er mit Krawatte und zugeknöpfter Jacke unterwegs. Ein paar Häuser weiter trifft er einen Mann und verschwindet mit ihm in einer von zwei langen Klingelleisten gesäumten Haustür.

Doris atmet hörbar aus und greift nach dem Cognacglas. »Da bleibt mir aber die Luft weg. Sag' mal, Günther, bist du noch mein Anwalt, oder hast du das Lager gewechselt?«

»Doris, das gehört zu meinem Job. Soll ich die Prozeßgegner anspucken, wenn ich sie auf der Straße treffe? Dafür ist die Stadt zu klein.«

»Es sah eher so aus, als wolltest du Räumer um den Hals fallen.«

»Besser, als ihm an die Gurgel zu gehen oder seinen Schreibtisch umzuwerfen.«

»Es war ein kleiner Besprechungstisch, falls du dich noch erinnerst, und es war ein Versehen.«

»Du sollst ihn obendrein verbrüht haben.«

»Es ist ein wenig Kaffee auf seine Hose geflossen. Du weißt doch, daß eine Tasse auf dem besagten Tisch gestanden hat. Hätte ich da gewußt, was noch kommt, dann wäre eine volle Kanne hinterhergeflogen.«

»Immerhin bist du bei ihm nicht so blöd wie bei Leo. Daß Räumer gegen das Urteil Berufung eingelegt hat, habe ich erwartet. Du hättest ihn nach so vielen Jahren doch eigentlich kennen müssen.«

»Ich habe immer gedacht, der springt nur mit anderen so um.«

»Das höre ich öfter. Solange man nicht selbst betroffen ist, ist man so eitel, daß man denkt ...«

»... das hat mich mehr als 5.000 Mark gekostet.«

»Und mein Honorar.« Hecht grinst. »Wer ist der ungepflegte Herr, den dein Exchef vorhin getroffen hat?« Er nickt mit dem Kopf die Straße hinunter.

»Die Mieten sind fällig.«

»Sag' bloß, das ist doch nicht dein Ernst?« fragt Hecht.

»Das macht der Schorsch, den du eben gesehen hast. Es heißt, er wäre in der Fremdenlegion gewesen. Der ist nicht zimperlich.«

»Und die Mieter lassen sich das gefallen?«

»Scheint so, sonst würden sie wohl nicht da wohnen. Übrigens sind das Leute, die selbst keinen Wert auf Daueraufträge oder Einkommenssteuererklärungen legen, wenn du verstehst, was ich meine.«

»Und Räumer?«

»Der traut ihm nicht, seitdem er mal nach dem Kassieren böse versackt ist. Schorsch kommt ein-, zweimal im Monat in die Stadt und macht eine Sauftour durch die Kneipen und anschließend, wenn er noch nicht ganz hinüber ist und noch Geld hat, geht's ins Puff.«

»Was macht der Rambo sonst noch?«

»Hauptsächlich hält er Haus und Hof in Schuß, führt kleinere Reparaturen in diversen Mietobjekten aus und kümmert sich um die beiden Pferde von Räumers Tochter.«

»Die soll behindert sein, und die Frau soll ihm weggelaufen sein«, bemerkt Hecht.

»Das mit der Frau ist lange her. Die Tochter ist knapp über 20. Die Pferde sind Jennys Leben. Ich bin ab und zu da gewesen. Räumer hält die Ranch nur Jenny zuliebe.« Sie schaut auf ihre Uhr: »Mist, gleich machen die Geschäfte zu.«

»He, trink doch erst mal. Sei doch nicht so ungemütlich, hier gibt es eine leckere Salattheke.«

Doris' Cognacglas wird gegen ein neues ausgetauscht.

»Aber vorher trinken wir noch was, du wirst ja wohl endlich munter geworden sein.«

»Willst du mich besoffen machen?« Doris nippt am Kaffee. »Machst du eigentlich keinen Urlaub? Jetzt wäre doch wohl dazu die beste Zeit.«

»Ich brauche keinen Urlaub. Ich habe keine Frau, keine Kinder, kein Haus, kein Ehrenamt, wo soll ich mich da müde machen? Und mein Job ist mein Hobby. Vielleicht fahre ich mit dem Degenhardt ein paar Tage nach Österreich.«

»Ihr beide, wußte gar nicht ...«

»Rein dienstlich, er ist ein guter Kunde. Ich habe ihm die Verträge für seine Karateschule aufgesetzt. Er hat viel Zulauf, sein Europameistertitel im Halbkontakt scheint die Kundschaft zu beeindrucken. Wenn sie den Vertrag mit einem Jahr Laufzeit unterschrieben haben, kriegen manche beim ersten Karatetraining so die Hucke voll, daß sie sich nicht mehr bei Degenhardt blicken lassen. Das Problem ist, den Leuten klar zu machen, ein Jahr lang Mitgliedsbeitrag zu zahlen, ohne etwas dafür zu bekommen außer ein paar Beulen und blauen Flecken. Für ganz Verstockte ist dann eben meine Kanzlei zuständig.«

»Immer noch besser, als von Degenhardts Schlägern zur Kasse gebeten zu werden.«

»Das ist vorbei, die kleben jetzt die Stadt mit seinen Plakaten zu. Das soll aber nicht heißen, daß säumige Zahler nun besser dran sind. Bei mir müssen sie auch bluten. Wenn auch mehr im übertragenen Sinn. Denn dann kommen zum Jahresbeitrag noch meine Gebühren und die Gerichtskosten hinzu.«

Doris trinkt und stellt das halbvolle Cognacglas auf den Tisch: »Ich muß gehen, schönen Abend noch.«

Günther läßt sie ohne größere Gegenwehr ziehen.

Doris geht über den Kornmarkt zum Geldautomaten der Stadtsparkasse in der Brotstraße. Bei der Funktion Auszahlung wählt sie Eintausend Mark. Ganz schön frech, liegt wohl am Cognac. Auf dem Display erscheint *Verfügbarer Betrag zur Zeit 0.00*. Bei sechshundert und vierhundert wiederholt sich die gleiche Anzeige.

Das war's, Limit ausgeschöpft, die Kasse hat den Hahn abgedreht ... pleite. Doris zieht die Karte aus dem Automat. In ein paar Tagen wird die Miete überfällig sein, dann kommt die Kündigung ... der Anfang vom Ende naht. Nur nicht heulen, lieber wütend sein. Wenn sie jetzt nach Hause geht ... dann wird sie unweigerlich heulen. Als sie sich zum Gehen wendet, erblickt sie zwischen den Leuten einen Mann in Anzug und mit Tasche unter dem angewinkelten Arm auf sie zukommen. Es ist Räumer, er hat wohl genug abgesahnt.

Sie dreht sich um und eilt zur Konstantinstraße in Richtung Basilika. Am Eingang zum Parkhaus zögert sie kurz und schlüpft dann durch die Stahltür. Bald wird geschlossen. Sie beobachtet durch den Schlitz der fingerbreit geöffneten Tür, wie Räumer durch die *C & A*-Passage in ihre Richtung kommt. Jetzt hole ich mir das, was du mir schuldest! Doris drückt die Tür zu.

Als sie die Treppen zum zweiten Untergeschoß runterhastet, greift sie in der Tasche nach dem Pfefferdöschen. *Dauermieter* steht auf der Tür. Im Parkdeck stehen nur noch wenige Autos, Räumers blank geputzter *Jaguar* ist nur wenige Meter entfernt, ihr *Fiat* steht am anderen Ende und ist von hier durch das Säulengewirr nicht zu sehen. Keine Menschenseele ist da. Die meisten Mieter sind gleich nach Büro- und Ladenschluß weg. Doris hört in der Ferne das Quietschen von Autoreifen, und dann nur noch das Pochen ihres Herzschlages. Oben knallt die Stahltür. Doris weicht hinter einen Betonpfeiler direkt neben der Tür zurück. Ihr Herzschlag klingt wie Donnerhall. Die Hände sind schweißnaß, als sie den Behälter aufschraubt. Die Tür wird geöffnet, Doris quetscht sich eng an den Pfeiler. Ein blankgeputzter Schuh und ein Aktenkoffer kommen zum Vorschein. Doris schleudert die Dose nach vorn und springt hinter der Pfefferwolke her aus ihrem Versteck. Der Mann gibt ein röchelndes Geräusch von sich und schlägt die Hände vor das Gesicht. Zu spät, als er zum Husten ansetzt, geht das Röcheln in ein tiefes, keuchendes Wehgeheul über. Doris hat ihm ein Knie in die Weichteile gerammt. Sie greift die Tasche, die neben dem Opfer am Boden liegt und bemerkt erst jetzt die grauen Haare. Es ist nicht Räumer!

Sie hastet zu ihrem Wagen. Tränen laufen ihr über das Gesicht; sie preßt die Augen mehrmals fest zusammen und reibt mit schweißnassem Unterarm darüber. Hinter sich hört sie krächzendes Husten und Würgen. Sie streift den Jutebeutel mühsam über die Aktentasche. Der Autoschlüssel läßt sich nicht drehen. Nach links oder nach rechts? Sie probiert es in beide Richtungen. Wenn jetzt der Schlüssel abbricht? Sie zieht den Schlüssel wieder heraus, es ist der falsche. Beim nächsten Versuch geht die Tür des *Fiat* auf. Sie sinkt auf den Sitz. Ihr Körper zittert und kribbelt. Tausend Ameisen sind unter ihrer Haut. In den Ohren rauscht es, als würden Sturzbäche das Parkdeck fluten. Ihr Atem ist nur noch ein Röcheln. Mit letzter Kraft versucht sie, mit den Händen eine Muschel zu bilden und hält sie vor den Mund. Sie kämpft gegen den unbändigen Wunsch an, sich hinabgleiten zu lassen in die befreiende Ohnmacht, in die Erlösung aus diesem Alptraum. Festhalten, einatmen, ausatmen, weiter die Hände vor dem Mund verschränken, einatmen, ausatmen. Ganz ruhig – kurz einatmen, lang ausatmen. Eine Regelmäßigkeit stellt sich ein. Sie nimmt eine Hand vom Mund und legt sie auf ihren Bauch – er hebt und senkt sich wieder. Sie versucht, ihre Atmung weiter zu drosseln und wirft die Tasche vor den Beifahrersitz.

Sie nimmt ihre Magnetkarte aus dem Handschuhfach und fährt die Serpentinen hoch. Vor der Schranke atmet sie kräftig aus, wie sie es beim Laufen macht, wenn sie auf dem höchsten Punkt einer Steigung angelangt ist und schiebt die Magnetkarte in den Automaten. Ein paar Meter weiter bremst sie wegen eines Fußgängers. Räumer starrt sie an.

*

Als Jo zu den anderen zurückkehrt, hält ihm jemand eine soeben gefundene Münze unter die Nase. Die Sucher arbeiten jetzt gemeinsam und gehen systematisch, Stück für Stück, noch einmal den Abraum durch.

»Tschöh, ich mache Schluß für heute«, ruft Jo in die Runde, als er das Suchgerät auseinandergenommen und zusammen mit der Hacke in der Tasche verstaut hat. Den Münzklumpen hat er in Klopapier eingewickelt, das er aus der Toilette des Hotels mitgenommen hat. Dort hat er auch den gröbsten Schmutz von Händen, Armen und Beinen abgewaschen.

»Wie, du willst schon weg?« einer der Gräber schaut ihn verblüfft an. »Ja, was sollen wir denn machen, was ist mit dem Museum?«

Jo zuckt mit den Schultern.

»Wie kommst du denn überhaupt zurück?«

»Zu Fuß, wir sehen uns am Dienstagabend beim Treffen, bis dann.«

Als Jo sich zum Gehen wendet, schauen nicht einmal alle auf, das Licht ist schwach geworden. Einige wollen noch jede Minute des Tageslichtes ausnützen. Jo schlägt den Weg ein, der unterhalb des Hotels durch den Wald in die Stadt führt. Als er in einen Tannenwald kommt, ist es schon stockdunkel. Wie durch einen Tunnel sieht er in der Ferne einen schwachen Lichtschein, der eine Lichtung ankündigt. Der Weg führt anfangs steil bergab. Er muß aufpassen, daß er nicht über Baumwurzeln stürzt, die sich vereinzelt über den Weg schlängeln. Normalerweise ist er nicht ängstlich. Wovor sollte er sich auch fürchten? Er mißt 1,85 Meter, bringt knapp zwei Zentner Lebendgewicht auf die Waage, das nicht nur aus Fett, sondern auch aus ein paar kräftigen Muskeln besteht. In seiner Jugend hat er Leistungssport getrieben und war Dritter bei den Landesmeisterschaften im Speerwerfen geworden. Das breite Kreuz und die kräftigen Oberarme hat er sich bis heute bewahrt. Abgesehen davon ist um diese Zeit sowieso kein Mensch mehr im Wald unterwegs.

Er ist auf einen breiten Weg gelangt, der durch einen Buchenwald führt, hier dringt noch ein wenig Licht durch die Baumwipfel. Es wird ihm bewußt, was er in seiner Tasche trägt. Etwa 50 Aurei, die gut und gerne eine viertel Million Mark wert sind. Was ist, wenn er bei der Entdeckung heimlich vom Wald her beobachtet wurde und jemand ihm jetzt womöglich folgt, um ihm seinen Schatz abzujagen? Jo setzt seine Schritte vorsichtig, damit er möglichst wenig Geräusche macht. Mit halb geöffnetem Mund lauscht er angestrengt. Vor ihm taucht der Weg wieder in einen dichten Tannenwald ein. Er öffnet langsam den Reißverschluß der Luxairtasche, tastet nach der Hacke und nimmt sie in die Hand.

Der Baumbestand am Wegrand ist spärlicher geworden. Jo erspäht die rötlich gefärbte Dunstglocke über der Stadt. Nach der nächsten Kurve hört er schwaches Verkehrsrauschen. Ab und zu blitzen Scheinwerfer durch die Bäume. Vor ihm tauchen mitten auf dem Weg die Konturen eines Kleinwagens auf. Als sich Jo daran vorbeiquetscht, sieht er im schwachen Licht auf der Beifahrerseite einen breiten hellen Hintern sich auf und ab bewegen. Davor, dahinter und darunter ist nichts zu erkennen. Als er vorbei ist, schaut er auf das Kennzeichen, es ist ein amerikanisches. Eine Zirkusnummer auf dem Beifahrersitz dieses Miniwagens, denkt er amüsiert. Schneller Sex im Stehen in der Besenkammer, auf dem Damenklo oder auf dem Küchentisch sind Jo zu sehr reduziert.

Er erreicht die dreispurige Bundesstraße, der er den letzten Kilometer hinunter in die Stadt folgt. Die Hacke hat er wieder in die Tasche gesteckt. Das rechte Schultergelenk schmerzt. Erst die Buddelei und dann die verkrampfte Haltung, mit der er die Hacke im Dunkeln vor sich gehalten hat.

Er hängt sich die Tasche über den Rücken und legt das Trageband vor die Stirn. Jetzt hat er die Arme frei und macht während des Gehens ein paar Lockerungsübungen. Vor der Römerbrücke stärkt er sich in einer Imbißbude mit Currywurst, Pommes und Cola.

Jedesmal, wenn er die Römerbrücke überquert, erfüllt ihn Stolz auf seine alte Stadt. Anhand der dendrochronologischen Untersuchung römischer Pfeilerreste, die hier gefunden wurden, ist das Gründungsjahr Triers auf 18 vor Christus datiert worden. In der Römerzeit war es über mehrere Jahrhunderte üblich, daß jeder Passant, der es sich irgendwie leisten konnte, hier eine Münze in den Fluß warf. Bis zur Schiffbarmachung des Flusses, Anfang der sechziger Jahre, wurden in heißen und trockenen Sommern, wenn der Fluß auf ein dünnes Rinnsal zurückgegangen war, reichlich Münzen gefunden.

Jo verspürt einen ungeheuren Drang, mit dem Opfer einer Münze – wie es schon vor zweitausend Jahren erhofft wurde – die Götter gnädig zu stimmen. Glück kann er heute, weiß der Himmel, gebrauchen. Er greift in die Gesäßtasche der Shorts und fingert die Münze heraus. Als er am Geländer stehen bleibt und die Münze fallen läßt, hat er das sichere Gefühl, durch dieses Opfer etwas bewirken zu können.

*

»Wo brennt's denn?« Walde seufzt.

»Jetzt in der Karl-Marx-Straße und vorher in der Neustraße. Ich erzähl dir alles auf der Fahrt, die anderen sind schon unterwegs.«

Walde hat beim Einsteigen die Tür noch in der Hand, da

braust Harry schon los. Er fährt mit Vollgas durch die Dietrichstraße. Das Martinshorn jagt einen Radfahrer vom Pflaster. Vorne kommt ein Stück Einbahnstraße, dann geht's über die Zuckerbergstraße. Vor der Ampel ist ein Stau, und Harry biegt rechts in eine Gasse. Das hätte ich doch wissen müssen, warum Harry hier über enge Nebenstraßen brettert, anstatt die parallellaufende Brückenstraße zu benutzen: nur um 200 Meter weit noch eine Einbahnstraße in der umgekehrten Richtung befahren zu dürfen.

Am liebsten würde Walde auf die Rückbank klettern. Beim Einbiegen in die Feldstraße werden sie auf die Gegenfahrbahn hinausgetragen. Mit Zwischengas und Gegenlenken fängt Harry den Wagen ab. Jetzt ist es da, das Grinsen, das immer dann die Gesichtszüge seines Assistenten in die Breite zieht, wenn er sein fahrerisches Können unter Beweis stellen kann. Harry guckt zu ihm rüber, als erwarte er Applaus. In der Brückenstraße hat er es nicht mehr eilig. Hätte nur noch gefehlt, daß er anhält, um sich Zigaretten zu ziehen.

»Du wolltest mir doch unterwegs erzählen, was los ist.« Sie biegen in die Bollwerkstraße ein und halten hinter einem Feuerwehrwagen.

»Der Wagen bricht hinten leicht aus, ich glaube, es liegt an den Stoßdämpfern.«

»Ich brech' auch gleich aus!«

»Schon gut, Stefan, in der Neustraße hat jemand im Treppenhaus gezündelt, und hier hat der Brand ein Opfer gefordert.«

Sie zwängen sich zwischen Gaffern hindurch. Feuerwehrleute mit hochgezogenem Atemschutz und Löschkanistern auf dem Rücken tragen Kartons und anderen Kram auf die Straße.

»Tag, Herr Bock,« ein Brandmeister begrüßt Walde. »Es ist bereits gelöscht, hat wieder jemand mit Papierbündeln gezündelt, wie in der Neustraße.«

»Herr Hauptkommissar«, Walde wird am Hemdärmel gezupft. »Könnte ich Sie mal kurz sprechen?«

»Ach, Herr Grabbe, wo ist die Leiche?«

»Tut mir leid«, nuschelt Grabbe. »Ich muß Ihnen das kurz erklären, Herr Hauptkommissar.«

»Die erste Brandleiche? Wieder übel?«

»Nein ... doch!«

»Was denn nun?«

»Es gibt keine.«

»Ja und warum haben Sie uns gerufen?«

»Ein Mißverständnis, nach dem Brand in der Neustraße kam gleich ein Anruf, der das Feuer hier und einen Toten meldete.«

»Das heißt also, Sie haben uns gerufen, bevor ...?«

Grabbe schaut auf seine Schuhe und nickt.

»Warum ist niemand von der Schupo hier?« fragt Walde.

Im gegenüberliegenden Fitneßstudio werden wieder die Geräte bewegt.

»Sind alle ausgerückt, Einsatz in der Konstantinstraße, Überfall im Parkhaus«, antwortet Harry, der aus dem Haus kommt. »Die beiden Brände und der Überfall, ist alles fast gleichzeitig gelaufen.«

»Könnt ihr die Packen ein bißchen nach rechts ziehen, ja, so ist es gut. Danke, meine Herren,« Josef Tietzen vom *Trierischen Volksfreund* hat die Kamera gezückt und dirigiert die Feuerwehrleute.

»Tag, Herr Kommissar, was ist denn bei *C & A* im Parkhaus passiert?«

»Tut mir leid, Sie wissen ja, daß ich keine Erklärungen an die Presse geben darf. Abgesehen davon weiß ich wirklich nichts.«

»Okay, ich ruf' bei Monika an, schönen Abend noch.«

»Soll ich dich nach Hause oder ins Präsidium bringen, Stefan?« fragt Harry.

»Danke, ich gehe lieber die paar Meter zu Fuß nach Hause.«

Vor vielen Häusern in der Feldstraße liegen Papierstapel. An der Schwesterklinik überlegt Walde, ob er nicht einfach zur Hals-Nasen-Ohrenstation gehen und die Nasenkorrektur besuchen soll. Aber ohne den Namen zu wissen und mit der Möglichkeit, dem Ehemann in die Arme zu laufen oder, was noch schlimmer wäre, einem an einer Ohrenkorrektur interessierten Chirurgen ... In der Windmühlenstraße macht er einen Abstecher zum *Mephisto* am Irminenfreihof. Die Kneipe liegt neben dem Gebäude der Staatsanwaltschaft, wird aber von den dort Beschäftigten gemieden, liegt vielleicht einfach zu nah. Der Biergarten ist gut besucht.

Zwei junge Frauen, vermutlich Studentinnen, stöckeln hinter Walde über den Kiesweg an die Theke: »Gérard, kannst du uns noch was Kleines machen?«

»Tut mir leid, Mädels, ich bin steril«, kommt seine trockene Antwort. Die beiden brauchen eine Weile, bis der Groschen gefallen ist.

Ohne Bestellung schlurft Gérard mit einem Humpen zu Waldes Platz: »Wohin möchten Sie den Schuß?«

»Wie immer, hinter die Binde.« Tradition ist doch was Schönes ...

*

Der Tank des *Fiat* ist nur noch viertelvoll. Erst einmal nichts wie weg. Doris fährt stadtauswärts über die Konrad-Adenauer-Brücke durch Igel nach Wasserbillig. An der Brücke nach Luxemburg ist kein Zöllner zu sehen. Es gibt zwar keinen Zoll mehr, aber manchmal werden vom Bundesgrenzschutz Stichproben gemacht. Sie bleibt auf deutscher Seite und fährt entlang der Sauer nach Langsur.

Hier ist bestimmt keiner an der Grenzbrücke, aber wenn ... Wie lange dauert es wohl, bis die Polizei ihre Autonummer an den Grenzschutz weitergeleitet hat?

In Rosport fährt sie über die Grenze. Hüben wie drüben sind keine Uniformierten zu sehen. An der Tankstelle mitten im Ort tankt sie und kauft mit ihrem letzten Geld einen Flachmann Cognac und ein Päckchen *Ducal*. An der Straße Richtung Echternach biegt sie in einen Betriebsweg zu einem einsamen Wasserwerk und parkt am Ufer der Sauer.

Das ist doch alles nur ein schlechter Traum, sie will aufwachen. Sie dreht den Flachmann auf und trinkt die Hälfte, ohne abzusetzen. Dann zündet sie sich eine Zigarette, die erste seit Jahren, an. Räumer hat den Mann im Parkhaus gefunden. Er hat sie kurz vorher herausfahren sehen und sicher erfaßt, in welchem Zustand sie sich befand. Da brauchte er nur noch zwei und zwei zusammenzuzählen.

Sie wirft die halb gerauchte Zigarette fort. Ihr ist schlecht. Die Dämmerung hat eingesetzt, das Wasserwerk wird nun von gelben Lampen angestrahlt. Ein Mückenschwarm nervt. Sie geht ans Wasser und wäscht sich Gesicht und Hände. Das Wasser ist angenehm kühl. So langsam bringt sie Ordnung in ihre Gedanken. Wenn sie sich sofort stellt, hat sie vielleicht eine Chance. Sie hat bisher ein unbescholtenes Leben geführt. Vor der Tat hat sie Alkohol getrunken. Es war heiß, in Bayern wird, soviel sie weiß, Föhnklima strafmildernd gewertet. Es sollte ja überhaupt kein Raub werden, eher eine Art Selbsthilfe. Hatte sie das Opfer verletzt? Eine Handvoll Pfeffer und ein gezielter Tritt, konnte das schon als schwere Körperverletzung ausgelegt werden? Wie hoch war die Beute?

Doris setzt sich in den Wagen und zieht den Koffer aus dem Jutebeutel. Er ist abgeschlossen. Aus dem Bordwerkzeug fischt sie einen Schraubendreher und einen Radmutterschlüssel, dessen anderes Ende sie als Stemmhebel einsetzt. Der verdammte Koffer ist solide gearbeitet. Nach endloser Schufterei ist das erste Schloß aufgebrochen. Längst ist es dunkel geworden und sie muß aufpassen, daß sie nicht zuviel Lärm macht. Vielleicht hocken hier irgendwo Angler herum. Beim nächsten Schloß hat sie raus, wo sie den Stemmhebel ansetzen muß. Als sie den Koffer öffnet, ist sie darauf gefaßt, ein Dutzend Verträge über Lebensversicherungen oder einen Packen statischer Berechnungen für einen Neubau zu finden. Obenauf liegen von einer großen Büroklammer zusammengehaltene Schecks. Darunter liegen Bündel mit französischen, luxemburgischen, holländischen und deutschen Geldscheinen sauber geordnet nebeneinander. Das meiste ist in deutscher Währung: Fünfhunderter, Zweihunderter, viele Hunderter und Fünfziger. Keine Zwanziger, Zehner, Fünfer und auch kein Hartgeld. Wie Lösegeld für ein Entführungsopfer oder die Bezahlung für Waffen oder Drogen. In den Fächern des Deckels liegen verschiedene Papiere, Korrespondenzen. Die Adresse eines Schuhgeschäftes in der Brotstraße ist darauf.

Neben Kontoauszügen einer luxemburgischen Bank steckt eine Illustrierte mit skandinavischem Titel, irgendein hartes Herrenmagazin. Ganz unten ragt der Knauf einer Pistole aus einem braunen Lederfutteral. Sie stopft die Geldbündel in die Jutetasche und legt die Chauvi-Illustrierte auf die Pistole ins Handschuhfach. Mit einer über die Hand gezogenen Frotteesocke wischt sie den Koffer ab, bevor sie am Ufer liegende Kieselsteine hineinfüllt und eins der Schlösser provisorisch verschließt. Am Wasser knieend wartet sie, bis der Koffer vollgelaufen ist und läßt ihn mit der langsamen Strömung treiben. Soll ein Angler ihn an den Haken kriegen oder ein Aal darin Zuflucht finden. Das Pfefferdöschen wirft sie hinterher.

*

Durch ein von hohen Mauern gesäumtes Gäßchen gelangt Jo in die Feldstraße und kommt bald zu einem zwei Meter hohen Bauzaun, der neben der Krankenhauskirche beginnt und bis zum Eingangsbereich verläuft, wo ein breiter Fußweg zum einhundert Meter zurückliegenden Hauptgebäude führt. Daneben befindet sich eine Schranke, die die Einfahrt für Fahrzeuge versperrt. Jo geht weiter bis zu den Telefonzellen am Paulusplatz und ruft wieder bei Zelig an. Immer noch ist der Anrufbeantworter eingeschaltet.

»Herr Zelig, hier ist Joachim Ganz, ich habe eine dringende Nachricht für Sie. Ich werde es später nochmals versuchen. Äh, ich rufe morgen früh nochmal an, gute Nacht.«

Bei Walde ist besetzt. Er wartet ein wenig und versucht es noch einmal. Immer noch besetzt. Vielleicht hat er den Hörer nicht richtig aufgelegt.

Als Jo die Telefonzelle verläßt, schlägt die Uhr der Pauluskirche elf Mal. Er geht in Richtung Mosel und passiert die Schwesterklinik an der Moselseite, bevor er zum Eingang des Parkplatzes für das Personal kommt. Er duckt sich unter der Schranke hindurch und gelangt an einigen parkenden Autos vorbei in den unbeleuchteten großen Garten. Im etwa 200 Meter entfernten Haupthaus brennt nur noch hinter wenigen Fenstern Licht. Jo wendet sich nach rechts und gelangt zur Baustelle. Auch hier sperrt der gleiche Bauzaun die Baustelle vom Klinikgarten ab. Bisher hat er sich im dunklen Bereich des Gartens bewegt, wenn er weitergeht, kommt er ins Licht der Scheinwerfer, die auf die Einfahrt zur Feldstraße gerichtet sind und einen Teil der Baustelle beleuchten. Jo blickt hoch zum Schwesternwohnheim. Ihm scheint, als habe er gerade auf einem der Balkone eine Zigarette aufglühen sehen. Er kauertt sich hinter einen Strauch auf den Rindenmulch der Beeteinfassung. Wenig später fliegt etwas Glühendes über das Balkongeländer auf den Rasen. Geduckt pirscht er sich am Bauzaun entlang weg von den Scheinwerfern. Dort, wo die Baustelle an die Kapelle grenzt, stoßen zwei Elemente des Zaunes nicht bündig aneinander. Der Zwischenraum ist mit Plastikband abgesperrt. Mit dem Schweizermesser durchtrennt Jo das unterste Band direkt über der Erde und schiebt seine Tasche vor, dann robbt er in Schräglage, auf einer Schulter liegend, zwischen den Zaunelementen hindurch.

Jo klettert über Mauerreste und Erdwälle hinab auf die tief unter dem Niveau des Gartens liegende Sohle der Baustelle. Sie gleicht mit ihren vielen Mauerresten eher einer archäologischen Ausgrabungsstätte denn einer Baustelle für ein modernes Parkdeck. Die gespenstische Szenerie erinnert ihn an einen nächtlichen Besuch, den er einmal den Kaiserthermen abgestattet hat. Im Suff war er mit Kommilitonen nach einer Feier auf der Wiese des Palastgartens über den Zaun zur danebenliegenden römischen Ruine gestiegen und durch die unterirdisch verlaufenden Gänge getappt.

Der Sternenhimmel und die schwach herüberstrahlende Beleuchtung der Feldstraße tauchen die Mauerreste in ein fahles Licht. Wenn jetzt hier ein Graben einstürzt, bist du für alle Zeiten verschwunden und keiner wird dich jemals finden, denkt er, als er sich zwischen zwei hohen Erdwällen hindurchtastet. Mühsam erkundet Jo, eng an die Mauern geduckt, die Baustelle. An ungeschützten Stellen kriecht er auf allen Vieren.

In der Nähe des einzigen Baggers entdeckt er die Brunnenanlage, die offensichtlich die Aufmerksamkeit der Archäologen am heutigen Nachmittag auf sich gezogen hat. Das Mauerwerk ist in diesem Bereich, am Rande der Baustelle, entfernt worden. Als er auf offenbar frisch ausgehobene Vertiefungen stößt, erwacht sein Entdeckungsfieber von neuem.

Mit dem Metalldetektor, dessen Piepston er ganz leise eingestellt hat, untersucht er die Oberfläche. In der Rückwärtsbewegung stößt er mit dem Fuß an eine Scholle, die ein knirschendes Geräusch von sich gibt. Jo dreht sich um. Das augenblicklich einsetzende Piepsen ist für ihn das wunderbarste Geräusch der Welt. Es reißt nicht sofort wieder ab, wie es bei einem Einzelfund der Fall ist, wenn das Objekt nur kurz in den Magnetbereich kommt. Es gibt einen Dauerton von sich, der eine Fundstelle von mehreren Handbreit Durchmesser signalisiert. Als er den ersten Aureus gegen das spärliche Licht hält, weiß Jo sofort: er hat den Rest des Schatzes gefunden. Was heißt Rest, offensichtlich liegt hier der Hauptteil, der vom Bagger nur angekratzt worden ist. Mit den Händen legt er die Münzen frei, die, als wären sie gerollt worden, übereinander liegen. Jo langt in seine Tasche und zieht die Plastiktüte heraus, in der die Äpfel waren. Erst als er damit beginnt, die Münzen einzusammeln, wird ihm der volle Umfang offenbar. Schade, daß er keine Taschenlampe oder ein Feuerzeug dabei hat. Immer mehr Münzen füllt er in die Tüte. Es sind schon über hundert. Jetzt kann er sich vorstellen, wie sich jemand fühlt, wenn er erfährt, daß er den Jackpot im Lotto geknackt hat. Jo rafft und rafft und füllt die Tüte weiter mit Goldstücken. Sie liegen vor ihm auf der Erde, als hätte Sterntaler ihr Hemd ausgeschüttet. Er kann es nicht fassen. Viele hundert sind es. Nachdem er den letzten Aureus aufgehoben hat, legt Jo den Arm um die Tüte und hebt sie vorsichtig an. Es sind mindestens zehn Kilo, das hält die Tüte nie und nimmer aus.

Wo ist der Rest des Bronzegefäßes, dessen Fragment ihn überhaupt erst auf die Idee gebracht hat, hier zu graben? Soll er sich noch länger der Gefahr einer Entdeckung aussetzen und nicht besser mit den Münzen von hier verschwinden?

Schließlich siegt seine Neugier. Nach nur wenigen Minuten spürt das Metallsuchgerät unweit der Fundstelle ein Gefäß auf. Es ist fest verankert im Erdreich. Jo schießt der Schweiß aus allen Poren. Auch im Unterteil des bauchigen Bronzegefäßes liegt ein dicker Batzen, diesmal sind es fest miteinander verbackene Münzen. Der Klumpen ist etwa halb so groß wie der Inhalt der Tüte. Er versucht, das Gefäß mitsamt dem ringsum anhaftenden Erdreich zu lockern. Es bedarf einiger Mühen, bis er alles zusammen aus der Vertiefung heben und neben die Plastiktüte stellen kann.

Jo läßt sich nach hinten sinken und liegt minutenlang bewegungslos auf dem Rücken. Als er die Augen öffnet, wähnt er sich in einem offenen Grab. Die Mauern ringsum scheinen näher gerückt zu sein. Darüber schimmert schwach der Sternenhimmel. Er streckt die Arme aus, um die beklemmende Enge zu verdrängen. Die rechte Hand landet auf der Tüte. Als er hineingreift, ist es wieder da, das Bild aus dem Film von der prall gefüllten Schatztruhe der Piraten, in die sich zwei gierige Hände schieben. Das ist die Entdeckung seines Lebens!

Die Tasche ist weder für den Topf noch für die Plastiktüte groß genug. Neben dem Bauwagen findet er einen henkellosen schwarzen Kunststoffeimer, halb gefüllt mit einem kalkähnlichen Pulver. Jo kippt ihn aus und legt das Gefäß mit den Anhaftungen hinein. Obendrauf kommt die Plastiktüte.

War das alles? Hat die Baggerschaufel weitere Münzen an einer anderen Stelle abgeladen? Besteht der Schatz womöglich noch aus weiteren Gefäßen? Jo ist hin- und hergerissen. Jederzeit können die anderen vom Kockelsberg die gleichen Schlüsse ziehen und hierher kommen. Er streift nochmals die Kopfhörer über und untersucht mit dem Gerät die nächste Umgebung der Stelle, an der das Bronzegefäß fast zwei Jahrtausende versteckt war. Blitzschnell duckt sich Jo auf die Erde. Aus nächster Nähe hört er Stimmen und Gelächter. Er schiebt den Kopfhörer in den Nacken. So ein Mist, die anderen kommen und machen einen fürchterlichen Lärm. Die haben bestimmt einen über den Durst getrunken. Er hört ihre näherkommenden Schritte. Als jemand an den Bauzaun schlägt, zuckt Jo zusammen. Die

Geräusche kommen von der Feldstraße her. Jetzt sind sie auf seiner Höhe ... die Schritte gehen weiter. Jo atmet kräftig durch und zuckt augenblicklich wieder zusammen. Direkt neben ihm platscht es heftig. Er schaut nach oben und weicht im letzten Moment, den Eimer hinter sich herschleifend, einem Strahl aus. Oh Gott, da pinkelt einer durch den Bauzaun. Es nimmt kein Ende. Dann endlich die erlösenden Geräusche des Reißverschlusses und Schritte, die sich entfernen.

Nachdem er ein paar Minuten reglos verharrt hat, schraubt Jo das Suchgerät auseinander und verstaut es mit der Hacke in der Tasche. Im Schatten der Mauerreste kriecht er zur Lücke im Bauzaun. Ganz langsam schiebt Jo den Eimer vorwärts, um so leise wie möglich zu sein. Vor der Bretterwand hängt er sich die Tasche um und schleicht tief gebückt an den Hecken entlang.

Mehrmals muß er anhalten und den schweren Eimer absetzen, weil die Oberschenkel verkrampfen und der Rücken tierisch schmerzt. Nahe der Schranke wartet er. Niemand kommt, niemand fährt. Wie wirkt er auf mögliche Passanten? Ein verdreckter Kerl mit einer Tasche um die Schulter und einem großen Eimer vor dem Bauch. Zu spät in der Nacht, um den Anschein zu erwecken, von der Ernte aus dem Garten zu kommen. Einer Polizeistreife sollte er nicht unbedingt über den Weg laufen.

*

Vor ihrem Haus ist keine Polizei zu sehen. Doris klemmt nach dem Aussteigen die Jutetasche fest unter den Arm. Im Treppenhaus ist es ruhig. In ihrer Wohnung läßt sie sich neben den Tisch mit dem Telefon sinken.

»Hallo, ja?« meldet sich eine verschlafene Stimme.

»Entschuldige, ich bin's, habe ich dich geweckt?«

»Nein, nicht direkt, bin wohl eingedöst, ich warte auf Jo, was ist denn los?«

»Es ist etwas passiert. Mehr möchte ich dir am Telefon nicht sagen. Können wir uns treffen?«

»Warum? Jetzt?«

»Was hast du morgen früh vor?«

»Einkaufen, im *Auchan* in Luxemburg.«

»Dann komme ich dahin.« Doris weint.

Marie wartet ein Weile; als sie keine Schluchzer mehr hört, fragt sie: »Ist 10 Uhr in Ordnung? Kommst du klar bis dahin?«

»Hmh, bis morgen.«

Während das Wasser in die Wanne läuft, kippt Doris die Scheine auf's Bett und zählt. Knapp 8.000 Francs, 500 Gulden, 55.000 Luxemburger Francs und 45.000 Deutsche Mark. Das sind umgerechnet mehr als 50.000 Mark – viel Umsatz im Hochsommer, wo höchstens Bedarf an Sandalen besteht.

Ein Bündel Hundertmarkscheine steckt sie in ihr Portemonnaie, und den Rest deponiert sie in der Tasche unter ihrem Kopfkissen. Nach dem Bad legt sie sich auf's Bett und starrt an die Decke.

*

Jo huscht an der Schranke vorbei und geht, so schnell es die Last zuläßt, die dunkle Zufahrtsstraße in Richtung Moselufer hinunter. Niemand begegnet ihm. Er atmet tief durch und läuft über die vierspurige Uferstraße. Der Verkehr ist spärlich. Auf der anderen Straßenseite geht er eine Treppe zum Moselufer hinunter. Auf dem kleinen Teerweg, auf dem tagsüber Radfahrer und Spaziergänger unterwegs sind, ist es jetzt still. Nur die Geräusche der Stadt mischen sich mit dem Glucksen des Wassers. Ab und zu hört Jo ein lautes Platschen. Es sind Fische, die immer noch nach Insekten schnappen. Links ragt die Römerbrücke in den Nachthimmel. Von der anderen Uferseite spiegeln sich die Lichter eines Hotels im Fluß. Darüber thront über dem Markusberg die angestrahlte Mariensäule.

Jo geht in Richtung Kaiser-Wilhelm-Brücke. Von wo soll er Marie anrufen? Nochmals über die Uferstraße möchte er nicht mehr mit dem Eimer laufen. Vielleicht läßt sich hier im Ufergestrüpp ein Versteck finden, wo er den Schatz deponieren kann.

Der Eimerinhalt mit seinen weit über tausend Goldmünzen ist gut und gerne fünf bis zehn Millionen Mark wert. Instinktiv schaut er sich um. Der Weg verläuft fast schnurgerade. Niemand ist zu sehen. Rechts tauchen die alten Moselkräne auf. Die Balken, an denen früher die Ladungen der Moselkähne hingen, erinnern an Galgen. Jo stellt den Eimer ab und setzt sich ins Gras. Hier am Fluß ist die Nachtluft angenehm. Er kämpft dagegen an, sich nach hinten fallen zu lassen. Ganz in der Nähe ist das Kichern eines Liebespaares zu hören. Endgültig verwirft er den Gedanken, den Eimer am Moselufer zu verstecken.

Bald schimmert ein Licht in der Uferböschung. Es ist die Fußgängerunterführung unter der Uferstraße zur Ausoniusstraße. Auf der anderen Seite gelangt er nach nur wenigen Häusern zu einer Telefonzelle an einem Parkplatz. Keine Menschenseele ist zu sehen. Der Apparat ist intakt, und nach einmal Klingeln meldet sich Marie: »Hallo, ja?«

»Ich bin's, tut mir leid, Marie, daß es so spät geworden

ist. Kannst du mich bitte abholen?«

»Wo bist du?«

»Am Parkplatz in der Ausoniusstraße hinter der Toni-Chorus-Halle. Weißt du, bei der Berufsschule.«

»Ich komme sofort.«

Er setzt sich hinter ein parkendes Auto auf einen Blumenkübel. Von der Straße aus kann er nicht gesehen werden. Um diese Zeit parken hier nur noch Anlieger. Jo kämpft gegen die Müdigkeit. Endlich vernimmt er das vertraute Motorengeräusch von Maries *Citroen*. Als er einsteigt, wirft er die Tasche über den Sitz nach hinten und stellt den Eimer zwischen seine Füße. An der ersten Ampel, an der Marie halten muß, küßt er sie auf die Wange und atmet tief durch.

Als sie in die häusliche Einfahrt einbiegen, hat Jo ihr eine Kurzfassung der letzten Stunden gegeben. Drinnen zieht er die Vorhänge am Küchenfenster zu und stellt den Eimer mitten auf den Tisch.

»Na komm', Marie, greif' mal rein!« fordert er sie auf und öffnet die Plastiktüte. Wieder schwirrt ihm die Filmszene mit der Schatzkiste durch den Kopf. Aber Marie faßt nicht mit beiden Händen hinein und strahlt und wirft das Gold in die Höhe. Sie bleibt so weit vor dem Tisch stehen, daß sie sich nach vorne beugen muß, um in den Eimer sehen zu können, als lauerten Giftschlangen darin.

Jo nimmt eine Handvoll Münzen heraus und läßt am Spülbecken Wasser darüber laufen. Augenblicklich haben sie ihren ursprünglichen Glanz wieder. Er nimmt ein Küchentuch und legt sie darauf.

»Hier, faß' sie mal an«, Jo hält Marie eine Münze hin.

»Das ist doch Wahnsinn, was hast du gemacht?« Marie ist blaß geworden. »Wir haben doch alles, was wir uns wünschen. Sollen wir das auf's Spiel setzen?«

»Nein, Marie, so ist das nicht, ich habe gestern abend bei Zelig eine Nachricht hinterlassen, ich werde ihm gleich morgen früh alles übergeben. Aber heute Nacht gehört der Schatz nur uns allein.«

»Ich muß dir ja wohl nicht sagen, wie du aussiehst? Ich koche jetzt mal einen Kaffee und hüte deinen Schatz, und du richtest dich wieder halbwegs her.«

Wie gerne hätte Jo jetzt ein ausgiebiges Bad genommen, aber die Neugier läßt ihm nur Zeit für eine schnelle Dusche, bevor er mit einem Bestimmungskatalog für römische Münzen und einer alten Decke, die sie bei der Renovierung zur Abdeckung von Möbeln verwendet haben, wieder in die Küche kommt.

»Nicht so laut, du weckst Philipp auf«, ermahnt ihn Marie, als er Stühle und Tisch zur Seite rückt, um Platz zu schaffen für die ausgebreitete Decke. Jo hievt die Plastiktüte aus dem Eimer und schüttet vorsichtig den Inhalt in die Mitte der Decke.

»Haben wir noch einen Film da? Ich hole mal die Kamera.«

Bald liegen in langen Reihen Münze neben Münze auf dem Tuch. Genau 1.045 Münzen waren in der Plastiktüte, und 22 hat Jo vom Kockelsberg mitgebracht. Das Gefäß legt er wieder vorsichtig in den Eimer zurück. Auf 500 Münzen schätzt er den darin zusammengebackenen Klumpen.

Marie, die bisher noch keine der Münzen angefaßt hat, sitzt am Rand des Tuches. Jo beginnt nun damit, einzelne Münzen aus den Reihen zu nehmen und am Waschbecken zu reinigen. Marie sucht währenddessen im Münzkatalog nach Jos Bestimmungsmerkmalen die Datierungen heraus.

»Es sind etliche Münzen dabei, die nicht im Katalog verzeichnet sind«, stellt Marie fest.

»*Noch* nicht verzeichnet sind«, ergänzt Jo.

Diese fotografiert Jo und macht dann mehrere Aufnahmen vom gesamten Münzteppich. Als der Film voll ist, geht Jo dazu über, Zeichnungen anzufertigen. Die Zeit verfliegt. Es beginnt zu dämmern. Marie hat die Scheu vor den Münzen verloren. Um soviel wie möglich erfassen zu können, legt sie die Münzen unter Papier und schraffiert mit einem weichen Bleistift die Oberfläche. Schrift und Zahlen sind deutlich, die Abbildung ist etwas schwächer erkennbar.

Gegen 6.30 Uhr hören sie den Wecker in Philipp's Zimmer piepsen.

»Mensch, es sind doch Ferien, was soll das?« stöhnt Jo.

»Heute ist *Schachturnier für Daheimgebliebene* in Dingsbums, da ist er mit *Turm Trier* auch dabei«, klärt Marie auf.

Hastig raffen sie die Enden des Tuches zusammen und schütten die Münzen vorsichtig in die Plastiktüte zurück.

Eine Viertelstunde später kommt Philipp in die Küche und wundert sich nicht weiter, daß der Tisch nicht an seinem gewohnten Platz, sondern an der Wand steht. Er mampft einen gehäuften Suppenteller voll in Milch dümpelnder Cornflakes. Den Eimer an der Tür mit der alten Decke darauf registriert er nicht. Unordnung ist in diesem Haus nichts Ungewöhnliches.

Jo wählt im Arbeitszimmer Zeligs Nummer. Nach dem fünften Läuten springt der Anrufbeantworter an. Die monotone Ansage wird unterbrochen:

»Ja, Zelig?« krächzt es in der Leitung. Es folgt ein vorsichtiges Räuspern, das in Husten übergeht.

»Entschuldigen Sie die frühe Störung, hier ist Joachim

Ganz, ich habe eine wichtige Mitteilung für Sie. Haben Sie schon Ihr Band abgehört?«

»Ich bin erst spät nach Hause gekommen, was gibt es denn?« Zelig's Stimme hört sich nicht mehr ganz so belegt an.

»Ich habe einen Fund gemacht, einen großen, einen sensationellen Goldfund, wir müssen sofort etwas unternehmen ...«

»Wo?« unterbricht ihn Zelig

»Im Erdaushub von der Schwesterklinik ... und auf der Baustelle«, erklärt Jo.

»Auf welcher Baustelle?«

»Auf der Baustelle der Schwesterklinik«, ergänzt Jo zögernd.

»Die ist doch gesperrt«, in Zeligs Stimme schwingt Verärgerung mit.

»Deshalb habe ich Sie doch gestern abend noch spät erreichen wollen, aber Sie waren ja nicht da. Ich konnte keine Zeit verlieren.«

»Was haben Sie denn entdeckt?«

»Ich kenne nicht die genaue Zahl, ich schätze es sind an die zweitausend Aurei.«

Auf der anderen Seite ist es still, gerade als Jo nachfragen will, hört er Husten und dann Poltern.

»Moment«, klingt es schwach aus dem Hörer, so, als ob es weiter vom Telefon weg aus dem Raum heraus gerufen würde. Jo hört ein Quietschen, wie von einem Türscharnier, dann eine Zeitlang nichts mehr. Als er auflegen will, meldet sich Zelig wieder.

»Entschuldigung, ich mußte mal kurz raus, ich bin wohl zu abrupt aufgestanden. Wir haben nicht den ersten April, Sie machen ja wohl keinen Scherz?« fragt er.

»Nein, es ist so, wie ich sage«, antwortet Jo.

»Wo sind Sie? Ich komme sofort.«

»Ich bin zuhause, die alte Scholasterei, Sie wissen doch, in Pfalzel. Es wäre gut, wenn Sie vorher die Baustelle stoppen würden, es soll heute betoniert werden.«

»Am Samstag?« fragt Zelig.

»Ja, das sagte zumindest gestern einer von der Baufirma.«

»Okay, dann fahre ich erst dorthin und komme dann zu Ihnen.«

»Dann wäre es ja wohl am besten, wir kämen auch hin. Ich könnte Ihnen dort gleich die Fundstelle zeigen«, schlägt Jo vor.

»Gut, bis gleich.«

Es ist sieben Uhr geworden. Jo wählt Waldes Nummer, legt nach dem zweiten Klingeln wieder auf. Als er die Küche betritt, hat Philipp gerade seinen Teller in die Spüle gestellt und küßt beim Hinausgehen seine Mutter flüchtig auf die Wange.

»Wo ist denn euer Turnier?« fragt Jo.

»Äh ... in Konstanz«, Philipp schlurft zur Tür.

»Warte mal, das kann doch nicht sein.«

»Dann ist es wohl Koblenz ... oder Konz, ist doch egal.«

»Ich drück' dir die Daumen, paß' auf die Dame auf!«

»Danke, Paps, tschöh«, ruft Philipp. Ein in die Höhe stehendes Haarbüschel streift den oberen Türrahmen. Dann knallt die Haustür zu.

»Ich habe Zelig erreicht, wir wollen uns gleich auf der Baustelle treffen. Bist du noch fit?« fragt Jo Marie, die eine Kaffeetasse in der Hand hält.

»Der Kaffee wird wohl noch eine Weile wirken, trink' auch noch einen.« Sie zeigt auf die Kanne, auf der noch der dampfende Filter steht. »Ich zieh mich nur noch um.«

Als Marie die Küche verläßt, nippt Jo an dem heißen Kaffee. Er holt einen Frischhaltebeutel aus der Küchenschublade und geht an den Schatzeimer. Mehrere Hände voll Münzen füllt er in den Beutel. Obenauf liegen viele der nicht im Katalog beschriebenen Stücke. Dann legt er das Tuch wieder auf den Eimer und horcht in die Diele. Marie scheint im Bad zu sein. Mit dem Eimer in der rechten Hand und dem Beutel in der linken geht er die Treppe hinunter und stellt den Eimer an der Haustür ab. Dann huscht er in den Keller und steckt den Beutel hinter die staubigen Einmachgläser ins Regal. Auf der Stiege wirft er einen Blick zurück in den Keller. Der große gewölbte Raum ist weiß gekälkt. Zwischen allerlei Gerümpel ragt die steinerne Einfassung des Brunnens hervor. Der Fußboden ist aus gestampftem Lehm. Jo wendet sich um und geht zum Regal zurück. Er nimmt den Beutel wieder an sich und blickt über den Brunnenrand in das schwarze Loch. Drei Meter tiefer steht Grundwasser der nahen Mosel. Jo lehnt sich weit über den Rand, bis er mit gespreizten Fingern einen losen Stein ertastet, den er vorsichtig herauszieht. Er legt ihn auf die Einfassung und steckt die Tüte mit den Münzen in den Hohlraum.

Als er den Brunnen freilegte – er war bis zum Rand mit allerlei Schutt und Unrat gefüllt – fiel ihm ein loser Stein auf. Dahinter fand er eine primitive einläufige Pistole, wie sie Anfang des 19. Jahrhunderts zur Zeit der Napoleonischen Kriege verwendet wurde. Damals lag das Flußbett der Mosel und damit auch der Grundwasserspiegel fast zwei Meter höher als heute, und das Geheimfach befand sich wohl nur knapp über der Wasseroberfläche. Zudem waren die Menschen damals nicht so groß, daß sie vom

Brunnenrand aus, der vermutlich etwa die heutige Höhe hatte, an den losen Stein fassen konnten. Wer das Fach benutzte, mußte eine Leiter ins Wasser stellen und sich nasse Füße holen.

Jo schiebt den Stein wieder in die Lücke und klopft sich den Staub vom T-Shirt.

Zurück in der Diele nimmt er den Eimer und bringt ihn zum Auto. Der Wagen ist nicht abgeschlossen. Jo setzt sich auf den Beifahrersitz, den Eimer, wie in der Nacht, zwischen seinen Beinen.

Während der Fahrt schweigen beide. An der Kaiser-Wilhelm-Brücke, wo sich an Werktagen um diese Zeit der Berufsverkehr staut, kommen sie gut durch. Hier wird es heute erst nach Öffnen der Geschäfte lebhaft werden.

In Jos Kopf herrscht Wirrwarr. Vorhin ist er zusammengezuckt, weil er glaubte, aus den Augenwinkeln einen Schatten, vielleicht ein Tier, zu sehen, das von rechts vor das Auto lief. Die Müdigkeit hat ihm einen Streich gespielt. Es fällt ihm schwer, sich zu konzentrieren. Er denkt darüber nach, was jetzt werden soll. Es wird Ärger geben, soviel ist sicher. Vielleicht sogar viel Ärger. Die Münzen sind mehrere Millionen Mark wert. Er hat ausgesorgt, auch wenn er die Aurei abgibt. Zehn Prozent Finderlohn, das sind mehrere hunderttausend Mark. Das Haus ist fast bezahlt. Jetzt können sie sich ihren Traum verwirklichen: ein Häuschen in der Medoc mit einem kleinen Weinberg.

Seit ihrer Hochzeit verbringen Jo und Marie jedes Jahr dort ihren Urlaub. Seit Maries Vater gestorben ist und die Geschwister ausgezogen sind, wohnen sie zwei bis drei Wochen bei Maries Mutter in einem kleinen Häuschen am Rande von Pauillac nahe der Gironde. Vielleicht können sie die Geschwister ausbezahlen und die nötigen Reparaturen ausführen lassen. Ein kleiner Weinberg würde sich schon in der Nähe finden.

Was soll er Zelig erzählen? Die Wahrheit, das ist am besten. Alles andere hat sowieso keinen Zweck. Was werden die anderen Gräber vom Kockelsberg dazu sagen?

»Wo soll ich anhalten?« Jo schreckt auf. Sie fahren bereits durch die Feldstraße und sind nahe der Einfahrt zu den Kliniken. Links ist der Bauzaun an der Einfahrt für die Baufahrzeuge geöffnet. Gegenüber halten mehrere Pkw's.

»Halt' bitte hier an. Ich laß' den Eimer bei dir im Auto, ich bin gleich zurück«, Jo ist schon aus dem Auto.

Der Wagen steht im Halteverbot, aber um diese Zeit sind wohl noch keine Politessen unterwegs. Deren große Zeit kommt erst am Nachmittag, wenn die Besucher der Klinik geschröpft werden Das wird noch solange gehen, bis das Parkhaus fertig ist. Dann zocken die Schwestern ab.

Auf der Baustelle stehen ein paar Männer vor einem Betonpumpenwagen, der den großen Schwenkarm weit in die Höhe gefahren hat. Jo weicht zur Seite, um einen Betontransporter vorbeizulassen, der in die Baustelle einfährt. Als er näher kommt, erkennt er Zelig in der Mitte der Gruppe.

»Da sind Sie ja, zeigen Sie mir bitte die Stelle«, begrüßt ihn ein leichenblasser Zelig. Er trägt eine dunkle Hose, die zu einem Anzug gehört. Darüber ein nur notdürftig in die Hose gestecktes buntes Hemd. An den nackten Füßen hat er Sandalen, für Socken war wohl keine Zeit mehr.

»Ich glaube, es ist da hinten.« Jo muß sich erst orientieren und zeigt in Richtung Kapelle.

»Dann los, gehen wir.« Zelig steigt zwischen Brettern und Mauerresten hinunter.

»Es sind für heute ein paar hundert Kubikmeter Beton

bestellt. Wir können das jetzt nicht so einfach abblasen. Das kostet uns sonst eine Stange Geld.«

Nach ein paar Metern bleibt er stehen und atmet schwer. Die Blässe in seinem Gesicht ist einer grünlichen Farbe gewichen. Er torkelt ein paar Schritte zur Seite und erbricht sich an einem aus dem Boden ragenden Fragment eines Kellergewölbes aus römischen Ziegeln.

»Bin erst spät ins Bett gekommen, gestern war eine Weinprobe in Piesport«, erklärt Zelig mit schwacher Stimme, als er zurückkommt.

»Wenn ich für etwas auf der Welt Verständnis habe«, sagt Jo, »dann für die Folgen einer ausgiebigen Weinprobe.«

»Da wurde einfach zuviel durcheinander getrunken«, stöhnt Zelig.

»Und die besten Weine kommen zum Schluß, da nützen dann auch die guten Vorsätze nichts mehr. Und heute ist nicht nur die *Zeller schwarze Katz*, sondern ein ausgereifter Kater angesagt«, Jo blickt Zelig mitleidig an: »Da hilft kein *Bernkasteler Doktor* oder *Trittenheimer Apotheke,* dem kann man nicht die kalte Schulter oder den *Kröver Nacktarsch* zeigen, da muß man durch.«

»Die Kollegen kommen gleich, wir müssen versuchen zu retten, was zu retten ist.«

»Hier ist es.« Jo zeigt auf die Stelle, wo er das Gefäß ausgegraben hat. Dort, wo er die Münzen gefunden hat, ist eine kleine Mulde. Im Tageslicht ist es hier überhaupt nicht mehr unheimlich.

»Gut, dann kann da hinten mit dem Betonieren angefangen werden. Wo haben Sie den Fund?«

»Draußen, im Auto, bei meiner Frau.«

Einer von der Baufirma ist ihnen gefolgt.

»Können wir anfangen?« fragt er.

»Ja, hier ist die Stelle, wo wir nochmal nachschauen müssen. Sie können derweil hinten beginnen.«

Der Mann zieht ein Handy aus seinem Overall und gibt Anweisungen. Kurz darauf schwenkt der Arm des Pumpenkrans aus und wird am anderen Ende der Baustelle abgesenkt. Dann ertönt das Stampfen der Pumpe und das Platschen des in die Fundamente fallenden Betons.

»Wollen Sie heute das ganze Fundament rundherum betonieren?« fragt Zelig den Vorarbeiter.

»Ja, das war so geplant, aber der Architekt hat gestern nochmal hier in der Ecke die Schalung rausreißen lassen, weil nicht tief genug ausgebaggert worden ist. Ich schätze, wir schaffen heute nicht alles.«

»Dann fangen wir hier nochmal an und sehen dann weiter, vielen Dank.« Zelig wendet sich an Jo: »So, jetzt möchte ich aber sehen, was Sie gefunden haben.« Bei diesen Worten kommt für einen Augenblick ein Hauch Farbe in sein Gesicht.

Auf der Straße steigt Zelig zu Marie ins Auto und beugt sich nach einem kurzen Händedruck zum Eimer. Er hebt das Tuch an und legt es augenblicklich wieder zurück.

»Was ist sonst noch drin?« Er schaut durch die Frontscheibe, als habe man ihn bei einem Verbrechen ertappt.

»Nur noch das Bronzegefäß, aber das ist auch mit Goldmünzen gefüllt«, antwortet Jo.

Ein ganzer Eimer voll Aurei, wohl einer der größten Funde römischer Goldmünzen, der je gemacht worden ist! Zeligs Veröffentlichung wird weltweites Interesse in Fachkreisen finden. Hätte er nur nicht so schreckliche Kopfschmerzen. Hinzu kommen noch die komplizierten Umstände. Er selbst war gestern Nachmittag noch auf der Baustelle gewesen, um einen Brunnenschacht zu inspizieren. Ausgerechnet ein Hobbygräber muß einen solchen Fund machen! Dann noch die Sache mit dem Beton, und natürlich ist am Samstagmorgen auch keiner von der Bauleitung zu erreichen. Und sein Chef in Urlaub, irgendwo in Griechenland.

Wo bleiben seine Leute? Er will den Schatz keine Sekunde mehr aus den Augen lassen. Eigentlich sollte er sofort die Polizei einschalten. Aber es ist ihm zuwider, so viele Entscheidungen auf einmal treffen zu müssen. Die Leitung der Schwesterklinik wäre wohl nicht sonderlich über Polizei auf der Baustelle begeistert. In seinem Beruf ist es üblich, mit Ruhe und Bedacht vorzugehen. Bis vor einem Jahrzehnt waren dem Museum häufig Funde verheimlicht worden. Es war vorgekommen, daß bei Ausschachtungen selbst kostbarste Mosaike heimlich abgebaggert wurden, um nicht einen längeren Baustopp zu riskieren. Er hatte es verstanden, hier Ängste abzubauen und eine vertrauensvolle Zusammenarbeit mit den wichtigsten Investoren und Baufirmen aufzubauen. Größere Bauprojekte in der Innenstadt werden seitdem fast immer von einem Grabungsteam des Landesmuseums begleitet.

Zelig steigt langsam aus dem *2 CV*. Er versucht, alles zu vermeiden, was seinen Kreislauf weiter belasten könnte.

»Meine Leute müssen gleich kommen. Haben Sie noch ein wenig Zeit?« Zelig steht neben dem Auto und blickt Marie und Jo fragend an. Was redet er da? Den beiden ist die Sache sicher genauso wichtig wie ihm, sollen sie jetzt den Eimer Gold dalassen und sagen: Wir müssen noch zu *Aldi* einkaufen fahren, also tschüß dann, bis demnächst?

Ein Kleinbus hält neben ihnen. Drei Leute des Grabungsteams steigen aus. Zelig und Jo begleiten die Truppe zu der Fundstelle. Zelig läßt den Schatz ungern aus den Augen. Nach einer kurzen Besprechung kehren Jo und Zelig zu Maries Wagen zurück.

»Ja, dann fahren wir am besten zum Museum. Könnten wir die Münzen in mein Auto laden, es steht da vorn?« Zeligs *VW Passat* parkt nur wenige Meter weiter.

Jo beugt sich in den Wagen, hievt den Eimer heraus und reicht ihn Zelig, der unter dem Gewicht beinahe in die Knie geht.

Marie startet den Motor: »Ich habe um 10 Uhr einen Termin.«

Jo beugt sich zum Autofenster: »Leg' dich danach noch ein wenig hin, ich komme mit dem Bus nach Hause.«

Als Zelig zu seinem Auto kommt, läßt er den schweren Eimer hinter der Heckklappe auf den Asphalt plumpsen. Mit der einen Hand kramt er in seiner Hosentasche nach dem Autoschlüssel und fährt sich mit der anderen an die Stirn. Eine neue Welle der Übelkeit überkommt ihn. Er sperrt auf und läßt sich auf den Sitz fallen. Mühsam kurbelt er die Seitenscheibe herunter. Er schiebt den Sitz nach hinten und versucht, die Beine zwischen den Pedalen auszustrecken, seine Eingeweide krampfen sich schmerzhaft zusammen. Aus halb geöffneten Augen nimmt er wahr, wie Jo den Eimer hochhebt. Wenn er jetzt den Eimer wieder mitnähme, wäre Zelig zu schwach, um ihm zu folgen. Nach ein paar tiefen Atemzügen geht es dem etwas besser. Er greift rüber und entriegelt die Beifahrertür. Jo schiebt sich neben ihn auf den Sitz. Den Eimer stellt er wieder zwischen seine Beine auf den Wagenboden.

»Halten Sie bitte hinter der Bushaltestelle kurz an«, sagt Jo, als sie durch die Nordallee fahren und an der Porta

Nigra vorbeikommen.

Jo kauft in einer Apotheke Aspirin. Zu Hause hat er ein spezielles Gemisch nach einer Rezeptur eines Mönchs aus Cochem an der Mosel. Pater Placitus ist dort Kellermeister in einer Abtei. Er ist ein absoluter Experte im Ausbau der Weine und läßt es sich nicht nehmen, auch heute noch, im Alter von über 80 Jahren, jeden Weinkäufer persönlich zu beraten. Seit vielen Jahrzehnten gilt Placitus' besonderes Interesse der Bekämpfung der Folgen exzessiven Weingenusses. In Selbstversuchen und in einer Versuchsreihe, zu der sich seine Klosterbrüder zur Verfügung gestellt haben, hat er die Rezeptur entwickelt, deren Zusammensetzung streng geheim gehalten wird. Die Wirksamkeit des Mittels hat inzwischen fast den Bekanntheitsgrad des Weines der Abtei erreicht. Jedenfalls sucht ein Großteil der Weinkunden des Klosters auch den Apotheker des Ortes auf, der exklusiv Placitus' Rezeptur zusammenbraut und vertreibt.

Zelig fragt sich, wo Jo bleibt. Er hockt hinter dem Steuer und beobachtet die Leute, die vom Bahnhof in die Stadt zum Einkaufen gehen. Warum muß er sich ausgerechnet heute so kotzübel fühlen?

Endlich geht die Beifahrertür auf, und Jo läßt sich hineinplumpsen. Der Wagen schwankt wie ein Schiff bei schwerem Seegang. Die Gesichtsfarbe von Zelig nimmt abrupt die Farbe der Kastanienblätter an, die auf der anderen Alleenseite über die Fahrbahn hängen.

»Das wird Ihnen helfen.« Jo reicht Zelig eine Tüte mit der Aufschrift *Porta-Nigra-Apotheke.* »Fahren Sie los, es soll ja schon mal ein Pferd vor der Apotheke ...« Jo verspürt keine Müdigkeit mehr, er hat sich das Ganze viel schlimmer vorgestellt. Polizei, Verhör, unangenehme Fragen und was sonst noch dazugehört.

Am Landesmuseum parkt Zelig am Nebengebäude, in dem sich die Verwaltung befindet. Langsam gehen sie die Stufen zum Eingang hoch. Jo trägt den Eimer. Im Gebäude ist es kühl. Sie gehen an der leeren Pförtnerloge vorbei durch einen Gang und zwei Treppen hoch. Der Raum, den sie betreten, ist hell erleuchtet. Zwei Personen in grauen Kitteln stehen mit Kaffeetassen in der Hand am Fenster und blicken in den Innenhof des Museums, aus dem eine monumentale Kopie der *Igeler Säule* in den blauen Himmel ragt.

»Darf ich meine Kollegen aus der Abteilung Restauration vorstellen, Frau Müntefering und Herr Lorig, Herr Dr. Ganz, der Entdecker eines außergewöhnlichen« er räuspert sich, »und sensationellen Fundes.« Zelig weist auf einen leeren Tisch in der Mitte des Raumes, und Jo stellt dort den Eimer ab.

»Ich bin gleich zurück«, Zelig geht zur Tür hinaus.

Die beiden Museumsangestellten beäugen den Eimer, wagen aber nicht, ihn anzufassen.

»Möchten Sie Kaffee?« Lorig deutet auf eine halbvolle Glaskanne auf dem Fensterbrett.

Jo schenkt sich in eine dicke Steinguttasse ein.

Zelig kommt zurück. Sein Haar ist gekämmt und das Hemd steckt in der Hose. »So, der große Augenblick ist gekommen, fangen wir an.«

»Darf ich?« Jo zieht das Tuch vom Eimer, hebt mit beiden Händen die Plastiktüte heraus und setzt sie langsam auf dem Tisch ab. Dabei rutschen Münzen durch die Öffnung auf die glatte Resopalplatte. Es wird mucksmäuschenstill im Zimmer. Alle starren auf die herausgefallenen Münzen, von denen einige im Gemisch aus Tages- und künstlichem Licht wunderschön glänzen. Zelig besinnt sich als erster und schneidet die Tüte mit einer Schere auf, und der prachtvolle Münzhaufen wird sichtbar.

»Das ist ja Wahnsinn!« Frau Müntefering kann ihre Begeisterung nicht zurückhalten.

»Wie haben Sie die Münzen in die Tüte getan, einzeln oder in größeren Einheiten?« Zelig hat sich über den Eimer gebeugt, in dem der Rest des Bronzegefäßes mit dem Münzklumpen liegt.

»Hier im Eimer ist das Gefäß, das sich meiner Vermutung nach noch an seinem ursprünglichen Platz befand. Ich habe es mit den Erdanhaftungen in den Eimer gestellt. Die Münzen in der Plastiktüte lagen zum Teil im Abraum am Kockelsberg, und den größten Teil fand ich auf der Baustelle selbst, unweit des Bronzegefäßes. Ich vermute, der Bagger hat es zerrissen, und ein Teil der Münzen kam auf den Lkw, und der andere Teil wurde wieder auf der Baustelle abgekippt.«

»Das heißt, wir müssen uns auf das Originalgefäß konzentrieren und versuchen, hier Spuren zu finden, wie es zu dieser Anhäufung von Aurei kam. Vielleicht haben wir an der Fundstelle Glück und finden da noch was.« Zelig ist in seinem Element, er ist hier Herr im Haus, solange der Chef in Griechenland weilt – sein letzter Urlaub vor der Pensionierung. Der neue Chef steht schon in den Startlöchern. Der Wechsel kommt für den Obercustos zu früh, er ist noch zu jung, um sich aussichtsreich um das Amt des Museumsleiters bewerben zu können.

»Dann kann's ja losgehen«, Zelig klatscht in die Hände. »Das Ganze fotografieren, Münze für Münze verpacken und zwischendurch immer wieder einzelne Aufnahmen machen, das Gefäß bleibt natürlich so, wie es ist, und dann alles in den Tresor. Und ... ich bitte um absolutes Stillschweigen. Wir können uns in dieser Phase keine Sensationsmeldung vom Fund eines Goldschatzes in Trier leisten. Dann haben wir hier im Nu einen Goldrausch und alle Hobbygräber im Umkreis von 500 Kilometer am Hals.« Zelig dreht sich zu Jo um. »Entschuldigen Sie, Herr Dr. Ganz, Sie wissen, wie es gemeint ist! Kommen Sie, wir gehen in mein Büro.«

Zeligs Stimme läßt Jo zusammenzucken, der Sekundenschlaf hat ihn gepackt.

Der Obercustos ist aufgestanden und macht eine auffordernde Handbewegung zur Tür.

»Bekomm' ich keine Quittung, ich weiß ja gar nicht, wie viele es sind?« fragt Jo benebelt.

»Das werden wir heute nicht feststellen können. Bis wir den Inhalt des Gefäßes untersucht haben, können Monate vergehen. Das besprechen wir in meinem Büro, oder sollen wir ins Museumscafé gehen?« Die Kopfschmerzen sind weg, sogar ein leichtes Hungergefühl hat sich bei Zelig eingestellt.

*

Doris wacht früh auf. Auf der Fahrt hat sie die Jutetasche auf dem Beifahrersitz stehen. Beim Tanken gleich hinter der Luxemburger Grenze hängt sie sich die Tasche um. Im Einkaufszentrum *Auchan* parkt sie in der Tiefgarage. Hier ist alles viel weitläufiger als im Konstantinparkhaus in Trier. Dennoch macht sie einen Bogen um die Pfeiler. In der Boutiquenpassage kauft sie sich eine schicke Tasche, in die sie den Beutel samt Inhalt steckt. Es ist noch viel Zeit bis 10 Uhr. Nach dem Erstehen von zwei Paar eleganten Schuhen läßt sie sich in der Parfümerie einige Düfte vorführen. Gutes Parfüm beruhigt sie. Nur ein paar Tropfen, und sie fühlt sich wie in einem heimeligen Kokon. Als sie gerade ein teures Parfüm bezahlt, erscheint Marie in der Ladentür.

»Hallo Marie, laß' uns einen Kaffee trinken gehen.«

Auf der Rolltreppe wendet Marie sich um: »Ich habe ein Häufchen Elend erwartet, den Eindruck machst du auf mich aber ganz und gar nicht.«

Doris erzählt Marie, was sich am gestrigen Abend zugetragen hat.

»Das darf doch nicht wahr sein, du hast doch Freunde, die dir weitergeholfen hätten. Wenn jeder, dem die Bank mal den Hahn abdreht, gleich durchdreht ... ich kann dich nicht verstehen!«

»Ich verstehe mich selbst nicht, ich hab' einen Aussetzer gehabt, ein Blackout oder so. Es ist über mich gekommen, dem Räumer eins auszuwischen und mir eine Entschädigung zu holen.«

»Vielleicht weiß ein Anwalt Rat.«

»Hab' ich mir alles schon überlegt, aber ...«

»Und was ist mit Walde?«

»Dann kann ich mich gleich der Polizei stellen. Vergiß' es!«

»Und wenn ich mit ihm rede oder Jo, ohne Namen zu nennen?«

»Hast du's Jo erzählt?«

»Nein, Jo hat im Moment selbst genug am Hals, gestern scheint wirklich etwas in der Luft gelegen zu haben.«

»Ich habe ziemlich hart zugeschlagen. Im Fall, daß es Räumer wäre, hätte ein Richter vielleicht noch ein wenig Verständnis aufgebracht, bei der Vorgeschichte. Aber bei jemandem, den ich überhaupt nicht kenne? Und dann noch das ganze Geld? Wenn ich zu Hause drei hungrige Mäuler zu stopfen hätte, könnte ich vielleicht noch mit Gnade rechnen. Wer weiß, wie es dem armen Kerl geht, ich hab' ganz schön hingelangt.«

»Was hast du jetzt vor?«

»Der Schuhfritze konnte wohl nichts sehen, aber oben habe ich den Räumer fast angefahren, direkt vor dem Parkhaus.«

»Und wenn der nichts mitgekriegt hat?«

»Das ist wohl kaum möglich, der hat gesehen, wie ich aussah und sicher gleich danach den Ärmsten unten im Parkhaus gefunden ...«

»Und wenn er nicht hineingegangen ist oder keine Aussage macht, um nicht in die Sache hineingezogen zu werden?«

»Der kennt den Schuhtypen bestimmt. Es gibt doch eine gewisse Solidarität unter Geschäftsleuten.«

»Dann wäre die Polizei schon bei dir gewesen. Wer weiß, was zwischen den beiden schon gelaufen ist, ob die sich grün sind. Nach dem, was du mir von Räumer erzählt hast, hat der soviel Dreck am Stecken, daß er freiwillig wohl kaum was mit der Polizei zu tun haben will.«

Sie gehen durch die Lebensmittelabteilung, ohne die großen Theken zu beachten, hinter denen bergeweise Köstlichkeiten aufgebaut sind.

»Weißt du was«, Marie zupft sie am Arm, »wir fahren ins Elsaß.«

»Sag' mal, das ist doch nicht dein Ernst!«

»Kein Quatsch, das hatten wir doch schon lange vor. Du stellst dein Auto auf den Parkplatz in Findel, und ich hole dich ab. Im schlimmsten Fall haben wir damit sogar eine falsche Fährte gelegt. Wenn die dich suchen, und dein Auto wird dort gefunden, glaubt doch jeder, du seist abgeflogen. Wir wollten morgen in die Médoc fahren. Daraus wird jetzt aber nichts, das ist eine längere Geschichte, ich erzähle sie dir später.«

»Du bist bekloppt, ich will dich da nicht hineinziehen.«

»Tust du ja auch nicht. Wir fahren nur über's Wochenende in's Elsaß oder in die Vogesen, und am Montag sehen wir weiter.«

»Und wenn man uns unterwegs schnappt?«

»Warum sollte man, es gibt zwischen Luxemburg und Frankreich keine Zollkontrollen mehr.«

»Bis auf Ausnahmen.«

»Ein kleines Risiko bleibt wohl immer.«

»Marie, denk' an deine Familie!«

»Quatsch, ich habe ja nichts getan und weiß im Zweifelsfall auch nichts. Aber jetzt muß ich unbedingt nach Hause und ins Bett, ich habe letzte Nacht nicht geschlafen. Wann soll ich dich abholen?«

»Wenn's dunkel wird, können wir uns vor dem Haupteingang des Flugplatzes treffen. Sagen wir 10 Uhr?«

»Okay, bis dann, aber kauf' jetzt nicht das ganze *Auchan* leer, vielleicht brauchst du das Geld noch!«

*

In dem verglasten Café haben Jo und Zelig auf der einen Seite den Blick ins Museum, wo die ersten Besucher umhergehen, und auf der anderen Seite sehen sie auf das Kurfürstliche Palais und den Palastgarten. Die Bänke neben den Steinfiguren rings um den Teich mit den Wasserfontänen sind bereits zur Hälfte besetzt.

»Geht's besser?« fragt Jo. Er hat sich ein Frühstück mit Brötchen, Ei und einem Kännchen Kaffee bringen lassen und schaut Zelig zu, der an einem Hörnchen knabbert.

»Was tut man nicht alles der Wissenschaft zuliebe«, der Obercustos lächelt gequält, »danke der Nachfrage, es geht etwas besser. Es muß auch, es kommt eine Menge Arbeit auf uns zu und Ärger. Sie wissen, was Sie getan haben, war nicht rechtens.«

Jo ist auf einen Schlag hellwach. Jetzt geht also doch der Ärger los. Bisher war alles so glatt gelaufen, daß er schon zu hoffen wagte, die Freude über den Fund würde Zelig dazu bewegen, um die Umstände der Auffindung kein größeres Aufhebens zu machen.

»Wie ich Ihnen schon berichtete, habe ich am Kockelsberg die ersten Aurei gefunden, genau in der letzten gestrigen Fuhre von der Schwesterklinik. Da war auch das Fragment eines Bronzegefäßes dabei, und aus dessen scharf glänzender Kante folgerte ich, daß eine Baumaschine das Gefäß aufgerissen haben könnte und sich die Reste womöglich noch an Ort und Stelle befinden würden. Die Auskunft, daß dort heute betoniert werden sollte und vielleicht alles unweigerlich verlorenginge oder daß die ersten Bauarbeiter, die dort erscheinen würden, den Fund unterschlagen könnten, hat mich dazu bewogen, auf das Gelände zu gehen und der Sache auf den Grund zu gehen.«

»Sagen wir eher, in das Gelände einzudringen.«

»Nennen Sie es, wie Sie wollen, ich habe Sie gestern Abend zweimal versucht zu erreichen. Beim letzten Mal, es war gegen 23 Uhr, habe ich Ihnen eine Nachricht auf dem Anrufbeantworter hinterlassen. Ich hatte überhaupt keine andere Wahl. Was hätte ich tun sollen? Die Polizei informieren? Meinen Sie, die hätten auf die Vermutung eines Hobbygräbers hin die Baustelle der Klinik gesperrt und unter Bewachung gestellt?«

Zelig kratzt sich hinter dem Ohr, eine Handbewegung, die er unbewußt ausführt, wenn es knifflig wird. Ohne es zu wissen, verrät er damit in seiner Skatrunde, wenn der Inhalt des Stockes überhaupt nicht dem entspricht, was er für sein Spiel dringend benötigt.

»Wer sagt mir denn, daß das, was Sie abgeliefert haben, alles ist, was gefunden wurde?« fragt Zelig.

»Na hören Sie mal, dann hätte ich doch besser gleich alles behalten, und heute wären ein paar hundert Kubikmeter Beton über das Ganze geflossen und hätten alle Spuren beseitigt. Ich bin Beamter, habe einen Amtseid geleistet und bekleide einen Posten, von dessen Salär ich durchaus leben kann, ohne nachts fremde Baustellen plündern zu müssen.«

»So war das nicht gemeint, ich habe Sie nicht in Verdacht, etwas unterschlagen zu haben. Aber Sie waren doch bestimmt nicht allein?« Zeligs Stimme klingt auf einmal erregt, die ganze Situation ist ihm unangenehm.

»Was die Baustelle betrifft, so habe ich sie allein aufgesucht. Ob vor oder nach mir jemand dort war, kann ich nicht sagen.«

»Und wer war am Kockelsberg dabei?« bohrt Zelig weiter.

»Da möchte ich mich nicht in die Angelegenheiten anderer einmischen. Bitte haben Sie dafür Verständnis, Sie kennen die Situation.«

»Das heißt, Sie waren dort nicht allein?«

»Diese Frage möchte ich nicht beantworten.«

»Was soviel wie ja bedeutet.«

Am Nebentisch haben sich Gäste niedergelassen.

»Gehen wir besser rüber in mein Büro«, schlägt Zelig vor.

»Ich dachte, Sie bringen mich nach dem Verhör erstmal zum Erkennungsdienst«, murmelt Jo, als Zelig die Kellnerin herbeiwinkt.

Im Verwaltungstrakt schauen sie ins Labor, wo der Museumsfotograf seine Ausrüstung vor dem Tisch aufbaut, auf dem die aufgeschnittene Plastiktüte mit den herausquellenden Münzen liegt.

»Herr Dr. Zelig, eben kam ein Anruf für Sie, es hörte sich dringend an, ich habe die Nummer notiert«, Frau Müntefering gibt Zelig einen Zettel.

In seinem Büro angelangt, greift Zelig zum Telefon: »Zelig, guten Tag, Sie haben angerufen.«

Er hört eine Weile zu, dann sagt er:

»Ich schlage vor, Sie kommen zu mir ins Museum, geht es in einer Stunde?«

»Gut, melden Sie sich bitte beim Pförtner. Bis gleich, auf Wiederhören«.

Zelig drückt die Gabel des Apparates: »Damit wäre die letzte Frage beantwortet, ohne daß Sie Ihre Kollegen preisgeben müssen«, wendet er sich wieder Jo zu. »Ich bekomme gleich Besuch von zwei Herren, die ebenfalls fündig wurden und über 100 Aurei abliefern möchten.«

Jo lehnt sich entspannt zurück: »Dann klärt die Sache sich wohl von selbst. Falls Sie keine weiteren Fragen haben, möchte ich mich verabschieden. Wir wollen morgen in Urlaub fahren, vielleicht können wir die Abreise um ein paar Tage verschieben. Könnten Sie so freundlich sein und mir eine Quittung über den Fund geben?«

Zelig zieht ein Blatt aus der Schreibtischschublade und füllt es handschriftlich aus.

»Ich habe eine vorläufige Schätzung von 1.500 bis 2.000 Aurei notiert. Die genaue Zahl wird wohl nicht so schnell ermittelt werden können.«

»Vielleicht klappt es ja bis Weihnachten, und das Christkind bringt den Finderlohn«, bemerkt Jo.

»Da stehen allerdings noch viele Fragen offen«, sagt Zelig, der aufgestanden ist, um Jo zum Ausgang zu begleiten.

Auf dem Weg durch den Palastgarten zur Bushaltestelle schwirren Jo Zeligs letzte Worte durch den Kopf. Was heißt das? Welche Probleme sollte es noch geben? Bisher wurde es so gehandhabt, daß alle Funde beim Museum abgeliefert wurden und das meiste nach einer Weile wieder an die Finder zurückgegeben wurde. Manchmal wird ein Stück, das bis dato noch nicht im Museumsfundus vorhanden ist, gegen einen geringen Obolus angekauft. Mit einer Rückgabe des gestrigen Fundes ist nicht zu rechnen, aber eine entsprechende Abfindung steht ihm gewiß zu.

Im Bus kann Jo der Versuchung nicht widerstehen, die Augen zu schließen. Das monotone Brummen des Motors reicht aus, ihn einnicken zu lassen. An der Endstation weckt ihn der Fahrer. Der Motor ist abgestellt, und alle Türen sind geöffnet. Jo taumelt hinaus. Die warme Luft des späten Vormittags hüllt ihn ein wie ein dickes Plumeau. Zuhause streift er sich schon im Treppenhaus das Hemd über den Kopf und legt sich vorsichtig neben Marie auf's Bett. Einen Augenblick hört er noch von der Mosel her das Tuckern eines Lastkahns, dann fällt er in einen tiefen Schlaf.

Der Fotograf legt einen Aureus nach dem anderen auf ein weißes Tuch, und jedesmal, wenn er den Auslöser betätigt, ist die Münze verschwunden. Ein total betrunkener Zelig prostet Jo mit einem überschwappenden Kupferbecher zu und schreit: »Ja, wenn es der Wahrheitsfindung dient, Herr Ganz.«

Der Fotograf geht dazu über, händeweise Münzen vor das Objektiv zu legen und verschwinden zu lassen.

»Achtung, paßt doch auf«, schreit Jo und versucht, den Fotografen an seinem Tun zu hindern. Er kann nicht aufstehen, er sitzt zwischen zwei Stadtstreichern auf einer Bank und wird von ihnen festgehalten ...

Jo wacht schweißüberströmt auf. Die Sonne scheint durch das geöffnete Fenster grell auf sein Gesicht. Mit Mühe dreht er sich um und gelangt aus dem blendenden Licht. Langsam kehrt die Realität zurück. Marie schläft fest. Draußen ist es ruhig, den Vögeln ist es zu heiß zum Singen. Er setzt sich auf und schaut auf seine Uhr. Sie zeigt 13 Uhr, stehengeblieben. Er hat sie gestern abend nicht aufgezogen. Das macht er immer vor dem Schlafengehen, und gestern nacht war er nicht im Bett.

Die Steinstufen der Treppe sind angenehm kühl unter seinen nackten Füßen. Im Keller beugt er sich über die Brunneneinfassung, die an der Haut über den Shorts scheuert, findet den losen Stein und zieht ihn heraus. Für einen Moment droht er seiner feuchten Hand zu entgleiten, und er muß sich gefährlich weit nach vorn recken, um mit der anderen Hand nachzufassen. Allein der Gedanke, mit den Füßen nach oben im Wasser zu zappeln und sich in der engen Röhre nicht mehr drehen zu können, läßt ihn erschaudern. Er legt den Ziegel auf die Brüstung und zieht vorsichtig den Beutel aus der Lücke. Im Haus ist es ruhig. Durch die Folie schimmern glänzend einige Stücke. Er entfernt den Verschluß und läßt eine Hand in den Beutel gleiten. Als er die ersten Münzen berührt, schließt Jo genußvoll die Augen. Scheiß der Hund drauf, die hat er behalten, und die kriegt diese Museumsbagage nicht in die Finger!

In den Rohren an der Kellerdecke rauscht Wasser. Jo verschließt hastig den Beutel und legt ihn in das Versteck zurück. Beim Rausgehen greift er sich eine Flasche Saft.

Er nimmt einen tiefen Schluck und geht zum Telefon. Die schwarze Wählscheibe des Appartes aus den 50er Jahren surrt gleichmäßig unter seinem Zeigefinger.

*

Was war das? Walde nimmt seine Hand vom Kinn und lauscht. Die Sonne scheint warm auf seinen nackten Rücken. Die Zimmerpflanzen stehen in gleißendem Licht. Er schlurft zum Fenster und läßt die Rolläden halb herunter. Seine haarigen Beinen ragen aus einer *Schiesser Feinripp*. Die zwei Nummern zu großen Unterhosen sind ein Geschenk von Tante Martha. Dann kehrt er wieder an den nun im Schatten liegenden Schreibtisch zurück.

Der Bildschirm-Schoner verwandelt den Monitor in ein Aquarium mit bunten Meeresfischen, die sich ab und zu gegenseitig verspeisen. Darunter verbirgt sich eine Datei mit Informationen von Hunderten im Fall *Nicole* in Verdacht geratenen oder sonstwie auffällig gewordenen Personen. Er hat die Daten im Laufe der Jahre zusammen mit Harry eingegeben, ständig erweitert und geht sie in unregelmäßigen Abständen durch.

Nach einem letzten vergeblichen Versuch mit einer reißerisch inszenierten Veröffentlichung in *Aktenzeichen XY ungelöst* wurde damals die Sonderkommission aufgelöst. Ein ungeklärter Mordfall wird zwar nie zu den Akten gelegt, aber ohne neuen Ermittlungsansatz konnte nicht mehr viel getan werden. Es ereigneten sich auch keine weiteren Fälle mehr, die auf einen Serientäter gedeutet hätten. Bis heute werden bei Festnahmen in Zusammenhang mit Sexualstraftaten routinemäßig Fragen zum Fall *Nicole* gestellt, aber die Hoffnung auf neue Erkenntnisse ist gering. Bei den meisten Kollegen ist die Geschichte schon lange unter „Akte Mosel" abgelegt – Aufklärung hoffnungslos.

Da er, um sich in den Fall hineinzudenken, ein längeres Aktenstudium benötigt, hat er am heutigen Samstag bereits morgens die Kisten mit den Datenträgern, den Ausdrucken und den Kopien der wichtigsten Dokumente und Fotos hervorgeholt. Um welchen spitzen Gegenstand handelte es sich, mit dem *Nicole* so gräßlich gequält wurde. Laut Obduktionsbefund waren die Stichverletzungen nicht tödlich. Gerade als er einen Ordner zur Hand nimmt, um einen Hinweis nachzulesen, hört er schrilles Schreien, begleitet von dumpfem Poltern.

Die Geräusche scheinen aus dem Haus zu kommen. Das sind wieder die von unten, denkt Walde. In der Wohnung unter ihm, im zweiten Stock, wohnt ein Ehepaar mit einer halbwüchsigen Tochter. Häufig sind in den letzten Monaten von dort lautstarke Dispute zu hören.

Der Krach nimmt zu. Walde vernimmt eine erregte, dunkle Stimme und dann lautes Schreien von einer Frau oder einem Mädchen. Es folgen dumpfe Schläge und, jetzt hört er es deutlich, jemand schreit verzweifelt um Hilfe. Barfuß rennt Walde durch die Diele, holt aus der Garderobenschublade den Pistolenhalter und reißt die Wohnungstür auf.

»Nein, hör' auf, bitte«, hallt eine flehende Stimme durch's Treppenhaus.

»Zu spät«, schreit ein Mann mit sich überschlagender Stimme.

Wieder ertönen dumpfe Schläge.

Waldes nackte Füße verkrampfen auf den kalten Steinfliesen. Während er krummbeinig auf den Außenkanten die Treppe hinunterhastet, knöpft er das Halfter auf und zieht seine Dienstwaffe. Um ein Haar wäre er beim Entsichern der Pistole, bei dem er das Geländer loslassen muß, über seine krampfenden Füße gestolpert. Gerade noch fängt er sich ab und stößt mit der ungesicherten Waffe hart an den hölzernen Eckpfosten. Fehlte nur noch, daß sich ein Schuß löst. Auf dem Treppenabsatz vor der Wohnungstür lauscht er.

»Den noch ... und den ... und den!« schreit drinnen jemand, außer sich vor Wut. Den Schlägen folgt nur noch ein ersticktes Wimmern.

Hoffentlich komme ich nicht zu spät, denkt Walde, als er mit klopfendem Herzen den Schlüssel dreht, der außen in der Korridortür steckt. Vor ihm liegt die Diele. Die Wohnung hat offensichtlich den gleichen Grundriß wie seine. Geradeaus ist das Badezimmer, dessen Tür nur angelehnt ist. Er wendet sich nach links, wo abermals ein Schlag zu hören ist. Mit einem kräftigen Ruck reißt er die Wohnzimmertür auf und hastet mit einem Sprung, die schußbereite Waffe mit ausgestreckten Armen vor sich haltend, ins Zimmer.

»Schluß jetzt, Hände hoch, Polizei!« schreit er.

Vor ihm sitzen drei Personen am Wohnzimmertisch, eine mit nach vorn gebeugtem Kopf. Es ist die Ehefrau, ihr Mann hält mit gehobener Faust inne und schaut Walde mit offenem Mund und weit aufgerissenen Augen an. Auf dem Tisch liegen Spielkarten in wildem Durcheinander. Die Tochter kreischt und preßt eine Hand auf den Mund.

»Nehmen Sie die Hände hoch!«, ruft Walde. »Schön

ruhig, Hände über den Kopf!«

Jetzt dreht sich die Ehefrau um und schaut Walde entsetzt an. Im Gesicht sind keine Verletzungen zu sehen, nur Verblüffung.

Walde tritt näher an den Tisch, die Waffe im Anschlag auf den Ehemann, der beide Hände weit nach oben reißt und mit gepreßter Stimme stammelt:

»Nicht schießen, Herr Bock, nicht schießen!« Aus seiner Linken fallen Spielkarten zu Boden.

»Herr Bock, bitte«, die Ehefrau steht auf und kommt, die Arme nach vorn gestreckt, beschwichtigend auf Walde zu.

Waldes Blick schweift kurz durch's Zimmer. Bis auf den Tisch wirkt es aufgeräumt, keine Kampfspuren.

»Was ist denn los?« Walde läßt zögernd die Waffe sinken ohne den Mann aus den Augen zu lassen.

»Wir spielen Karten. Was tun Sie hier? Wie sind Sie überhaupt hier reingekommen?« Die Frau kommt um den Tisch und stellt sich zwischen Walde und ihren Mann, der zögernd die Arme sinken läßt.

»Karl, nimm doch endlich die Arme runter und tu was!« fordert sie.

Wo ist das Loch in den Holzdielen, in dem Walde jetzt augenblicklich verschwinden kann? Er erlebt exakt das, was früher, in seiner Jugend, in einem immer nach gleichem Muster ablaufenden Traum geschah. Er fuhr, im Schlafanzug in seinem Bett liegend, über die Straße zur Schule und schämte sich unsäglich, wenn die Passanten ihn vom Gehsteig aus anstarrten. Wie erleichtert war er jedesmal, wenn er endlich in seinem Zimmer erwachte!

Das hier ist schlimmer. Er hat nicht einmal einen Schlafanzug an, sondern nur eine Unterhose! So steht er hier im Wohnzimmer vor fremden Leuten, in deren Intimsphäre er eingedrungen ist, und die er obendrein vor ein paar Sekunden noch mit einer entsicherten Waffe bedroht hat. Diese hält er jetzt halb hinter seinem Oberschenkel verborgen. Am liebsten würde er sie in die Hose stecken, aber der Gefahr, daß sie unter der Last hinunterrutschen und das Sahnehäubchen auf sein Debakel setzen würde, möchte er sich nicht aussetzen.

»Mama hat verloren und Papa hat sie gemetzgert«, hört er die Tochter sagen, die sich aus ihrer Verkrampfung gelöst hat.

Jetzt einfach davonlaufen, zurück in seine Wohnung, unten anrufen und versuchen, alles am Telefon zu erklären.

»Was heißt gemetzgert?« Walde schaut bei der Frage niemanden direkt an.

»Das ist ein Kartenspiel«, erklärt die Tochter, »und wer verloren hat, muß seine Hand vorstrecken und wird vom Sieger gemetzgert. Bei Kreuz wird die Haut umgedreht, bei Herz gestreichelt, bei Karo gehauen, und bei Pik gibt's eine Nuß.«

»Das hat sich aber nicht nach einem Kartenspiel angehört.« Walde spürt, daß er langsam seine Fassung wiedergewinnt. Er darf jetzt keine Unsicherheit zeigen, sonst kann er die Stadt wechseln. Auch wenn ihm jetzt ein Teil seines Gemächtes aus der Hose hängen sollte, es kommt nur darauf an, die Contenance zu wahren.

Walde tritt die Flucht nach vorn an: »Wie würden Sie denn auf Schreie, Hilferufe und Gepolter reagieren? Einfach weghören? Ich bin Polizist und in einer solchen Situation noch eher zum Eingreifen verpflichtet als ein normaler Bürger. Seien Sie froh, daß keiner der Nachbarn die Polizei gerufen hat. Wenn die Kollegen angerückt wären, dann hätten Sie jetzt eine Klage wegen Ruhestörung am Hals.«

Die Zocker schweigen, und bei Walde kehrt wieder das peinliche Gefühl zurück, eine vollkommen lächerliche Figur abzugeben. Er nimmt seine Waffe nach vorn, sichert sie, läßt das Magazin kurz aufschnappen und schiebt es dann wieder zurück.

»So, ich hoffe, es ist wieder alles in Ordnung, dann kann ich ja wieder nach oben gehen. Auf Wiedersehen.«

Die Ehefrau begleitet ihn in die Diele, in der die Korridortür noch offen steht und murmelt eine undeutliche Entschuldigung, als sie die Tür hinter ihm schließt. Beim Treppensteigen hört Walde, wie die Wohnungstür wieder geöffnet und der Schlüssel abgezogen wird.

Bisher hatte, wenn jemand zu Hause war, immer der Schlüssel außen in der Korridortür gesteckt, heute steckte er dort zum letzten Mal.

Kaum ist er in der Wohnung, klingelt das Telefon.

»Bock, ja?« meldet sich Walde, er versucht, mürrisch zu klingen.

»Was ist denn mit dir los?« fragt Jo.

»Nix, warum fragst du? Was soll denn sein?« Walde hat seine vom Schreck erholten Nachbarn am Telefon erwartet.

»Okay, ist ja schon gut. Wir müssen uns treffen. Kannst du zu uns kommen? Es ist gestern noch was am Kockelsberg gelaufen.«

»Wohl jede Menge Schweiß, so wie du gleich losgelegt hast.«

»Das auch, aber es wäre wirklich gut, wenn du kommen könntest.«

»Gut, ich habe hier noch ein wenig zu tun, dann komme ich.«

»Danke, bis nachher.« Jo legt auf und geht ins Bad. Marie duscht in der gläsernen Kabine. Ihr Rücken ist so braun wie damals, als er sie bei der Weinlese kennengelernt hat. Sie dreht sich um. Wasser läuft über ihr schwarzes Haar und das Gesicht. Als sie Jo erblickt, lächelt sie und winkt ihn herbei.

»Komm rein!«

Das Wasser läuft flächig von ihrer Haut ab. Ihre Schulter ist angenehm kühl an seinen Lippen. Er dreht sie um, und seine Nase wühlt sich in ihre nassen Haare. Seine Hände gleiten an ihren Oberschenkeln hoch über ihren Bauch und umfassen ihre Brüste. Sie drückt sich mit den Händen von der Wand ab und schmiegt sich fest an ihn. Der Wasserstrahl ist beim Küssen auf ihren Gesichtern. Marie hat die Augen geschlossen und stellt sich vor, unter einem Wasserfall, irgendwo im tropischen Regenwald zu stehen. Sie genießt es, wenn er sie so begehrt. Vier Hände sollte er haben, um sie überall gleichzeitig zu berühren und an sich zu ziehen. Sie kommt ihm leicht entgegen und überläßt ihm die Initiative.

Tropfnaß und tiefumschlungen schlüpfen sie aus der Dusche ins Schlafzimmer, wo Marie ihre Passivität aufgibt.

Als Walde klingelt, hat Jo gerade die Kaffeemaschine angestellt.

»Was hast du denn da in der Schachtel, Walde, einen abgeschnittenen Kopf?«

»Du liest die falschen Romane. Ich weiß doch, warum du mich eingeladen hast.«

»Du hast doch nicht etwa, ist da wirklich, och, das ist aber nett ...«

»Du Gierschlund!«

»Erstick' dran, ich geh zur *Klosterschenke* Kuchen essen.«

Bei diesen Worten hat Jo drei Gedecke auf den Tisch gelegt und gießt nun Kaffee in die Tassen.

»Ich habe gestern abend versucht, dich zu erreichen, aber du warst unterwegs.« Jo schiebt sich ein großes Stück Kuchen in den Mund.

»Ich wäre lieber zu Hause geblieben. Ist aber leider noch was dazwischengekommen. War viel los in der Stadt. Vollmond und Affenhitze sind wohl eine ziemlich happige Konstellation für einige Zeitgenossen, und wenn dann noch Alkohol hinzukommt, ist das eine Überdosis.«

»Was war denn los?« Marie ist hereingekommen.

»Hallo, Marie, ein Überfall in einem Parkhaus, ein paar Brände und jede Menge sonstiger Scheiß.«

»Und, gab es Verletzte, habt ihr jemanden geschnappt?« Jo schiebt ein zweites Stück auf seinen Teller.

»Ein paar blutige Nasen, die Krawallmacher laufen schon wieder frei herum.«

»Und bei dem Überfall, gibt es schon Verdächtige?« Marie nimmt eine Tasse aus dem Schrank und dreht Walde den Rücken zu.

»Keine Ahnung, ich habe nichts mitgekriegt. Es ist ein Geschäftsmann überfallen worden. Es ging wohl um die Tageskasse. Kannst du am Montag alles in der Zeitung lesen. *RPR* hat's bestimmt schon in den Nachrichten gebracht. Ich habe heute nur kurz mit dem Präsidium telefoniert, um zu hören, ob es noch weitere Brandstiftungen gab.«

»Und?«

»Zum Glück nicht. Und die Wasserleiche vom Donnerstag ist der vermißte Mann, der vom Baggerschiff gefallen ist.«

»So, bevor wir jetzt noch deinen aktuellen Kontostand erfahren, greif' erst einmal zu«, Jo lädt ein Stück Kuchen auf

Waldes Teller. »Außerdem muß ich dir noch erzählen, was du gestern verpaßt hast.«

Als Jo mit ein paar Verschönerungen und unter Auslassung der unterschlagenen Münzen im Brunnen erzählt hat, was sich in den letzten 24 Stunden zugetragen hat, pfeift Walde durch die Zähne, springt auf und schlägt Jo auf die Schulter.

»Da muß ich erst mal tief Luft holen. Das ist ja ein Ding. Das hast du fertiggebracht, nicht zu fassen. Der Fund ist bestimmt gut für die Stadt und den Tourismus, und für dich war das ja wohl der helle Wahnsinn. Aber trotzdem bin ich froh, daß ich nicht dabei war.«

Jo schüttelt den Kopf: »Warum?«

»Mein Gefühl sagt mir, daß du heute morgen erst einmal mit einem Anwalt hättest reden sollen, bevor du dich mit dem Typ vom Museum getroffen hast. Am besten wäre ein Anwalt auch im Museum dabei gewesen.«

»Aber ich habe doch nur in bester Absicht gehandelt.«

»Sicher, aber kennst du die Geschichte von dem armen Bauern, der mit seiner Tochter den Acker pflügt und einen goldenen Mörserstößel findet?«

Jo schüttelt den Kopf.

»Die Tochter will den Vater davon abhalten, aber der bringt seinen Fund zum König.«

»Ja, und?«

»Am nächsten Tag läßt der König den Bauern hängen, weil er glaubt, er habe nur den Stößel abgeliefert und den Mörser unterschlagen.«

»Da bin ich ja beruhigt, daß es bei uns keinen Galgen mehr gibt.«

»Du verstehst nicht, die Geschichte besagt soviel wie ...«

»... Undank ist der Welten Lohn.«

»So ungefähr, nimm' dir so schnell wie möglich einen Anwalt, mache ein Gedächtnisprotokoll von dem, was du heute dem Zelig erzählt hast, und notiere die Namen aller Zeugen.«

»Kannst du mir einen Tip geben, wegen des Anwalts?«

»Da gibt es einige. Also, der Robert Schmitz hat einen ganz guten Namen, oder der Martin Brück fällt mir ein. Das ist einer aus Trier, der auch den ganzen Klüngel kennen müßte.«

»Meinst du, ich erreiche jemanden von denen am Wochenende?«

»Warte mal«, Marie blättert im Telefonbuch. »Ich habe den Brück gefunden, Kanzlei am Hauptmarkt ... und hier die Privatnummer.«

»Gut, ich versuch's mal.« Jo geht zum Telefonieren in die Diele.

Marie schenkt Kaffee nach: »Wird es Ärger geben, Walde?«

»Schwer zu sagen, das hängt von den Museumsleuten und den anderen Münzsuchern ab und ... von dem Wahrheitsgehalt dessen, was uns Jo erzählt hat.«

»Du weißt genau dasselbe wie ich.«

»Ist in Ordnung, entschuldige, ich möchte alles glauben, aber leider bin ich durch meinen Job ziemlich mißtrauisch geworden.«

»Jo wird dir ja wohl kaum eine Story auftischen und dich dann um Rat fragen.«

»Klar, falls die Geschichte – bewahre der Himmel – ein Fall werden sollte, landet sie eh nicht auf meinem Schreibtisch.«

Jo kommt zurück: »Ich habe den Anwalt erreicht und für Montagfrüh einen Termin vereinbart. Ich kann ihn aber jederzeit anrufen, falls sich vorher etwas Unvorhergesehenes ereignen sollte, er hat mir sogar die Adresse seines Wochenendhauses am Holzerather Weiher gegeben«, verkündet er. »Gestern war es für mich wie ein Lottogewinn, heute morgen ein Glücksfall, und jetzt hab' ich das Gefühl, als wäre nur noch ein Fall übriggeblieben.«

Das Telefon klingelt. Marie steht auf und geht aus der Küche.

»Für dich, Jo«, ruft sie.

»Wer ist es?«

»Ich glaube, einer vom Münzverein, Frohnen oder so.«

Walde räumt Teller und Tassen zusammen, steht auf und wäscht sie an der Spüle ab.

»Willst du schon aufbrechen?« fragt Marie.

»Ich fahre noch ins Kordeler Schwimmbad.«

»Du willst schon gehen?« fragt Jo, als er wieder in Küche tritt.

»Ihr könnt ja mitkommen.«

»Ich habe gerade erfahren, daß sich die Leute vom Kockelsberg morgen abend treffen. Ich setze mich jetzt besser hin und schreibe das Gedächtnisprotokoll, bevor das Schatzfinderlatein meiner Kollegen Realität und Wunschdenken verschwimmen läßt. Danke, daß du gekommen bist.«

»Ich drück' dir den Daumen, halt' mich auf dem laufenden, tschüß, Marie.«

»Merci für den Kuchen, mach's gut.«

Als Walde gegangen ist, verschwindet Jo im Arbeitszimmer. Marie packt ihre Reisetasche. Sie hat das Radio von *SWR 3* auf *RPR* umgestellt. In den Regionalnachrichten wird vom Überfall berichtet. Von einer fünfstelligen Summe und einer ungewöhnlichen Überrumpelung ist die

Rede. Der Täter konnte entkommen. Nichts weiter.

Später setzt sie sich auf ihren Lieblingsplatz am Gartenteich und schaut den Goldfischen zu.

»Was hältst du von einem kleinen Spaziergang?« Jo ist hinter sie getreten und hat beide Hände auf ihre Schultern gelegt.

Hand in Hand gehen sie zwischen Hochwasserschutzmauer und Mosel entlang. Über der steinernen Uferbefestigung setzen sie sich ins Gras und beobachten, wie das *Pfalzeler Bootchen* am Anlegeplatz der *Klosterschenke* seine letzten Passagiere für heute aufnimmt.

»Was wird aus unserem Urlaub?«

»Fahr' mit Philipp vor, wenn du willst, ich komme dann mit dem Zug nach.«

»Ich habe mich mit Doris verabredet, für ein zwei Tage ins Elsaß zu fahren.«

»Wann?«

»Heute abend bis wahrscheinlich Montag. Für dich und Philipp ist genug im Kühlschrank.«

»Du hast mir gar nichts davon gesagt. Ich kann dir ja vertrauen, daß es wirklich Doris ist?« Jo schaut sie an und legt den Kopf schief.

»Wir haben das heute morgen ganz spontan verabredet. Ich weiß noch nicht einmal, ob es in den Elsaß oder in die Vogesen gehen soll.«

»Jetzt ist Hochsaison, es wäre wohl ratsam, vorher eine Bleibe zu suchen. Wann fahrt ihr denn los?«

»So um neun.«

»Dann kommt ihr ja mitten in der Nacht an, fahrt doch morgen früh los!«

»Nein, die Nacht gehört dazu.«

»Alle Achtung, bisher habe ich dich für den vernünftigsten Teil unserer Familie gehalten.«

»Du machst es mir schwer, dieses Image zu verlieren!«

*

Marie erspäht Doris roten *Fiat*, als sie am Flughafen Luxemburg-Findel über den Parkplatz kurvt. Doris wirft den Koffer auf den Rücksitz und küßt sie auf die Wange.

»Alles okay? Wie fühlst du dich?«

»Ganz gut, hast du was gehört?«

»Walde war da, aber der wußte nicht viel.«

»Hast du ihm was erzählt?«

»Wo denkst du hin? *RPR* hat es in den Nachrichten gebracht. Eine fünfstellige Summe, ungewöhnliche Methode, Täter entkommen, kein Name und keine Beschreibung.«

Doris seufzt: »Haben sie gesagt, wie es dem Mann geht?«

»Nein, scheint wohl nicht so schlimm zu sein. Was hast du heute gemacht?«

»Ich war fast den ganzen Tag in der Stadt Luxemburg unterwegs, habe mindestens einem halben Dutzend Eisbecher widerstanden, kenne mich jetzt bestens in allen Etagen der Kasematten und im neuen Museum aus ... und habe von einem einsamen und von seiner Frau unverstandenen EU-Beamten Telefonnummer und Adresse aufgedrängt bekommen, sicher mit den unkeuschesten Absichten.«

»Du bleibst also hier?«

Doris lacht.

Sie fahren auf der Südautobahn an der Hauptstadt vorbei in Richtung Thionville. An der Grenze geht es im

Konvoi mit anderen Pkw's ohne Stop an dunklen Zollbaracken vorbei.

»Vive la Françe, deine Heimat hat dich wieder!« ruft Doris und summt die Marseillaise.

Links tauchen in der Ferne die vier riesigen Kühltürme des Kernkraftwerks Cattenom auf. Bis Thionville begleitet sie dieser Anblick.

»Was hältst du von einer Stadtrundfahrt?« fragt Marie, als sie an den großen Einkaufsmärkten am Stadtrand von Metz vorbeifahren.

»Ich glaube, ich war früher mal mit Leo hier auf einem Flohmarkt, aber ich kann mich kaum mehr erinnern.«

Gleich hinter der nächsten Abfahrt nähern sie sich der Altstadt. Die mächtige, ringsum angestrahlte Kathedrale erhebt sich. Die Straßen werden enger, sie fahren über kleine Brücken. Hier ist reger Betrieb. Vor ihnen setzt ein Wagen aus einer Parklücke.

»Sollen wir uns das mal angucken?« Marie versucht bereits, in den freien Platz einzuparken.

»Wird auch Zeit, daß wir endlich eine Rast einlegen, wir sind ja schon fast eine Stunde unterwegs.«

Sie gehen in eine Gasse. Zwischen den Tischen und Stühlen der vielen Lokale auf beiden Seiten ist nur ein schmaler Weg frei. Doris hält ihre Tasche fest an sich gepreßt. Vor einem Bistro ergattern sie einen freien Tisch und bestellen Rosé und Würstchen mit Sauerkraut.

»Ich dachte, das wäre eher eine deutsche Spezialität«, wundert sich Doris.

»Nein, das gibt es auch bei uns. Besonders im Elsaß und in Lothringen.«

Doris stochert in ihrem Essen herum: »Ein Gutes hat die Sache, mir ist seitdem der Appetit vergangen.«

Nach dem Essen wird ein Schnaps auf Kosten des Hauses serviert. Die beiden Frauen lehnen sich in ihren Stühlen zurück und schauen dem Treiben auf der Gasse zu. Fetzen eines Pianokonzerts wehen herüber.

Marie reckt den Kopf nach vorn und lauscht: »Das hört sich nach Michel Petrucciani an.«

Doris greift nach Maries Hand: »Ich kann dir gar nicht sagen, wie froh ich bin, daß du mir hilfst.«

»Laß' die Tränen stecken, ich bin auch froh, mit dir zusammen zu sein.«

»Romantik liegt dir wohl fern?«

»Komm, du weißt schon, wie es gemeint ist, trinken wir noch einen Rosé?«

»Und wer soll weiterfahren?«

»Ich besitze einen französischen Führerschein und der schließt die Erlaubnis ein, samstagabends nach dem Genuß von zwei Gläsern Rosé ein Fahrzeug zu lenken.«

»Von zwei Karaffen«, verbessert Doris. »Und den Schnaps hast du auch vergessen.«

»Jetzt sei doch nicht so kleinlich, wir sind nicht mehr im pingeligen Deutschland.«

Weit nach Mitternacht fahren sie wieder auf die Autobahn. An einem Rasthaus holt Marie zwei Becher Kaffee. Hinter Nancy geht es über die Route Nationale Richtung Mulhouse. Sie fahren durch die sternenklare Nacht. Die Landschaft wird bergig, und die Luft ist angenehm frisch. Hinter Epinal sind sie allein auf der Straße. Marie folgt den Hinweisschildern nach Gérardmer. Sie hat eine Kassette von Joni Mitchell in den Recorder geschoben.

Kilometerweit fahren sie am dunklen See vorbei. Hinter Gérardmer gelangen sie zu einem zweiten langgestreckten See. Über den Bergen deutet sich das Morgengrauen am

Himmel an. Hinter eingezäunten dunklen Campingplätzen reicht eine große Wiese bis ans Wasser. Dort parkt Marie den Wagen.

Die Schuhe lassen sie im Auto. Der Ufersand klebt an den vom Wiesentau nassen Füßen. Die Wasserfläche ist vollkommen glatt. Schemenhaft sind Boote zu erkennen, die weit entfernt an einem Steg liegen. Marie streift sich das Kleid über den Kopf und legt es über einen Baumstumpf. Den Schlüpfer wirf sie obenauf und watet ins Wasser. Doris zögert noch, dann zieht sie sich ebenfalls aus. Die kleinen Steine in der Uferzone stechen in die Fußsohlen. Sie tastet sich vorsichtig ins Wasser, es ist überraschend kalt. Sie gibt sich einen Ruck und gleitet in Rückenlage ins tiefere Wasser. Unsichtbare Pflanzen streifen ihre Beine, als griffen von unten Arme nach ihr. Plötzlich taucht Marie neben ihr auf.

»Hier sind ganz viele Fische, das sieht aus wie bei Jacques Cousteau!«

»Meinst du, die könnten beißen?« Im klaren Wasser sind kleine Fische zu erkennen, die unbekümmert direkt neben ihnen schwimmen.

»Es ist noch keine Frühstückszeit, außerdem schätze ich die Viehcher als Vegetarier ein.«

»Ich kann unter Wasser nicht die Augen öffnen«, Doris schwimmt mit hochgezogenen Schultern und kurzen Armstößen auf der Stelle, dabei ragen ihre Brüste halb aus dem Wasser.

»Komm weiter raus, die Fische sind ganz zahm, sie scheinen Besuch gewöhnt zu sein. Vielleicht steht hier auch ein Schwarm.«

Die Fische scheinen wirklich keine bösen Absichten zu hegen. Doris legt sich auf den Rücken und schließt die

Augen. Sie braucht sich nicht zu bewegen, das Wasser trägt sie. Nach einer Weile fühlt sie ihren Körper nicht mehr. Sie ist schwerelos wie ein Astronaut und scheint nur noch aus Gedanken zu bestehen.

Vor zwei Monaten hat sie Robbi nach Süddeutschland begleitet. Sie mußte als seine Alibifreundin bei der Hochzeit von Verwandten herhalten. In seinem Trierer Salon gab es eine Gratisfrisur mit Maniküre. Auf der Hinfahrt in Robbis dunklem *Mercedes*, mit dem angeblich bereits Adenauer kutschiert wurde, hatte er ihr edlen Schmuck aufgenötigt, um standesgemäß aufzutreten. Wie oft bekamen sie an diesem Tag zu hören, was für ein schönes Paar sie seien. Abends, im Hotelzimmer, gestand er ihr, wenn er sich jemals zu Frauen hingezogen gefühlt hätte, wäre nur sie für ihn in Frage gekommen. Was Leo wohl gerade macht? Schlafen!

Doris öffnet die Augen und reckt den Kopf aus dem Wasser. Sie schaut zurück zum Wagen, der im ersten Morgenlicht weit entfernt am Ufer steht. Auf mindestens fünfhundert Meter schätzt Doris die Entfernung. Ob ihre Kraft reicht? Marie, die im Atlantik schwimmen gelernt hat, scheint keine Probleme mit weiten Strecken zu haben. Das Wasser beginnt zu dampfen, Nebel steigt auf. Das Ufer verschwindet. Doris' Atem geht schneller. Ihre Schwimmbewegungen werden hektisch, als wolle sie um sich schlagen.

Marie schwimmt zu ihr: »Geh' in Rückenlage, mach' dich lang!« Sie unterfaßt von hinten ihre Schultern: »Ich habe dich, ganz ruhig, ganz ruhig, ist alles in Ordnung.«

Doris atmet tief durch und versucht sich treiben zu lassen. Marie hält sie weiter unter der Schulter gefaßt und zieht sie durch's Wasser. Ruhig atmen, ein und aus, ein und aus! Das Ufer ist bald wieder zu sehen. Die letzten Meter schwimmt Doris ohne Maries Hilfe.

Die Kleider im ausgestreckten Arm vom bibbernden Körper weghaltend, laufen sie zum Wagen zurück.

*

In der Tür unter Waldes Wohnung ist das Schlüsselloch immer noch leer. Im Flur zum Garten muß er andere Fahrräder zur Seite schieben, ehe er an seins kommt. Walde verstaut Wasserflasche, Mütze, Notizbuch und Handy in der Gepäcktasche, dazu steckt er einen fensterlosen Briefumschlag, auf dem *WaSchupo* steht. Darin befindet sich ein unappetitliches Foto der am Donnerstag gefundenen und inzwischen identifizierten Wasserleiche. Stadler von der Wasserschutzpolizei möchte es haben.

Auf dem Moselradweg ist sonntagsmorgens viel los. Walde überquert die Allee und fährt in die Fußgängerzone. Von weitem läuten die Domglocken zum Hochamt. Die kleinsten und hellsten Glocken machen den Anfang, und nach und nach fallen die größeren und tieferen Glocken ein. Auf dem Hauptmarkt dröhnen sie so laut, daß spätestens jetzt alle Langschläfer im Dombereich aus ihren Träumen gerissen werden. Immer, wenn Walde glaubt, der ganze Turminhalt sei in Bewegung, wird noch eine dickere und dunklere Glocke in Gang gesetzt. Sein Fahrrad ruckelt über das Pflaster des Domfreihofes. Die Glockenorgie erreicht ihren Höhepunkt. In der engen Windstraße scheint sich zwischen den hohen Mauern der Schall zu verdichten. Walde läuft es kalt über den Rücken. Links steht das Tor zum Bischöflichen Dom- und Diözesanmuseum offen. Bis vor wenigen Jahren war hier das städtische

Gefängnis untergebracht. Die hohen Hofmauern und die ehemals vergitterten Fenster sind geblieben. Innen ist alles aufwendig renoviert worden. Am Bahnhof kauft er den *Spiegel* und die *MacWelt* und verstaut sie in der Satteltasche. In der Metternichstraße fahren Skater mit Walkmans vor ihm her. Vor der Eisenbahnbrücke überholt er sie. Mitten über dem Fluß donnert ein Personenzug an ihm vorbei. Den Radweg trennt nur ein halbhoher Drahtzaun von den Schienen. Walde spürt den Sog des Zuges und das heftige Vibrieren der stählernen Brückenkonstruktion. Am Hafen nimmt er einen Schluck aus der Wasserflasche und setzt eine Mütze auf.

Die Sonne scheint ihm auf den Rücken, als er die Gerade entlang der Mosel fährt. An der Wallmauer biegt er ab und fährt durch eine Straße mit neuen Einfamilienhäusern. In einigen Gärten spielen Kinder. Wahrscheinlich wissen die meisten Eltern nicht, was hier vor neun Jahren geschehen ist. Sie sind erst viel später in dieses Viertel gezogen. Die uralten Bäume auf dem Friedhof spenden seit Kilometern wieder den ersten Schatten. Walde hebt die Mütze, die Haare sind naß geschwitzt. Er lehnt das Fahrrad an die hohe Friedhofsmauer. Neben der Kapelle wird ein kleines Gräberfeld von Sträuchern gesäumt. Er zündet die Kerze an einer anderen in der Kapelle an und stellt sie auf *Nicole*s Grab neben die Weihwasserschale mit dem Buchszweig. Das Bild des Mädchens auf dem Grabstein unter der Inschrift *Sie war unser Sonnenschein* löst die Erinnerung an die schrecklichen Fotos aus, die nach der Tat aufgenommen wurden. Der Täter hatte das Kind mit einem spitzen Gegenstand schrecklich zugerichtet. Danach hatte er sie erschlagen. Von Zeit zu Zeit kommt Walde hierher. Seine Besuche haben nichts mit den Ermittlungen zu tun.

Es ist etwas anderes. Wenn er hier weggeht, hat sich sein innerer Akku wieder aufgeladen mit einer Mischung aus Wut und Sorge.

Er steigt auf den Hügel neben dem Friedhof. Von der Bank unter der Trauerweide blickt er über die Dächer. Unter einem von ihnen wohnt vielleicht der Mörder. Viele Mosaiksteine sind zusammengetragen worden, aber diese schlüssig zusammenzufügen, ist nicht gelungen. Die anfängliche Täterbeschreibung ist höchst zweifelhaft. Alter, Größe, Haarfarbe und Statur sind unbekannt.

Walde hat mit vielen Fachleuten gesprochen und ein Täterprofil entwickelt: Wahrscheinlich hat der Mörder eine feste Anstellung, die ihm wochentags wenig Freiraum läßt. Er lebt zurückgezogen und treibt sich an Wochenenden in der Nähe einsamer Spielplätze oder an anderen Orten herum, an denen sich Kinder aufhalten. Er ist als Triebtäter einzuschätzen. Keiner von denen, die sich einfach nicht um Konventionen und Gesetze scheren, sondern einer, der vom Trieb gesteuert wird. Und vielleicht fährt er ein rotes Mofa.

Hat er sich in ärztliche Therapie begeben? Nimmt er Medikamente, um seinen Trieb unter Kontrolle zu halten? Ist er Patient in einer Nervenheilanstalt, oder ist er wegen anderer Delikte in Haft? Hat er eigene Kinder, die er mißbraucht? Ist er in eine andere Stadt gezogen oder verstorben, wie Stiermann behauptet? Kann das ein Grund dafür sein, daß soviele Jahre nichts mehr passiert ist?

Im Rahmen der Ermittlungen der Sonderkommission ist eine Karte von allen Spielplätzen und Treffpunkten von Kindern erstellt worden. Walde hat diesen Plan über die Jahre hinweg aktualisiert. Das gewachsene Fernsehangebot und die gestiegene Bereitschaft der Eltern, etwas mit ihren Kindern zu unternehmen, hat dazu geführt, daß die meisten Spielplätze am Wochenende verwaist sind. Eine Handvoll Plätze sind übriggeblieben, die Walde jetzt abfährt. Nur auf einem spielt ein Kleinkind, von der Mutter beaufsichtigt, im Sandkasten. Kein rotes Mofa ist zu sehen. Sollte es auch Sisyphusarbeit sein, er hat wenigstens etwas getan, gestern, heute, morgen, jeden Tag. Über ihm schwebt ein Damoklesschwert. Irgendwo tickt eine Bombe, die jederzeit wieder explodieren kann. Seine Aktivitäten, auch wenn sie noch so wenig einbringen, helfen Walde, mit der Situation fertig zu werden.

*

Noch naß ziehen sie sich an. Bei der Fahrt den Berg hoch zum Col de la Schlucht stellt Marie Heizung und Gebläse auf höchste Stufe.

»Danke, ich bin fast in Panik geraten. Das habe ich seit Donnerstag.« Doris hält beim Haarekämmen inne.

»Ich dachte, der Überfall war am Freitag?«

»Am Donnerstag hab' ich einen Franzosen verprügelt.«

»Du hast was getan?«

»Drei Besoffene haben mich bis zur Haustür verfolgt, und als der eine mich betatschen wollte, hab' ich ihm eine geflatscht.« Dabei schlägt sie mit der Bürste gegen das Armaturenbrett.

»Die hat er sich wohl zu recht eingefangen.«

Doris lacht: »Der hat im Graben gelegen wie ein Maikäfer auf dem Rücken, ich hab' ihn aus voller Drehung erwischt.«

»Und die anderen beiden?«

»Die sind weggelaufen.«

»Du bist mir eine, schlägst drei Mann in die Flucht!«

»Danach ging's mir gar nicht gut, ich bin im Treppenhaus fast erstickt.«

»Schon wieder? Du solltest mal versuchen, etwas dagegen zu unternehmen.«

»Das hat damals, bei der Geschichte mit Leo, angefangen.«

»Und?« Marie wendet den Blick von der Straße und schaut Doris an.

Diese zupft verlegen Haare aus der Bürste: »Es hat sich gelegt.«

»Wann?«

»Ein Jahr nach der Trennung, seit ich mit keinem Mann mehr ...«

»Hat das was mit Sex ..?« Marie schüttelt den Kopf.

»Nein, ich wollte ....«

»Im freiwilligen Zölibat leben, damit ...«

»... ich frei atmen kann«, Doris atmet hörbar aus.

»Es gibt Männer, die einem Luft zum Atmen lassen.« Marie kurbelt heftig am Lenkrad und steuert den Wagen nach einer Kurve durch einen schmalen Felsbogen. Am rechten Straßenrand fällt der Berg hinter einer niedrigen Mauer steil ab. Oben folgt die Straße den Bergkämmen.

»Und ich dachte, dir wäre keiner gut genug. Schau mal« Marie deutet zum Horizont, wo die Sonne aufgeht wie ein brennender Ballon. Der Blick ins Tal ist berauschend. Marie biegt in einen Geröllweg ein, der zu einem einsam am Hang liegenden Bauernhof führt, und parkt den Wagen neben einem Schuppen.

»Da vorn ist eine Ferme Auberge. Das ist so eine Art Almhütte. Da kriegen wir bestimmt nachher Frühstück.« Sie drückt neben sich einen Hebel herunter, schiebt den Sitz zurück und dreht sich auf die Seite.

Doris klappt das Seitenfenster hoch. Hier oben ist alles so weit, so frei. Eben im See hat sie gespürt, wie das Wasser sie trägt, wie sie sich fast schwerelos fortbewegte, wie groß der See war. Und jetzt, die Unendlichkeit der Berge.

Ist das ein Zeichen? Hat sie sich bisher überhaupt schon einmal die Frage gestellt, was Freiheit bedeutet? Sie hat ihr Leben eingerichtet und keine Zeit zum Innehalten übriggelassen. Selbst in den letzten Monaten ohne Arbeit hat sie es nicht geschafft, sich einmal grundlegende Gedanken zu machen. Immer war sie abgelenkt, hatte sie etwas zu tun, vielleicht auch, um bloß nicht ins Grübeln zu geraten.

Das wird ihr jetzt bewußt. Die Höhenluft scheint ihr Gehirn durchgepustet und von allen Ablagerungen der letzten Jahre befreit zu haben. Ihre Gedanken sind so klar wie das Wasser des Sees. Was sie vor gerade mal 36 Stunden getan hat, ist weiter entfernt als der weiteste Punkt am Horizont. Es liegt in einer anderen Welt.

*

Am Wasserschiffahrtsamt schiebt Walde sein Fahrrad zum Landesteg, der unten am Wasser liegt. Vom Boot der Wasserschutzpolizei kommt ein uniformierter Schnauzbart mit dunkler Hose, hellblauem Hemd und dunkler Mütze.

»Tag, Herr Stadler, hier ist das Foto, das Sie haben wollten.« Walde überreicht ihm einen Umschlag.

»Guten Tag, Herr Bock, war aber nicht nötig, daß Sie sich extra herbemüht haben.«

»Ich war sowieso mit dem Rad in der Gegend unterwegs.«

»Darf ich Sie zu einem kleinen Ausflug einladen?«

Walde ist überrascht: »Sie meinen ...?«

»Kommen Sie an Bord, wir nehmen Ihr Fahrrad mit, das braucht hier nicht unbeaufsichtigt herumzustehen.«

Walde folgt dem Wasserschutzpolizisten auf das Schiff. »Wohin geht die Reise?«

»Wohin Sie wollen, Düsseldorf, Hamburg, Rotterdam?«

»Zurlauben würde es für's erste auch tun. Ooh, ist das heiß hier.« Walde ist ins Steuerhaus getreten, wo ihn ein Kollege Stadlers begrüßt.

»Das Boot ist nichts anderes als eine schwimmende Blechbüchse, in der wir von der Sonne geröstet werden«, Stadler nimmt seine Mütze ab, unter der schweißnasse Haare am Kopf kleben.

»Und ich dachte, das würde eine Art Yachtausflug werden«, bemerkt Walde.

»Tut mir leid, Herr Kollege, heute liegen leider keine nackten Blondinen auf dem Achterdeck, und der Schampus hat auch nicht die richtige Temperatur. Sie können aber einen Kaffee oder ein Glas Sprudel haben.«

Die Maschine heult auf, und das Boot fährt mit erstaunlicher Beschleunigung in die Flußmitte.

Stadler und Walde stellen sich an Deck in den kühlenden Fahrtwind.

»Die Mosel ist mächtig gefallen«, bemerkt Walde.

»Tiefer geht's nicht mehr, dafür sorgen die Staustufen. Das Problem ist nur, daß der Fluß kaum mehr Fließgeschwindigkeit hat und der Sauerstoff knapp wird. Es treiben schon eine Menge toter Fische herum.«

Stadler peilt durch sein Fernglas ein Schiff an, das ihnen entgegenkommt. Am Heck der *Sarrebourg* flattert eine französische Flagge.

»Waren Sie schon mal auf so einem Kahn?«

Walde schüttelt den Kopf.

Stadler gibt seinem Kollegen am Steuer Zeichen, und das Boot dreht am Schubschiff bei und legt in Höhe der Kajüten an. Die *Sarrebourg* liegt noch tiefer als ihr Boot. Zwei Mann von der Besatzung zurren die herübergeworfenen Leinen fest. Walde folgt dem Wasserschutzpolizisten, der wieder seine Mütze aufgesetzt hat, an Bord. Im Vergleich zu dem Polizeiboot ist der Kahn riesig. Das Führerhaus sitzt hoch oben auf einer wuchtigen Metallsäule. Das ist auch nötig, sonst wäre dem Steuermann die Sicht durch die Fracht aus hochgetürmtem Kohlestaub versperrt.

Stadler klettert ins Führerhaus, und Walde schlendert über das Achterdeck, wo hinter zwei Pkw's Wäsche auf der Leine flattert. Er schaut durch die Fenster in holzvertäfelte Räume. Ein Matrose mustert ihn.

Nach ein paar Minuten klettert Walde auf das Polizeiboot zurück.

»Der muß wohl berappen, der liegt viel zu tief«, ist der Kommentar von Stadlers Kollege.

»Ist das so wie bei Lkw's, die nur eine gewisse Zuladungslast haben.«

»Nicht ganz, der hier kann sogar noch mehr laden, das zeigen die Markierungen am Rumpf. Nur hat er für diesen Wasserstand zuviel geladen.«

»Wieviel darf er denn?« fragt Walde.

»Normalerweise 0 - 20 Zentimeter zwischen Kiel und Grund. Das kommt ganz auf den Wasserstand an. Wenn der in Duisburg geladen hat und jetzt schon ein paar Tage unterwegs ist, hat er eine Chance, ohne Strafe davonzukommen. Vor ein paar Tagen waren Gewitter angesagt, aber der Regen ist ausgeblieben.«

»Dann müssen die Schiffer also beim Laden gleich den

Wasserstand der nächsten Tage einplanen?«

Der Mann stützt sich auf das Ruder: »Im Internet gibt es dazu ganz aktuelle Informationen. Zum Beispiel, wie lange eine Welle mit Schmelzwasser den Rhein runter unterwegs sein wird. Was die Schiffer im August bestimmt brennend interessiert.«

Walde betrachtet ein Regal, in dem ein Fotoalbum steht. »Darf ich?« fragt er, als er das Album aufschlägt. Er benötigt ein Weilchen, bis er begreift, was da wie ein Familienalbum mit handgeschriebenen Bildkommentaren zu sehen ist: ausschließlich Fotos von Wasserleichen.

»Das ist nicht jedermanns Sache«, der Mann am Steuer hat sich umgedreht, »ist so ein Spleen von ihm.« Er deutet auf Stadler, der soeben die Treppe von der Brücke der *Sarrebourg* heruntersteigt.

»Heißt das, im ganzen Album sind nur ..?«

Der andere nickt stumm. Walde wird leicht übel. Er geht aus der stickigen Kajüte und atmet draußen ein paarmal tief durch.

»Was ist, werden sie schon seekrank?« fragt Stadler, der wieder an Bord gekommen ist.

»Nein, ich bin heute schon zu lange in der Sonne gewesen, können Sie mich bitte wieder an Land bringen?«

Ein paar Minuten später schiebt Walde sein Fahrrad über den Bootssteg ans Zurlaubener Ufer. Wahrscheinlich ist Stadler gar nicht verrückt. Das ist wohl nur seine Art Desensibilisierung, was er da mit den Fotos versucht.

*

Gleich nach dem Frühstück in der Ferme Auberge machen sich Marie und Doris am Montagmorgen auf die Rückreise.

Hinter Grevenmacher verlassen sie in Luxemburg die Autobahn und gelangen bei Wasserbillig auf eine Straße entlang der Sauer. Bei Born biegt Marie in einen Feldweg ein und parkt in einem Tannenwäldchen. Aus einem Korb im Kofferraum zieht sie zwei Plastiktüten.

»Gucken wir mal, ob es hier Pfifferlinge gibt, vielleicht können wir den Luxemburger Artenreichtum durch ein paar feine Trüffel erweitern.«

»Oder Stinkmorcheln, wie man's nimmt.«

»Die Plastiktüten sollen die Würmer abhalten.«

»Ich entdecke an dir Eigenschaften, die ich dir gar nicht zugetraut hätte. Du wärst ja eine richtig gute Gangsterbraut geworden.«

»Vielleicht liegst du mit deiner Vermutung gar nicht so falsch. Was wir hier verbuddeln, sind eher Peanuts im Vergleich zu dem, was ich vor ein paar Tagen in den Händen gehalten habe. Aber ich überlasse es Jo, dir die Geschichte zu erzählen.«

»Was war denn los?«

»Ich habe dir ja schon mal angedeutet, daß am Freitag wohl irgend etwas in der Luft gelegen hat. Ich habe Jo nichts von deiner Sache erzählt und werde das bei dir ebenso halten.«

»Wo ist er?«

»Zu Hause, nehme ich an, keine Angst, er brauchte nicht zu türmen.«

»Was hat er angestellt?«

»Sei froh, daß ich so verschwiegen bin ... Ich warte hier auf dich, ich will gar nicht wissen, wo du das Geld deponierst.«

»Marie, was soll das? Ich vertraue dir.«

»Ist okay, ich warte trotzdem.«

Das Wäldchen beginnt sich nach wenigen Schritten zu lichten. Ein verrottender Holzstoß, ein paar herumliegende Steine, Doris verläßt den Weg und entscheidet sich für eine kleine Mulde neben einer Lärche. Niemand ist zu sehen. Bis auf ein Bündel Hunderter packt sie das Geld in die Plastiktüten und scharrt mit den Schuhen Tannennadeln in die Mulde. Die Stelle ist etwas dunkler als die Umgebung, weil die Nadeln aus den unteren Schichten feucht sind. In ein paar Stunden werden sie trocken sein. Es hat etwas für sich, wenn man sich ein wenig in der Natur auskennt. Die Lärche verliert ihre Nadeln im Winter, deshalb ist der Boden darunter auch besonders weich. So etwas fällt einer Joggerin auf. Obenauf legt sie einen bemoosten Stein und an den Stamm des Baumes ein Stöckchen, das in Richtung des Erdverstecks zeigt. Dann mißt sie die Entfernung zum Stamm ab: sechs Schritte. Beim Zurückgehen dreht sie sich mehrmals um und prägt sich die Stelle ein.

»Und, hat es geklappt?«

»Das Großherzogtum Luxemburg hat ein weiteres Gelddepot.«

»Wirst du es auch wiederfinden?«

»Ich male gleich eine Schatzkarte.«

»Und die stecken wir in eine Flasche und werfen sie in die Sauer.«

»Von da treibt sie durch Mosel und Rhein in die Nordsee, mit dem Golfstrom in die Südsee ...«

»Geografie, mangelhaft, Frau Morgen.«

Gegen Mittag steigt Doris am Flughafen in Luxemburg aus Maries Wagen. Am Zeitschriftenkiosk wird der *Trierische Volksfreund* angeboten. Sie schlägt den Lokalteil auf. Der Artikel ist kleiner, als sie erwartet hat. Außerdem handelt er noch von einem weiteren Überfall, der am Samstagabend auf eine Tankstelle verübt wurde. Die Parkhausgeschichte kommt an zweiter Stelle. In dem erbeuteten Aktenkoffer befanden sich ein fünfstelliger Bargeldbetrag, Schecks und verschiedene Geschäftspapiere. Das Opfer mußte zur ambulanten Behandlung in ein Krankenhaus gebracht werden. Von den Tätern liegt weder eine Beschreibung vor, noch gibt es eine konkrete Spur. Es wird um Zeugenaussagen gebeten. Für Hinweise, die zur Ergreifung des oder der Täter(s) führen, wurde eine Belohnung in Höhe von 2.000 DM ausgesetzt, das war's.

*

Am späten Montagvormittag klingelt Walde in einer Gasse im Stadtteil Euren an einem kleinen Haus. Eine korpulente Frau in Kittelschürze öffnet.

Walde zeigt seine Dienstmarke: »Kann ich bitte Herrn Lothar Haupert sprechen?«

»Kommen Sie herein, sind Sie vom Bistum?«

»Nein, es geht um ...«

»Lothar, Besuch für dich, der Mann von der Wallfahrt.«

Ein Mann mit Strickweste und Hornbrille, mit einem Vergrößerungsglas in der Hand, steht von der Eckbank in der Küche auf.

»Nehmen Sie Platz, ich räume noch gerade ein bißchen auf. Kann ich Ihnen etwas anbieten, Kaffee oder einen kleinen Schnaps, ich habe einen guten Schlehen da.«

Walde winkt ab. Auf dem Tisch sind Schwarz-Weiß-Fotos ausgebreitet.

Der Mann nimmt einen Ordner und steckt umständlich die Bilder einzeln in Klarsichthüllen. Er hebt eine Karte hoch.

»Gucken Sie mal hier, der Eurener Dom von 1910, da erkennt man noch genau den Hügel, auf den sie die Kirche gebaut haben. Und hier ist eine von innen, um 1890, ist die älteste Postkarte, die ich habe. Hier auf dem Luftbild ist die alte Zeppelinhalle und hier der Bahnhof, da hatte ich 40 Jahre lang Dienst, der steht auch nicht mehr.«

»Entschuldigen Sie, ich komme wegen Ihres Mofas.«

»Sie brauchen sich nicht zu entschuldigen, ich bin ja froh, daß Sie kommen. Ich gebe Ihnen gleich alles mit, die meisten haben bar bezahlt, meine Frau will auch nicht so viel Geld im Haus haben. Katharina, bringst du uns mal die Kassette?«

»Nein, lassen Sie mal, ich komme nicht wegen des Geldes.«

»Dann bringe ich das Geld gleich auf die Sparkasse, hier bleibt es auch nicht. Ich kann ja nichts dafür, daß manche Leute das mit den Überweisungen nicht kapieren. Sind ja auch viele alte Leute dabei, man weiß ja nicht, ob das für die nicht die letzte Romfahrt ist.« Haupert nimmt die dicke Hornbrille ab und wischt sich über die Stirn.

»Das tut mir leid für die Leute, aber ...«

»Die brauchen Ihnen nicht leid zu tun, die haben ihr Leben gelebt, und wie heißt es so schön: Rom sehen und sterben, da ist doch was dran.«

»Gut, da ist wohl was dran, aber ich bin wegen einer ganz anderen Sache hier.«

»Sie haben recht, Sie müssen ja auch Ihre Arbeit machen. Katharina, bringst du uns mal den Ordner, kann ich Ihnen nicht doch etwas anbieten, Sie sitzen so trocken da?«

»Nein danke, hören Sie mir bitte mal genau zu, ich bin nicht vom Bistum«, Walde legt noch einige Phon zu.

»Trini, stimmt was nicht?« Haupert nimmt von seiner Frau einen Ordner in Empfang.

»Bei der Hitze vor'm warmen Herd, Lothar, da brauchst du nicht zu fragen.«

Als sie sich wieder dem Herd zuwendet, sagt er: »Die kocht, obwohl sie das gar nicht essen darf, sie hat ja so schwer Zucker ...«

Walde rückt näher zu dem Mann und schreit ihm ins Ohr: »Ich bin nicht vom Bistum! Ich komme wegen Ihres Moofaas!«

»Nicht wegen der Wallfahrt? Was ist denn mit dem Mofa? ... Ich habe immer *Romfahrt* verstanden. Das Mofa wollt' ich eigentlich noch nicht verkaufen.«

»Darum geht es auch nicht. Ich bin Polizist und hätte das Fahrzeug gerne mal gesehen.«

»Sie haben ja gar keine Uniform an?« Haupert mustert ihn skeptisch.

Walde zeigt seine Dienstmarke.

»Bei der Bahn war ich immer in Uniform. Das Mofa ist draußen im Schuppen. Was ist denn damit?«

Haupert steht auf und geht in die Diele, wo eine Uniformmütze an der Garderobe hängt.

»Wir überprüfen alle roten Mofas, es geht um eine Straftat, die am vorletzten Sonntag, gestern vor acht Tagen, begangen wurde.«

»Das ist ja wie im Krimi, wollen Sie ein Alibi von mir?«

Walde nickt.

»Da hatten wir Versammlung, das weiß ich ganz genau, weil wir uns im Gemeindesaal getroffen haben, wegen der Wallfahrt. Wir fahren im September nach Rom, mit Audienz beim Papst, Schweiz, Rimini, Schlafwagen und allem drum und dran ... Ich organisiere das jetzt schon zum dritten Mal. Heut' morgen sollte eigentlich der Mann vom Bistum kommen, ich dachte, Sie wären das.«

»Und Sie hatten also zur besagten Zeit eine Versammlung, gibt es dafür Zeugen?«

»Sonst schlafe ich ja mittags um die Zeit, meistens bis halb vier. Es waren eine Menge Leute da, meine Frau war auch mit. Soll ich sie rufen?«

»Wann sind Sie denn zuletzt mit dem Mofa gefahren?«

»Das war ... ich muß mal überlegen, bevor ich lüge, das ist schon was her ... och, ich war da zu der Tochter nach Zewen gefahren ... so drei Wochen sind das her ... Hier steht das gute Stück.« Haupert deutet auf ein blank geputztes Gefährt mit zwei Gepäcktaschen. »Das habe ich jetzt schon bald acht Jahre, und das hat mich noch nie im Stich gelassen. Davor hatte ich eine Zündapp ...«

»Danke«, Walde drückt ihm die Hand. »Das genügt, das Fahrzeug weist keine Schäden auf. Auf Wiedersehen, schönen Gruß an Ihre Frau.«

»Und was ist mit dem Alibi, wollen Sie deswegen nicht mehr meine Frau verhören?«

»Danke, ist nicht nötig.«

Das war der vierte Besuch. Eigentlich will Walde heute alle zehn verdächtigen Mofafahrer besuchen. Jetzt ist es fast eins und das *Gasthaus Schütz* liegt ganz in der Nähe – und hat zum Glück montags keinen Ruhetag. Bei einem halben Hähnchen und einer Viez-Limo vervollständigt er seine Notizen über die bisherigen Besuche.

*

Jo schaut aus dem geöffneten Fenster des Anwaltbüros an der Figur des Wachsoldaten vorbei auf den Hauptmarkt. Bisher hat er die Statue mit dem heruntergeklappten Visier an der Steipe, dem ehemaligen Rathaus, nur von unten betrachtet.

Der Anwalt blickt ihn freundlich an: »Ich habe keine gute Nachricht für Sie. Der Finderlohn ist im BGB geregelt, aber es gibt auf Landesebene ein frisch in Kraft getretenes Gesetz, das die Auffindung von Kulturgütern regelt. Danach können sich weder der Finder noch der Eigentümer des Grundstücks große Hoffnung auf eine Belohnung machen. In Ihrem Fall sind Sie wahrscheinlich davon abhängig, wie das Kultusministerium entscheidet.«

»Da kann ich mir schon denken, was da rauskommt, da war noch nie viel Geld, und das bißchen wird noch gekürzt«, sagt Jo ernüchtert.

»Wie hoch schätzen Sie den Wert des Fundes?«, fragt der Anwalt.

»Na, fünf bis zehn Millionen werden es wohl sein. Ich Döskopp hab' mit zehn Prozent Finderlohn gerechnet.«

Nach dem Anwaltsbesuch geht Jo zum Kaufhaus, wo er zu Geschäftsbeginn einen Film zum Entwickeln abgegeben hat.

»Ich schaue mal, ob Ihre Bilder schon durch sind.« Der weißhaarige Verkäufer in der Fotoabteilung dreht sich mit Jos Einlieferungsbeleg in der Hand zu seiner Kollegin um, die an einer Maschine hantiert.

»Es dauert noch ein paar Minuten, Ihre Bilder laufen gerade«, er reicht Jo den Beleg zurück und wendet sich einem anderen Kunden zu. Die Leute an der Theke stecken ihre Filme in Versandtaschen oder zahlen entwickelte Fotos an der Kasse.

An der Seite der Maschine rutscht ein Papierabzug in einen schrägen Drahtkorb. Für jedermann sichtbar zeigt das Foto den gesamten Goldschatz, der auf dem Tuch ausgebreitet ist. Jo mustert die Umstehenden. Noch interessiert sich niemand für das Foto. Es dauert eine Ewigkeit, bis das nächste Bild erscheint, das gleiche Motiv aus einem anderen Blickwinkel. Mit diesen Fotos könnte exakt nachgewiesen werden, wieviel Münzen er heimlich behalten hat. Jo schlendert zu einem Regal und mustert das Sortiment an Diakästen. Von dort beobachtet er das Treiben an der Theke.

Wohin guckt der Mann mit dem Sonnenhut? Jetzt kommen Großaufnahmen von einzelnen Münzen. Daß sie aus Gold sind, wird auch einem Banausen auffallen. Jo überlegt, ob er die Sache stoppen kann, indem er sagt, er könne nicht mehr länger warten und es genüge ihm das, was bereits fertig ist. Vielleicht sind aber schon die restlichen Bilder unaufhaltsam auf verschlungenen Wegen im Inneren der Maschine durch Entwicklungsflüssigkeiten und Fixierbäder unterwegs. Der Mann mit dem Hütchen ist gegangen. Vom Personal achtet niemand auf die Fotos im Korb. Er hat den Film gleich zu Geschäftsbeginn zum Belichten abgegeben. Endlich werden die Bilder eingetütet, und Jo bezahlt. Er geht am Wachmann vorbei durch die elektronische Schranke am Ausgang. Es würde ihn nicht wundern, wenn das Alarmsignal losginge. Er ist kurz versucht, die Tüten über den Kopf zu halten, um sie dem Magnetfeld zu entziehen.

In der Passage am Nikolaus-Koch-Platz stehen Leute

vor den Schaukästen, in denen die aktuelle Tageszeitung aushängt. Keine Meldung vom großen Goldfund.

An der Bushaltestelle läßt er sich unter den Platanen auf einen grünen Schalensitz sinken.

Er erwischt einen Bus mit Klimaanlage. Irgendwie symbolisiert das Gefährt Jos bisheriges Leben. Seine Temperatur ist fast immer im mittleren Bereich verlaufen, und wenn es Aufregung gab, dann hat sie Spaß gemacht. Nie ist es brenzlig geworden. Das meiste hat seinen geordneten Lauf genommen. Schule und Studium verliefen glatt, um die Bundeswehr konnte er sich drücken, nicht einmal Ersatzdienst mußte er leisten. Im Sport ist er von größeren Verletzungen verschont geblieben. Dann hat ihn die schönste Frau, die er in seinem Leben getroffen hat, geheiratet. Sie führen mit ihrem Sohn ein glückliches Familienleben, bewohnen ihr persönliches Traumschloß. Sein Beruf könnte genausogut sein Hobby sein. Und wenn er mal einen zuviel trinkt, ist selbst das halb so schlimm, weil es irgendwie zum Job gehört. Er liebt dieses Leben.

Und jetzt setzt er alles wegen eines kleinen Beutels mit Münzen aufs Spiel. Seinen Job, seine gesellschaftliche Stellung, auch Marie würde kaum verstehen, warum er so etwas hinter ihrem Rücken tun konnte.

Zuhause ist die Einfahrt leer, in der Küche steht eine zweite Kaffeetasse auf der Spüle, und die Zeitung ist abgeräumt.

»Philipp, weiß du, wo die Mama ist?« Jo muß gegen die Musik anschreien, als er ins Zimmer seines Sohnes schaut.

»Nein.« Auf dem Monitor tritt Philipps Spieler mit geschickter Drehung zwei Angreifern gegen die behelmten Köpfe.

»Wann war sie da?« Jo dreht die Musik leiser.

»Wer?«

Jo lehnt sich an den Türrahmen. »Von wem haben wir denn gerade gesprochen?«

»Soll das ein Quiz sein?« Jetzt muß sich Philipps Spieler ducken, die Kerle beschießen ihn aus Strahlenpistolen.

»Na, Mama natürlich, wann war sie da, und hat sie gesagt, wann sie wiederkommt?«

»Scheiße«, sein Mann explodiert. »So weit war ich noch nie gekommen. Du hast mich rausgebracht, Papa!« Philipp haut auf den Joystick, es ist eher ein Klaps, das Ding soll ja noch für die nächsten Kämpfe zu gebrauchen sein.

»Kannst du mir jetzt antworten, oder müssen wir den Knaben noch zu Grabe tragen?«

»Keine schlechte Idee, Papa, das fehlt noch im Programm, ein virtueller Friedhof.«

»So, kann ich jetzt bitte eine Antwort haben?«

»Sie ist einkaufen oder so.«

»Danke.« Kaum hat Jo die Tür zugemacht, wird drinnen die Musik wieder aufgedreht.

Auf dem Anrufbeantworter ist eine Nachricht: Zelig bittet um Rückruf.

»Ja, Zelig«, die Stimme hat gegenüber dem samstäglichen Treffen deutlich an Festigkeit gewonnen.

»Ganz, guten Tag, Sie baten um Rückruf, Herr Zelig?«

»Danke, Herr Ganz, wir müßten uns nochmals sehen, können Sie ins Museum kommen?«

»Wann?«

»So bald wie möglich, am liebsten sofort.«

»Ich bin gerade aus der Stadt gekommen, meine Frau ist nicht da. Ist das wirklich nötig?«

»Ja, es hat sich etwas ergeben.«

»Warten Sie mal ... der nächste Bus müßte in zwanzig Minuten fahren.«

»Wann könnten Sie hier sein?«

»In einer dreiviertel Stunde.«

»Gut, bis dann.«

Was hat das nun wieder zu bedeuten? Jo eilt in die Küche und nimmt den Zeichenblock aus dem Regal. Dann stellt er einen Teller, der unter einem Blumentopf steht, in den offenen Kamin. Er zerknüllt die Blätter mit der Schraffur der Münzen und zündet sie an. Nach und nach legt er die Bilder vom Münzschatz obendrauf. Zum Schluß verbrennen die Negative in einer hohen Flamme. Er trägt den Unterteller in den Garten und schüttet die Asche auf den Kompost.

*

Doris dreht ihren Wohnungsschlüssel zweimal und betritt die Diele. Es riecht nicht gut. Als sie ins Wohnzimmer tritt, kann sie einen Aufschrei nicht unterdrücken. Das Zimmer ist verwüstet. Der Fußboden von Büchern, CD's, Papieren, Schaumstoffpartikeln, Erde und sonstigem Kram übersät. Schnell weicht sie in die Diele zurück und blickt sich nach allen Seiten um. Sie macht die Wohnungstür weit auf und lauscht. Es ist still. Sie läßt die Tür aufstehen, um sich oder – falls er noch hier sein sollte – dem Einbrecher den Fluchtweg offen zu lassen, und geht ins Wohnzimmer zurück. Die Schubladen und Türen der Schränke stehen offen, die Polstergarnitur ist aufgeschlitzt, die Gehäuse von Fernseher, Verstärker und allen anderen Geräten abmontiert. Die Bilder sind abgehängt und aus den Rahmen gerissen. Die Fußleisten liegen vor den Wänden. Wo die Steckdosen waren, klaffen dunkle Löcher. Doris rennt ins Schlafzimmer. Auch hier der gleiche Anblick, Schränke offen, Wäsche und Kleider auf dem Boden verstreut, Futter aus Jacken und Mänteln herausgetrennt, Matratze aufgeschlitzt, Pflanzen aus den Töpfen gerissen, die Blumenerde ausgeschüttet, alles demoliert. In der Küche sind alle Schränke offen. Auf dem Boden häuft sich der Inhalt von allen Packungen, Dosen und Gläsern, die die Eindringlinge in die Hände bekommen haben. Mehl, Zucker, Salz, Nudeln, Reis, Gewürze, Paniermehl, Gurken, Waschmittel, Müsli, Kaffee bilden eine glitschige Pampe, die Ursache des Gestanks, der hier kaum auszuhalten ist. Sie reißt beide Flügel der Balkontür auf und ruft die Katze. Sie beugt sich über das Geländer. Auch im Garten ist Minka nicht zu sehen.

Sie geht wieder hinein. Warum richtet jemand eine Wohnung, die nicht so aussieht, als könnte man irgendwo Diamanten finden, so schrecklich zu? Wer tut so was?

Wie benommen greift Doris zum Telefon. Es gibt keinen Laut von sich. Nachdem sie an der Korridortür gelauscht hat, ob jemand im Treppenhaus ist, verläßt sie die Wohnung. Sie dreht den Schlüssel zweimal um. Am Schloß sind keine Spuren von Gewalt zu sehen.

Vor dem Haus zuckt sie zusammen, als plötzlich neben ihr ein Preßlufthammer mit Getöse einsetzt. Sie schaut nach links und rechts und geht zur Telefonzelle an der Ecke zur Flanderstraße.

»Hallo Marie.«

»Hast du schon den TV gelesen?«

»Den habe ich schon in Luxemburg am Flughafen gekriegt. Aber das ist leider nicht alles.«

»Was ist passiert?«

»Bei mir ist eingebrochen worden.«

»Was?«

»Es ist alles durcheinander, totales Chaos. Die müssen nach irgendwas gesucht haben.«

»Was denn?«

»Nach dem Geld, nach was sonst?«

»Darum hat der Räumer dich also nicht verpfiffen ... und wenn die Franzosen sich gerächt haben?«

»Die wissen doch nicht einmal, wie ich heiße.«

»Bei drei Wohnungen im Haus wird ein geprügelter Macho nicht viel Mühe haben, herauszufinden, wo eine große Blonde wohnt.«

»Wenn es Räumer ist, geht es nicht nur um das Geld, der ist bestimmt auch drauf gekommen, wem der Überfall in Wahrheit gegolten hat.« Doris kann die Tränen nicht mehr zurückhalten.

»Komm erst mal zu uns, dann sehen wir weiter.«

*

Das Gespräch findet im Zimmer des Museumsdirektors statt. Dr. Laros, ein kleiner, weißhaariger Mann streckt Jo seine von Nikotin und Sonne gebräunte Hand entgegen.

»Herr Dr. Ganz, darf ich vorstellen, Frau Rieben, Herr Faber, Herrn Dr. Zelig kennen Sie ja bereits.«

Jo setzt sich gegenüber den Vieren an den Tisch. Alle haben Papiere vor sich liegen und Stifte in der Hand. Das ganze wirkt wie ein Tribunal. Fehlt nur noch ein Recorder auf dem Tisch.

»Danke, daß Sie so schnell kommen konnten«, sagt Zelig. »Wie Sie sich wohl denken können, geht es um die Klärung der Umstände, die zur Auffindung der Aurei und des Gefäßes geführt haben. Dazu hätten wir noch ein paar Fragen an Sie. Darf ich Ihnen eine Tasse Kaffee anbieten?«

»Dürfte ich erfahren, welche Funktion Sie haben?« Jo lehnt sich zurück und schaut auf die beiden, die er vorher noch nicht im Museum gesehen hat.

»Mein Name ist Gertrud Rieben, ich bin Referentin des Staatssekretärs im Kultusministerium«, sagt die Mittdreißigerin mit deutlicher Empörung in der Stimme.

»Und ich bin Kriminalhauptmeister Faber von der Kripo Trier«, stellt sich der junge Schnauzbart mit verlegenem Lächeln vor.

»Unter diesen Umständen bin ich zu keiner Aussage bereit.« Jo steht auf und schaut in vier verdutzte Gesichter.

Der Museumsdirektor erhebt sich ebenfalls: »Herr Ganz, so kommen wir doch nicht weiter.«

»Ganz sicher nicht, wenn Sie hier ein Verhör durchführen möchten«, antwortet Jo.

»Aber für ein Verhör gibt es doch überhaupt keinen Grund«, schaltet sich Zelig ein.

»Und warum sitzt dann die Polizei am Tisch?«

»Die ist ja auch nicht nötig. Bitte beruhigen Sie sich, Herr Ganz.«

»Herr Faber war bei allen Gesprächen dabei, die wir heute mit den anderen Findern der Aurei geführt haben.«

»Das ist deren Sache, ich habe Ihnen schon alles vor zwei Tagen berichtet, und dem gibt es nichts hinzuzufügen.«

»Aber Sie könnten uns noch behilflich sein. Es gibt noch einige Ungereimtheiten.«

»Ich helfe Ihnen gerne, aber nicht auf diese Art und Weise. Entweder wir sprechen unter vier Augen, oder wir vereinbaren einen neuen Termin, zu dem ich einen Anwalt mitbringen werde.«

»Dürften wir uns kurz beraten?«

»Gut, ich warte auf dem Gang.« Jo geht zur Tür hinaus und stellt sich an das geöffnete Fenster am Ende des Flurs. Von hier aus ist die große Wiese des Palastgartens zu sehen, auf der gesonnt, musiziert, geknutscht, getrunken und gekifft wird. Er schaut in seine Blätter mit dem Protokoll, das er auf Waldes Rat gefertigt hat. Soll er den Anwalt anrufen?

Die Kultusreferentin und der Polizist kommen aus dem Büro des Direktors und gehen den Gang hinunter. Der Schnauzer ruft ein schwaches Tschöh in Jos Richtung. Die Kulturdame blickt sich nicht um.

Kurz darauf erscheint Zelig im Türrahmen »Kommen Sie bitte wieder herein!«

»Haben Sie etwas dagegen, wenn ich bei dem Gespräch anwesend bin?« fragt der Direktor.

»Nein, das ist in Ordnung, kann ich jetzt einen Kaffee haben?« Jo setzt sich auf den Stuhl von vorhin.

Der Direktor schenkt aus einer großen Warmhaltekanne in die Tassen ein und nickt Zelig zu.

»Sie sehen, wie ernst wir die Angelegenheit nehmen. Herr Laros hat extra seinen Urlaub unterbrochen und ist zurückgeflogen. Die Kultusministerin hat sich persönlich eingeschaltet. Es gilt jetzt, keine Zeit zu versäumen und die Angelegenheit so schnell wie möglich zu klären.«

Jo setzt die Kaffeetasse ab: »Gut, dann legen Sie los.«

»Wie Sie ja aus der gestrigen Versammlung des Münzvereins wissen, hat sich ein Teil der anderen Finder mit uns in Verbindung gesetzt. Die meisten Münzen sind wohl abgeliefert, wir müssen aber auch noch den Rest ...«

»Also doch ein Verhör?« Jo verschränkt die Arme.

»Es geht nicht um Ihre Person, Herr Ganz«, sagt der Direktor. »Herr Zelig hat mich bereits umfassend informiert, und ich bin Ihnen für Ihren Einsatz dankbar. Es geht uns darum, die Geschichte restlos zu klären. Nach unseren Erkenntnissen waren Sie der einzige, der an der Fundstelle selbst tätig war, stimmt das?«

»Ich nehme es einmal an, mehr kann ich dazu nicht sagen.«

»Wieviele Münzen haben Sie dem Fahrer der Tiefbaufirma gegeben?«

»Schätzungsweise ein Dutzend.«

»Ich muß Ihnen noch eine Frage stellen, die ich allen anderen auch gestellt habe, also bitte regen Sie sich nicht auf: Haben Sie noch Münzen im Besitz oder an andere weitergegeben?«

»Kennen Sie die Geschichte von dem Bauern, der den goldenen Stößel beim König abliefert und dann ge ...«

Der Direktor winkt ab: »Ist mir bekannt, ich bedanke mich für Ihre Hilfe. Ich bitte Sie, vorerst Stillschweigen über die Angelegenheit zu bewahren.«

Als Jo Zelig und dem Direktor die Hand zum Abschied schüttelt, fragt er: »Wie weit sind Sie mit der Reinigung des Fundes?«

»Das wird voraussichtlich einige Monate in Anspruch nehmen«, antwortet Zelig.

»Kann ich dann Fotos von den Münzen haben?« fragt Jo.

»Das läßt sich bestimmt einrichten.«

*

»Wach auf, Doris, die Polizei ist da!« Doris schaut auf und nimmt Marie wahr, die in einem weiten T-Shirt mit fuchtelnden Armen vor ihrem Bett steht. Ist es ein Alptraum? Nein, sie liegt im Gästezimmer, das Marie und Jo gestern abend ein wenig aufgeräumt haben.

»Wo?« murmelt sie schlaftrunken.

»Hier, sie sind schon im Haus.«

»Scheiße!« Doris schießen hundert Gedanken gleichzeitig durch den Kopf. Flucht? Das Fenster ist im zweiten Stock. Durchs Treppenhaus stürmen und versuchen, sie über den Haufen zu rennen? Und dann im kurzen Nachthemd durch die Straßen laufen? Einen Anwalt anrufen?

»Meine Herren, darf ich bitte den Durchsuchungsbefehl sehen?« Jos dröhnender Baß ist durch die Tür zu vernehmen. »Wer leitet die Aktion?«

»Hier ist der Durchsuchungsbefehl, Herr Dr. Ganz, ausgestellt auf das Haus und die von Ihnen genutzten Fahrzeuge«, ein Mann in Zivil überreicht Jo ein Papier. »Mein Name ist Faber, wir haben uns gestern im Museum kennengelernt.« Zu seinen drei Kollegen in Uniform gewandt, sagt er: »Ihr fangt hier unten an!«

Jo überfliegt das rote Schreiben und reicht es Faber zurück: »Seien Sie um Himmels Willen vorsichtig, wir bewahren hier einige zerbrechliche Stücke auf. Was suchen Sie eigentlich?«

»Das können Sie sich ja wohl denken.«

»Diese Schweine,« rutscht es Jo heraus. »Das habe ich jetzt davon.«

»Ich brauche Sie ja wohl nicht über Beamtenbeleidigung aufzuklären«, sagt Faber in scharfem Ton.

»Nein«, Jo hebt beschwichtigend die Arme. »Sie oder Ihre Kollegen waren nicht gemeint. Ich ziehe mir was an, und dann komme ich wieder runter.« Er wendet sich zur Treppe.

»Ich muß Sie begleiten.« Faber folgt ihm.

»Ich werde bestimmt keine Beweismittel vernichten.«

»Tut mir leid, es geht nicht anders. Wer ist noch im Haus?«

»Meine Frau, unser Sohn und eine Freundin, sie ist zur Zeit zu Besuch.«

Die Badezimmertür ist abgeschlossen. Aus der Küche klingt Porzellangeklapper. Jo geht ins Schlafzimmer und zieht den viel zu kleinen Bademantel aus. Faber bleibt im Türrahmen stehen und schaut dezent im Raum umher.

Von unten ruft jemand: »Herr Faber, kommen Sie bitte mal.«

Jo folgt Faber die Treppe hinunter. Ein Polizist hält ein durchsichtiges Plastiktütchen in die Höhe. Faber nimmt es in Empfang und stochert mit dem Finger darin.

»Das sind Schrotteln, kaputte Münzen, das ganze Tütchen werde ich bei der nächsten Petermännchenversteigerung für ein paar Mark anbieten«, klärt Jo auf. »Es ist wohl am besten, ich bleibe hier. Die meisten Münzen unserer Sammlung befinden sich in diesem Raum.«

Faber nickt: »Wir brauchen sowieso Zeugen. Wieviel Münzen haben Sie überhaupt?« Er blickt sich in dem Raum um. Die Schränke haben viele niedrige Schubladen, in denen sich durchsichtige Kästen mit Münzen befinden. In einem Regal stehen Kartons, Kästchen und Tüten mit losen Münzen. Auf dem Tisch liegen zwischen Flaschen mit Reinigungsflüssigkeiten etliche Bürsten, Pinsel, Pinzetten, Vergrößerungsgläser, Notizzettel, Schachteln und

Boxen mit Münzen.

»Ich sammle seit über dreißig Jahren, da kommt schon einiges zusammen, wenn man fleißig ist.«

»Das ist doch bestimmt ein Vermögen wert. Haben Sie das alles selbst gefunden?« fragt Faber.

»Nein, vieles ist gekauft oder getauscht. Ich kriege das meiste direkt vom Finder und mache es dann selbst sauber. Es sind ein paar wertvolle Stücke darunter, aber das meiste ist für Trierer Verhältnisse nichts Besonderes.«

»Und was ist das?« Faber zeigt auf ein Gefäß, das aussieht wie ein leeres Aquarium, in das zwei Elektrokabel führen.

»Das verwende ich ab und an zur Reinigung von Münzen per Elektrolyse.«

»Wie sollen wir denn hier was finden, da sieht man ja vor lauter Bäumen den Wald nicht mehr«, stöhnt der Uniformierte.

»Machen Sie weiter. Wenn Sie auf das stoßen, worum es geht, werden Sie es schon merken«, muntert ihn Faber auf. Die beiden anderen Beamten schickt er in die oberen Räume. Doris und Marie sitzen am Küchentisch vor ihren Kaffeetassen. Nach Essen ist keiner von beiden zumute. Als die Polizisten kommen, begleitet Marie sie in die anderen Räume. Philipp schläft noch und weiß nicht, was ihm entgeht. Doris fühlt sich, als wäre sie in einem schlechten Traum ganz nah an der Oberfläche, wo sie einerseits weiß, daß sie träumt, andererseits es aber nicht schafft, vollends wach zu werden.

Faber und Jo sind im Wohnzimmer angekommen. Dort nimmt ein großer Traubenkelter die Mitte des Raumes ein.

»Der ist alt«, stellt Faber fest.

»Fünfzehntes Jahrhundert«, erklärt Jo.

»Wie haben Sie den überhaupt hierhin gekriegt?«

»Den haben wir, also meine Frau und ich, Stück für Stück mit dem Döschewo herangekarrt und originalgetreu wieder zusammengebaut.«

»Und der Sandstein, der ist doch sicherlich ziemlich schwer?«

»Ungefähr sieben Zentner«, Jo grinst. »Das war schon ein ziemliches Stück Arbeit. Da kamen mir meine Kenntnisse historischer Hebetechniken zugute.«

Nach eineinhalb Stunden sind Faber und sein Kollege in den unteren Räumen fertig. Zwischendurch schickt der Einsatzleiter die beiden anderen Polizisten in den Garten. Philipp mampft in der Küche sein Frühstück, liest dabei in einem Comic-Heft und kriegt sonst nichts mit.

Die Durchsuchung der Schränke erfolgt recht zurückhaltend. Die Beamten heben die Wäschestapel nur an und bemühen sich, keine Unordnung zu machen. Im Garten inspizieren sie den Teich und stochern ein wenig im Komposthaufen herum.

»So, jetzt fehlt nur noch der Keller«, stellt Faber fest, »wenn ich gewußt hätte, daß wir es mit einem Museum zu tun haben würden, hätte ich ein paar Leute mehr mitgebracht.«

Jo trottet hinter den Polizisten die Kellerstufen hinunter und weiß nicht, wo er hinschauen soll. Guckt er zum Brunnen, schaut er nicht hin, schaut er sich alles an? Er hält sich an Fabers Seite. Während der Kollege die Einmachregale beäugt, prüft Faber den gestampften Boden. Dann geht er zum Brunnen. Im Keller ist es still. Jo bemüht sich, locker zu bleiben. Wer weiß, ob die Polizisten nur auf verräterische Signale von ihm warten?

»Das klassische Versteck«, sagt Faber und beugt sich über den Brunnenrand. »Versenkt oder, was besser ist, ein lockerer Stein in der Fassung. Dann erst folgen die Matratze und die Zuckerdose.« Dabei dreht er sich zu Jo um und grinst. »Machen Sie nicht so ein Gesicht, wir besuchen heute zeitgleich auch alle Gräberkollegen. Nehmen Sie es nicht persönlich.« Er dreht sich um, winkt seinen Kollegen herbei: »Haben Sie eine Badehose dabei?«, er deutet in den Schacht.

Der Polizist schaut einen Moment betroffen und grinst dann beflissen. Faber beugt sich über den Brunnenrand und klopft mit dem gekrümmten Zeigefinger die Steine ab, tock, tock, tock.

Jo versucht gelassen zuzuschauen. Faber ist ein paar Zentimeter kleiner als er und beugt sich nicht ganz so weit vor, versucht er sich zu beruhigen. Das Tock, Tock, Tock geht ihm auf die Nerven. Kurzzeitig übertönt der Lärm eines tieffliegenden Düsenjägers das enervierende Geräusch.

Langsam umkreist Faber den Brunnenrand und nähert sich dem Versteck – tock, tock, tock.

Droht ihm eine Gefängnisstrafe? Seinen Job ist er natürlich los! Wird Marie ihn verlassen, und verliert er damit auch Philipp? In Jos Kopf wirbeln die Gedanken. Sein Herz pocht so dunkel und heftig wie die Fußtrommel bei *In A Gada Da Vida* von *Iron Butterfly*. Er beugt sich über den Brunnenrand und schaut zu, wie Faber systematisch die Steine abklopft. Kann es sein, daß der Mann ziemlich lange Arme hat? Es gibt da Unterschiede. Das weiß Jo aus seiner aktiven Sportlerzeit. Er selbst liegt etwas über dem Durchschnitt, aber wie steht es mit Faber, sollte der noch längere Arme haben?

Tock, tock ... es hat aufgehört. Faber kommt hoch. Hat er es gefunden? Die Fußtrommel meldet sich wieder bei Jo, diesmal noch einen Takt schneller. So war es früher manchmal beim Wettkampf, wenn die ersten beiden Versuche ungültig waren. Nur nicht nervös werden. Die anderen gucken dich an, und du versuchst, cool zu wirken. Und innen pocht die Baßtrommel um so heftiger. Der dritte Wurf muß klappen, sonst bist du raus, hast du dich viele Monate umsonst gequält. Jo geht ein paar Schritte rückwärts und läßt den Vorgang im Kopf ablaufen. Die Armbewegungen kommen automatisch.

»Ist das Tai chi?« fragt Faber, der sich den Staub in Bauchhöhe vom Hemd klopft.

»So was Ähnliches.« Jo reibt seine nassen Handflächen seitlich an der Hose trocken.

»Hier sind wir fertig«, sagt Faber zu seinem Kollegen.

»Gehört der gelbe *Fiat* im Hof Ihnen?« Ein Uniformierter steht in der Küchentür.

»Ja, soll ich ihn rüberfahren?« fragt Doris.

»Nein, ich hätte nur gerne einen Blick hineingeworfen. Kommen Sie bitte, und bringen Sie die Wagenschlüssel mit.«

Doris nimmt den Schlüsselbund aus Ihrer Handtasche und folgt dem Polizisten. Im Hof öffnet sie den Kofferraum und dann Fahrer- und Beifahrertür.

Verdammt, die Pistole liegt noch im Handschuhfach! Die hat sie glatt vergessen. Mit der ist sie gestern auch über die Grenze gefahren. Wenn die gefunden wird! Das ist so, als hätte sie die gesamte Beute bei sich. Schlimmer noch, die Seriennummer der Pistole ist bestimmt registriert. Im Gegensatz zu den Geldscheinen.

Der Polizist hebt Warndreieck, Matte und Reserverad an. Dann schaut er in den Beutel mit dem spärlichen Bordwerkzeug und wendet sich dem Innenraum zu.

»Ich bin hier nur zu Besuch, das Auto gehört mir. Ich glaube nicht, daß Sie das Auto durchsuchen dürfen«, Doris versucht, so ruhig wie möglich zu reden.

»Ich bin ja gleich fertig.« Der Polizist schiebt eine Hand zwischen die Polster der Rückbank.

»Sie nehmen mich wohl nicht ernst?« setzt Doris nochmals an.

»Sie haben doch nichts zu verbergen?« Er klappt die Frontsitze nach vorn und hebt die Schmutzmatten an.

»Sie haben kein Recht zu dem, was Sie hier tun!« Sie verspürt große Lust, dem Kerl, der ihr so unverschämt sein Hinterteil entgegenstreckt, in den Allerwertesten zu treten.

Der Polizist taucht wieder auf, grinst Doris an und bückt sich auf der Beifahrerseite ins Auto. In Zeitlupe klappt er den Aschenbecher auf und durchstöbert die Bonbonpapierchen.

Das macht dem Kerl wohl Spaß, der Arsch fühlt sich jetzt wohl wichtig. Ihre Atmung geht in Hecheln über. Sie tritt einen Schritt zurück. Hoffentlich hört er sie nicht!

Er kommt hervor und schaut Doris ins Gesicht: »Nur noch das Handschuhfach. Wir sind ja gleich fertig, hat ja gar nicht weh getan, oder?«

Doris hüstelt und hält eine Hand vor den Mund. Wenn der wüßte, was in ihr vorgeht.

Direkt über das Haus donnert ein Geschwader Düsenjäger. Wenn sie jetzt die Tür zutritt, hört niemand sein Geschrei.

Das Handschuhfach klappt auf. Der Polizist kommt

ruckartig hoch. Jetzt ist es aus, denkt Doris und schließt die Augen.

»Was haben wir denn da?« ruft er triumphierend.

Das war's. Schwarze Punkte flimmern vor ihren Augen. Irgendetwas wird genau davorgehalten. Sie kann nichts erkennen. Es ist ... keine Pistole.

Der Kerl hält das Pornoblatt in der Hand. Jetzt grinst er noch breiter und blättert ein paar Seiten um.

»Mein Schwedisch ist nicht so besonders, aber das hier ist nicht das Bistumsblatt von Göteborg, das steht fest.«

»Das ist mein Wagen, ich bin hier zu Besuch«, Doris kann nur mit Mühe die Worte hervorpressen. »Das ist nicht ... in Ordnung.«

Faber ist mit Jo aus dem Haus gekommen: »Entschuldigen Sie«, sagt er zu Doris und zu seinem Kollegen: »Geben Sie der Dame bitte das Heft zurück.«

Der Uniformierte überreicht Doris augenzwinkernd die Illustrierte und läßt seinen Blick an ihr hinabgleiten: »Ist Ihnen nicht gut?«

Dieses dreckige Grinsen ist es fast wert, ihm eine Kugel vor die Füße zu ballern, denkt sie, als sie die Zeitschrift zur Pistole und dem anderen Kram ins Handschuhfach zurückstopft. Jetzt guckt er ihr bestimmt noch unter den Rock. Doris tut so, als würde sie etwas in Ordnung bringen. Langsam einatmen ... und wieder lange ausatmen. Sie fängt sich wieder und kommt aus dem Wagen.

Faber hat sich Jo zugewandt: »So, beschlagnahmt wurde nichts, deshalb brauchen Sie uns auch nichts zu quittieren. Entschuldigen Sie die Umstände, die wir Ihnen gemacht haben, schönen Tag noch.« Er winkt mit der rechten Hand und geht mit den anderen Polizisten zu den Autos. Zum Glück sind es zwei Zivilfahrzeuge, sonst hätte es hier gewiß schon einen Menschenauflauf gegeben.

Sie gehen ins Haus, und Jo verschwindet im Badezimmer. Doris holt die Zeitschrift aus dem Handschuhfach, reißt die Einbandseiten ab und zündet sie im Kamin an.

Marie tritt hinter sie: »Warum verbrennst du die Zeitung?«

»Ich kann sie auch Philipp schenken.«

»Ich dachte eher an den Papiermüll.«

»Die war in dem Aktenkoffer«, flüstert Doris.

»Was haben denn die Polizisten hier gemacht?« Philipp tappt ins Zimmer.

»Die waren bei Papa zu Besuch«.

»Wie spät ist es?«

»Gleich halb neun.«

»Dann fängt ja Tom Sawyer an, darf ich gucken?«

»Tom Sawyer? Für wie blöd hälst du mich? Und was ist mit dem Kaninchenstall, den wolltest du doch heute ausmisten?«

»Mache ich ja auch, es ist ja noch früh.«

»Versprochen?«

»Ja, Mama, versprochen ist versprochen und wird nicht gebrochen.« Der Junge legt dabei die linke Hand auf die rechte Brust.

»Dann geh' dich jetzt noch waschen und anziehen.«

»Was verbrennt ihr denn da?«

»Nichts, was dich angeht, geh' jetzt!« Marie zeigt zur Tür.

»Das hat Papa gestern auch gesagt.«

»Was hat Papa gesagt?«

»Daß mich das nichts angeht, der hat auch was im Kamin verbrannt.«

»Was denn?«

»Frag' ihn doch selbst, mich geht das ja nichts an«, damit ist er aus dem Zimmer verschwunden.

Marie verdreht die Augen. Doris reißt weitere Seiten ab und wirft sie ins Feuer. Die Flammen lecken an den nackten Körpern. Es ist nicht zu fassen, zuerst dachte sie, alles ist aus, und als sich die Polizei nur für Jos Münzen interessierte, war sie so erleichtert. Und dann hätten sie sie um ein Haar doch noch am Wickel, wegen dieser blöden Pistole.

»Ich denke mal, daß der die Zeitschrift nicht bei der Polizei angegeben hat«, überlegt Doris laut. »Von den Luxemburger Sparbüchern war ja in der Zeitung auch keine Rede.«

»Der wird sich hüten, da hat er bestimmt sein Schwarzgeld gebunkert!«

»Vielleicht ist die Waffe ja auch nicht registriert!«

»Welche Waffe?«

»Die hatte ich vergessen. Im Koffer war eine Pistole, die habe ich auch ins Handschuhfach getan und vergessen.«

»Himmel, das Auto ist doch eben durchsucht worden!«

»Hiermit war der blöde Kerl ja schon zufrieden.« Doris wirft die letzten Seiten ins Feuer.

»Du hast Nerven, das muß ich schon sagen.« Marie schüttelt den Kopf.

»Die liegen inzwischen blank. Sag' mir mal, wie ich heute den Einbruch melden soll? Womöglich habe ich dann mit einem von den Polizisten, die hier waren, zu tun. Ich wäre doch besser noch einen Tag in Luxemburg geblieben!«

»Mit sowas habe ich nicht gerechnet. Wenn ich das geahnt hätte ... «

»Du brauchst dich bei Doris nicht zu entschuldigen,

das ist alles meine Schuld. Ich hätte den Eimer irgendwo vergraben sollen. Dann hätte es ein bißchen Aufregung wegen der Münzen am Kockelsberg gegeben und die Sache wäre erledigt gewesen«, mischt sich Jo ein, der ins Zimmer gekommen ist.

»Und der Schatz aus der Schwesternklinik?« fragt Marie.

»Ist möglich, daß der Zelig irgendwann von selbst drauf gekommen wäre, daß am Kockelsberg nur ein Teil der Münzen gelandet ist. Aber dann hätte er die Schnauze halten müssen. Dann wäre doch längst alles betoniert gewesen. Der hätte den Mund gehalten und die Faust in der Tasche gemacht. Das Museum kann sich überhaupt nicht erlauben, auf einen bloßen Verdacht hin ein paar hundert Kubikmeter Beton wieder wegzureißen. Abgesehen davon, was das kosten würde. Ein Vielfaches von dem, was jährlich zur Verfügung steht. Dann könnte er seinen Traum von der Freilegung des Tempelbezirks für die nächsten 20 Jahre begraben.«

»Und warum hast du den Eimer nicht behalten?« fragt Doris.

»Weil ich blöd bin, weil ich gedacht habe, das ist eine Sensation ... und mir gehören sowieso zehn Prozent. Das ist immer noch wie ein Lottogewinn. Weil ich – das hört sich vielleicht sentimental an – die Stadt liebe. Das hätte sie nicht verdient, daß ich den Schatz unterschlage. Und die Ärsche kommen noch nicht einmal auf die Idee, die Presse zu informieren. Die halten den Deckel drauf und hetzen mir die Polizei auf den Hals. Diese ganze Stadt wird doch seit über hundert Jahren von Leuten gelenkt, die keinen Tropfen Herzblut für uns übrig haben. Sind wir denn hier wirklich so blöd, daß wir keinen einzigen Bürgermeister und Beigeordneten stellen können, der aus Trier stammt, weder den Landrat noch den Bischof, nicht einmal der Chef des Museums oder der Zeitung oder des Theaters. Fremde Architekten machen unsere Plätze kaputt, und die wenigen Ämter, in denen mal ein Trierer das Sagen hat, werden geschlossen. Früher waren wir nur Aufmarschgebiet gegen Frankreich, in dem sich keine Investitionen lohnten, mir scheint, es hat sich bis heute nicht viel geändert.«

»Und jetzt schnappst du dir deinen antiken Vorderlader und streust deine Meinung in Form von feingehacktem Blei unter die Leute.« Doris stochert mit dem Grillbesteck in den verkohlten Blättern.

»Leider hat die nur einen Schuß.« Jo hängt den Vorderlader ab, der über dem Kamin hängt. »Das reicht nur für den Schlimmsten, und da kann ich mich im Moment nicht entscheiden. Deshalb werde ich jetzt erst einmal ein wenig rumtelefonieren.«

Jo rauscht ab.

»Ich glaube, ich beseitige mal mein Problem aus dem Handschuhfach, ich weiß noch nicht einmal, ob es eine scharfe Waffe ist.«

Marie läßt sich nach hinten auf den Teppich sinken und verschränkt die Arme unter dem Kopf: »Das ist jetzt eigentlich mein dritter Urlaubstag in der Medoc. Ich glaube, ich schaue ein wenig den Fischern an der Gironde zu und gehe dann zu Claude auf einen Pastis. Heute abend wird wohl das ein oder andere Boulespiel fällig sein. Dann helfe ich Jo, eine letzte Flasche Grand Cru zu leeren ...«

Doris fährt in Ehrang die Serpentinen zur *Bausch* hinauf. Früher wohnten hier amerikanische Soldaten von den Flugplätzen in Bitburg und Spangdahlem mit ihren Familien.

Jetzt ist aus dem Konversionsgelände ein Wohngebiet für Einheimische geworden. Hinter der ehemaligen Crossbahn parkt sie an der Wiese am Waldrand, auf der früher einmal jeden Sommer ein deutsch-amerikanisches Fest mit viel Bier, Eiscreme und Glenn-Miller-Sound gefeiert wurde.

Nach wenigen Schritten verläßt sie den Weg und legt in einem Tannenwäldchen ein zweites Depot an, in dem die Pistole, wie sie hofft, für immer verschwindet.

*

»Könnte ich bitte Ihr Mofa sehen?« Walde spricht laut, um nicht wieder mißverstanden zu werden. »Polizei Trier, mein Name ist Bock, ich ermittle in einer Unfallsache.«

Vor ihm steht Nr. 5 der Liste, wieder ein Eisenbahner im Ruhestand, kräftig, dunkles Haar: »Was für ein Unfall? Ich dachte, die Sache wäre längst ausgestanden.«

Walde steht da und sagt nichts.

»Das hat doch die Versicherung geregelt, und ich habe den Lappen abgegeben und obendrein 4.000 Mark Strafe gezahlt.«

»Der Unfall hat sich am vorletzten Sonntag ereignet, nachmittags.«

»Da war ich in Langsur auf'm Skatturnier. Sonst bin ich am Wochenende in Irrel in meinem Wohnwagen.«

Walde notiert etwas in seinen Notizblock: »Ich werde das prüfen, kann ich jetzt bitte das Fahrzeug sehen?«

»Das blöde Ding muß ich noch zwei Monate fahren, daran ist nur der Skat schuld. Aber seitdem trinke ich nichts mehr, wenn ich noch fahren muß. Kommen Sie mit.«

Der Mann öffnet das Garagentor, wo neben einem Opel

Caravan ohne Nummernschild das Mofa steht.

»In zwei Monaten krieg' ich den Lappen zurück, dann ist die Gurkerei mit dem Ding vorbei. Kommen Sie mit rauf', ich habe gerade Kaffee gekocht, sowieso zuviel für mich allein.«

Walde geht hinter dem Mann durch die aufgeräumte Wohnung auf den Balkon, wo unter einem Sonnenschirm ein Tisch mit zwei Korbstühlen steht. Der Mann serviert den Kaffee.

»Meine Frau ist vor drei Monaten gestorben. Den Haushalt habe ich schon lange allein versorgt. Ich brauche keinen, der mir hilft. Nur beim Kaffee habe ich mich noch nicht daran gewöhnt, daß sie nicht mehr da ist.«

»Hier ist es ruhiger, als ich gedacht habe«, sagt Walde.

»Sie erinnern mich an meinen Schwiegersohn, der ist auch so groß wie Sie und im öffentlichen Dienst, beim Kulturamt und der andere ist Lokführer bei der Bahn AG, so heißt der Verein ja heute.«

Sie trinken schweigend und schauen über leere Tennisplätze, hinter denen verfallende Hallen stehen.

»Das war einmal das Ausbesserungswerk. Da wurden früher Dampflokomotiven aus ganz Deutschland repariert, da habe ich 35 Jahre lang gearbeitet.«

*

Marie hält Doris' Hand. Sie sitzen auf einem Teil der Couch, das noch heil geblieben ist, und starren auf das Chaos ringsum. Die Polizisten sind gegangen, es war kein bekanntes Gesicht von heute vormittag dabei. Sie warten auf Manfred, einen Bekannten von Doris, bei dem sie die Hausratversicherung abgeschlossen hat.

»Wer tut mir das bloß an?« Doris starrt vor sich hin. Marie schweigt.

»Der hat alles angefaßt, der ist in mein intimstes Leben eingedrungen. Der hatte vor nichts Respekt.«

Mit den Sandalen scharrt sie über Glassplitter und Schaumstoffetzen.

»Ich will hier nichts mehr berühren, was der in seinen dreckigen Fingern hatte.«

»Wenn der Mann von der Versicherung kommt, gehe ich Handschuhe einkaufen, und dann schaust du nochmal nach, was gestohlen wurde.«

Die Frauen schrecken zusammen, als es klingelt. Es ist Manfred. Er inspiziert die Räume und schüttelt den Kopf: »Ich mache das jetzt schon seit 15 Jahren, aber sowas ist mir noch nicht untergekommen. Was fehlt denn?«

»Das hat Doris noch nicht herausfinden können«, antwortet Marie. Doris steht in der Küche an der offenen Balkontür und schaut in den Garten.

»War die Polizei schon da?«

Marie nickt.

»Und, wie ist der Einbrecher reingekommen?«

»Keine Ahnung, die Polizei hat Türen und Fenster überprüft und keine Spuren entdeckt.«

»Das hier geht über meine Kompetenzen hinaus, kann ich mal telefonieren?«

Marie schüttelt den Kopf: »Das Telefon ist auch kaputt.«

Er geht in die Küche zurück: »Ich besorge jetzt einen Sachverständigen. Ich denke, daß ich in ein, zwei Stunden zurück bin. Schau' inzwischen mal nach, was fehlt.«

»Danke, Manfred ... Minka, Minka«, sie hastet auf den Balkon und ruft: »Minka, komm, ich bin wieder da.«

Gleich darauf drückt sie die schwarze Katze an sich. »Ich dachte schon, sie hätten dir ...«

»Also, bis später dann«, sagt Manfred beim Hinausgehen.

Doris gibt der Katze Wasser. »Schau mal, Minka ist da!«

»Ich hab' schon das Schlimmste befürchtet«, sagt Marie erleichtert. Sie wartet, bis die Katze sich auf ihren Napf konzentriert. »Ich gehe gerade mal nach nebenan, was besorgen. Meinst du, du kannst dir gleich mal ansehen, was von den Sachen, die einen Wert haben, nicht mehr zu retten ist? Das müssen wir dann wegschaffen, ich erzähle dir gleich, warum.«

Nebenan im Bioladen ergattert Marie einen großen Karton.

»Was willst du denn damit?« empfängt Doris sie an der Wohnungstür.

»Hier, eine Leihgabe von der Müslikooperative«, sagt Marie und nimmt ein Paar Arbeitshandschuhe aus dem Karton.

»Wir haben noch knapp zwei Stunden Zeit, bis Manfred wiederkommt. Er meint, die Versicherung käme nur für das auf, was gestohlen ist. Alles andere fällt unter Vandalismus.«

»Soll ich das Sofa da reinstecken?«

»Komm, zieh' die Handschuhe an, dann machen wir uns ans Werk.« Marie geht ins Schlafzimmer und fischt aus einem Kleiderberg eine Lederjacke, deren Futter in Fetzen herunterhängt: »Hast du dafür eine Quittung?«

»Nein, die ist über zehn Jahre alt und gehört schon längst in die Kleidersammlung.«

»Was ist hiermit?« Marie hebt einen Mantel auf.

»Zwecklos, ich sammle keine Quittungen von Kleidern, und vieles habe ich selbst genäht.«

»Und was ist mit den Bildern und der Anlage?«

»Die Bilder sind alles Geschenke. Ich habe einen Ordner mit Gebrauchsanweisungen, da sind auch die Geräte-Garantien mit drin.«

»Gut, dann suche den mal. Bei den Bildern sind doch auch ganz tolle dabei. Geschenk hin, Geschenk her, auch Brillantkolliers werden hin und wieder verschenkt und behalten dennoch ihren Wert.«

Doris streift die Handschuhe über und bald wandern ein paar Kleidungsstücke, die Fetzen von zwei Bildern und ein Kassettenrecorder, der schon seit Monaten defekt ist, in die Kiste. Marie schafft sie mit Doris' Auto zur Müllkippe nach Mertesdorf. Doris bleibt allein in zurück. Die verwüstete Wohnung empfindet sie als Aufgabe, die wohl irgendwie zu bewältigen ist. Zuletzt hat sie ein Hemd in die Kiste geworfen, das Leo gehörte. Es ist das letzte Stück aus ihrer gemeinsamen Vergangenheit, das sie besaß. Nicht einmal Briefe gibt es. Sie waren nie soweit voneinander entfernt, daß sie sich schreiben mußten.

Damals, als Leo ging, hatte es ihr den Boden unter den Füßen weggezogen. Lange Zeit kam sie nicht mehr auf die Beine. Damals fing das mit den Anfällen an. Ein Arzt hatte ihr Beruhigungsmittel verschrieben. Danach hatte sie eine Verhaltenstherapie gemacht und sich wieder gefangen.

Minka streift um ihre Beine. Doris schraubt das Gehäuse auf den Verstärker. Einige Schrauben findet sie nicht. Ihre Hände werden kalt. Kündigt sich schon wieder ein Anfall an? An den Bose-Boxen baumeln die Hochtöner vor den Membranen. Sie schiebt sie in die Öffnungen zurück, steckt die Membranen darüber und stellt den CD-Player auf den Verstärker. Dann kramt sie im Ordner mit den Gebrauchsanweisungen. Es klingelt dreimal kurz. Marie ist zurück.

»Alles losgeworden?«

»Kein Problem. Und du bist schon beim Aufräumen?«

»Ich wollte Musik hören, aber ohne Steckdosen ist das ein Problem.«

»Da wäre Walde genau der richtige Mann!«

»Elektrik? Ich dachte, er ist bei der Kripo?«

»Er hat die komplette Elektrik in unserem Haus verlegt, und das ist das Einzige, was bisher bei uns einwandfrei funktioniert hat. Außerdem kennt er sich ziemlich gut mit Computern aus und kann Brillen reparieren.«

»Das hätte ich ihm gar nicht zugetraut.«

»Walde ist ein Freak, der könnte genausogut seit zehn Jahren mit der Kamera am Loch Ness sitzen und auf das Ungeheuer warten. Du kennst ihn doch. Ihr habt euch doch zuletzt an meinem Geburtstag gesehen.«

»Du schwärmst ja richtig ...?«

»So falsch liegst du da nicht. Ich war sogar mal früher in ihn verliebt, aber das ist schon ein paar Jahre her.«

»Und ...?«

»Er ist Jos bester Freund und mein Freund, und er ist hilfsbereit, außerdem, ich will es mal so sagen, hat er nichts gegen dich.«

»Was soll das denn heißen?«

»Na, ich habe den ein oder anderen Blick gesehen, den er dir zugeworfen hat.«

»Vielleicht ist das berufliches Interesse, manchen Leuten sieht man ja die Verschlagenheit an.«

»Da kann ich dich beruhigen, beruflich interessiert er sich nur für Mörder!«

»Vielleicht hat er ja hellseherische Fähigkeiten, meine momentanen Gedanken gehen genau in diese Richtung.« Doris sucht zwischen dem Gerümpel auf dem Boden nach Schrauben.

»Ich rufe ihn nachher an, laß' Räumer bitte solange noch leben!«

*

Walde überspringt den nächsten Namen in seiner Liste. Sein Finger rutscht weiter nach unten. Es erscheinen ein Gastronom in Zemmer, ein Müllwerker in Waldrach, ein Lagerarbeiter in einem Baumarkt in Trier und ein Mann ohne Berufsangabe in Schweich. In Schweich trifft er niemanden an und fährt von dort über Föhren und Naurath. Vor Rothaus biegt er nach Zemmer ab. Die Kneipe liegt in einer Seitenstraße und hat geöffnet. Der Junge am Spielautomaten ist höchstens vierzehn. Am Tresen sitzt ein junger Mann in Bundeswehruniform. Walde nimmt zwei Hocker weiter Platz und bestellt eine Cola.

»Jetzt ist der Turm gerade wieder fertig geworden, und dann schlägt der Blitz ein«, der Bundeswehrsoldat schüttelt den Kopf.

Der Wirt nickt. Walde schätzt ihn auf mindestens drei Zentner.

»Es juckt dich wohl nicht besonders, du hast ja sowieso die Bude voller Leute und brauchst keine Touristen.«

»Es ist trotzdem schade um den schönen Aussichtsturm.«

»Warst du denn schon mal oben?«

»Bis jetzt noch nicht, ich weiß nicht, ob der mich überhaupt aushalten würde«, der Wirt stellt grinsend eine Cola vor Walde.

»Papa, hast du noch einen Fünfer, ich habe gleich die Serie«, sagt der Junge am Spielautomaten.

»Geh' erst mal in die Küche und guck', ob der Kaffee fertig ist. Die Mama kommt bestimmt gleich zurück.«

Der Junge mustert Walde, verschwindet hinter der Theke und erscheint wenig später mit zwei großen Kaffeekannen, die er in einen Nebenraum bringt. Walde registriert verwundert, daß dort Leute an Tischen sitzen. Wenn überhaupt, unterhalten sie sich nur flüsternd. Bisher hat er keinen Ton von dort gehört.

»Wie lang bleiben die denn noch?« fragt der Typ in Uniform.

»Stören sie dich?« fragt der Wirt zurück.

»Nein, die sind ja von uns, das sind ja keine Russen, sind ja Deutschstämmige und keine Asylanten, das ist in Ordnung mit denen.«

»Noch ein Bier?« Der Wirt zapft ein neues Glas an.

Der Mann kann unmöglich Mofa fahren, denkt Walde, dafür ist er viel zu dick. Außerdem wäre seine Figur in der Zeugenbeschreibung erwähnt worden. Walde zahlt und fährt über Schleidweiler ins Kylltal zurück.

In einem Zeitschriftenladen in Kordel kauft Walde die neuesten Ausgaben von *Bravo* und *Hit*. Auf dem Schwimmbadparkplatz bekommt er weder über Funk noch über Handy Kontakt zum Präsidium. Der Wind ist aufgefrischt, in der Ferne grummelt es.

Handtuch und Badehose hat er seit Wochen immer dabei. Im *Kylltalbad* herrscht Aufbruchstimmung. Walde muß warten, bis eine Umkleidekabine frei wird. Er reißt sich das Pflaster ab. Die Wunde ist zu, die Fäden sind noch da. Sie sollen, laut Arzt, von selbst abfallen. Im Becken hat er eine Bahn für sich allein und kann in Ruhe rückenschwimmen. Er fühlt, wie Druck von ihm abfällt, kein Gewicht mehr auf seine Wirbelsäule lastet. Über ihm ziehen dunkle Wolken auf. Erste Blitze zucken. Nach wenigen Bahnen tönt aus den Lautsprechern eine Durchsage des Bademeisters: »Ich bitte alle Besucher um Aufmerksamkeit, bitte verlassen Sie das Wasser! Das Baden ist ab sofort nicht mehr gestattet.«

Walde steigt als letzter aus dem Becken. Als er zum Auto geht, beginnt es zu tröpfeln. Auf dem Weg nach Ehrang gerät er in einen Wolkenbruch. Als müsse der Himmel jetzt alles nachholen, was er in den letzten Wochen versäumt hat, schüttert es wie aus Kübeln. Er muß an einer Abzweigung vor einem unbeschrankten Bahnübergang anhalten, weil die Scheibenwischer auch in der höchsten Stufe nicht mehr der Wassermassen Herr werden. Normalerweise ist von hier aus die Burg Ramstein zu sehen. Eine dicke Wasserschicht macht die Scheiben undurchsichtig. Der Regen trommelt auf das Dach und geht in ein Stakkato von Hagelkörnern über, die auf den Scheiben und der Motorhaube tanzen. Es ist heiß und feucht im Auto. Waldes Hemd klebt am Körper. Er schaut auf seine Liste und macht Eintragungen zu den letzten Besuchen. Über das Handy erreicht er das Präsidium. Harry ist nicht in seinem Büro. Der Regen hört genauso abrupt auf, wie er angefangen hat.

Im Hof steht der 2-CV. Walde quetscht seinen Wagen daneben.

»Brauchst du noch Baumaterial?« fragt Walde, bevor Jo die Tür ganz öffnen kann.

»Warst wohl heute nicht ausgelastet?«

»Ich bräuchte eigentlich nur euren Wagen für etwa eine

Stunde und könnte bei der Gelegenheit einen oder zwei Sack Zement oder Kalk mitbringen, wenn du was benötigst.«

»So was brauchen wir eigentlich immer, du kennst ja unsere Dauerbaustelle. Wo fährst du hin?«

»Wie immer.«

»Kann ich mitkommen?«

»Wenn es sein muß.«

Ein paar Minuten später fahren sie unter den sieben Unterführungen des Ehranger Bahnhofs hindurch.

»Übrigens hatten wir heute morgen eine Hausdurchsuchung.« Jo versucht gelassen zu wirken.

Walde guckt Jo an: »Sag' das nochmal, etwa wegen der Münzen?«

»Weshalb denn sonst? Guck' bitte wieder nach vorne!«

»Das ist ja ein Ding ... und? ... ach, vergiß es.«

»Was soll ich vergessen?«

»Haben sie dir die Bude auf den Kopf gestellt?«

»Dann hätten sie ja alles wieder zurückstellen müssen. Wolltest *du* bei mir etwas suchen?«

»Okay, sie werden wohl nie mehr wiederkommen und haben auch nichts gefunden ... was nicht heißen soll, daß das ganze Haus nicht trotzdem voller heißer Ware ist.«

»So ähnlich ist es gelaufen, übrigens hat es gleichzeitig bei allen anderen vom Kockelsberg auch eine Durchsuchung gegeben. Die Schweine vom Museum haben uns das eingebrockt.«

»Das ist wohl der Dank.«

»Hab' ich mir auch gedacht, der eine macht Urlaub in Griechenland, der andere säuft sich die Hucke voll. Wir Blödmänner machen die Arbeit, und die Ehrlichen sind mal wieder die Dummen.«

»Da kann ich ja nur von Glück sagen, daß ich am Freitag am Kockelsberg so früh die Kurve gekratzt habe. Das hätte mir noch gefehlt, da mit reingezogen zu werden. Und wie geht die Sache bei dir jetzt weiter?«

»Ich habe den ganzen Nachmittag telefoniert, alle Zeitungen und Radiosender im Umkreis von 300 Kilometern sind informiert. Wenn es nach den Museumsheinis ginge, würden die wohl warten, bis sie ihre Artikel für die Fachzeitungen fertig hätten, und das würde mindestens noch Monate, vielleicht sogar Jahre dauern. Aber da haben sie sich geschnitten!«

»Und, wie ist die Reaktion?«

»*RPR* wird gleich in den Nachrichten um halb sechs was bringen und der *Volksfreund* morgen früh. Die übrige Presse wird nachziehen.«

»Da bin ich mal gespannt.«

»Eigentlich ist für die Stadt nur die überregionale Presse interessant. Es geht ja darum, daß die Sensation bekannt wird und noch mehr Touristen zu uns kommen.«

»Mir reicht der momentane Rummel vollkommen«, meint Walde.

»Jetzt ist ja auch Ferienzeit. Wenn im Museum eine Sonderausstellung zu dem Münzfund gemacht wird, dann kommen die Leute auch im Herbst und im Winter.«

»Ist ja noch schlimmer«, stöhnt Walde. »Dann wäre das ganze Jahr über Saison. Du hast ja noch nie gegenüber der Porta wohnen müssen und weißt nicht, wie das ist, immer nur auf Touristen zu glotzen.«

»Wie man's nimmt, dafür bist du heute Miterbe eines Geschäftshauses in bester Citylage.«

Die Sonne kommt zwischen den Wolken hervor und läßt die roten Sandsteinfelsen über Pallien aufleuchten. Am

Bahnübergang zur Aachener Straße werden gerade die Schranken geöffnet.

»Was sollen wir denn kaufen?« fragt Walde.

»Zwei Sack Zement und einen Sack Kalk. Wenn wir noch nicht in die Medoc fahren, mache ich morgen weiter mit der Gartenmauer.«

Auf dem Gelände des Baumarktes parkt Walde neben einer der großen Materialhallen. Jo geht zum Verwaltungsgebäude, und Walde schlendert zwischen den Hallen hindurch, die früher als Lokomotivschuppen dienten. Unter Blechdächern lagern Holzpfosten in verschiedenen Längen und Stärken, dann folgen Garagentore und Stahltüren. Ein Gabelstapler saust vorbei. Hinter den Hallen lagern im Freigelände Steine, Bauplatten, Pflaster und allerlei Kram. Ein Mann lädt mit einem kleinen Kran Paletten mit Ziegelsteinen von einem Lkw ab. Hier ist das Gelände zu Ende, Walde geht zurück und trifft Jo, der mit einem Lieferschein in der Hand am Eingang der Halle steht und auf Bedienung wartet. Ein Mitarbeiter in orangem Arbeitsanzug kommt mit dem Gabelstapler angefahren, greift sich, ohne anzuhalten, den Schein aus Jos ausgestreckter Hand und verschwindet in der Halle. Wenig später ist er mit einer Palette zurück, auf der drei Säcke liegen. Am Wagen bringt er die Palette auf die Höhe der Ladefläche, und Jo wuchtet die Säcke hinein. In Schrittempo fährt Walde am Bürogebäude vorbei. Gegenüber ist der Parkplatz nur noch halb belegt. Dahinter erblickt er einen Fahrradschuppen. Walde hält daneben an. Ein paar Fahrräder, ein Motorrad und ein rotes Mofa stehen hier.

»Die machen in zehn Minuten zu, macht es dir etwas aus, wenn wir hier in der Nähe noch solange warten würden?« fragt Walde.

»Wenn nicht geschossen wird, von mir aus.«

Walde parkt gegenüber dem Baumarkt am Zaun eines Supermarktes. Durch die Frontscheibe hat er zwei Zufahrten des Baumarktes im Blick. Auf die dritte, die etwa dreißig Meter zurückliegt, stellt er Innen- und Außenspiegel ein. Dann nimmt er eine Kamera aus dem Koffer auf dem Rücksitz und schraubt ein langes Teleobjektiv an.

»Wenn du mir sagst, nach was du Ausschau hältst, kann ich vielleicht helfen, du kannst ja wohl schlecht beim Fahren fotografieren«, bietet Jo an.

»Ein Mann, Anfang Vierzig, auf einem roten Mofa.« Walde reicht Jo die Kamera.

»Schönes Tele!« Jo richtet die Kamera auf die Rückenpartie einer jungen Frau, der beim Beladen des Kofferraums der kurze Rock hochrutscht.

»Hat mir mein Vater geschenkt. Nach dem Mikroskop und dem Spiegelteleskop und dem Computer, den ich übrigens vor Bill Gates hatte – was immer das auch zu bedeuten hat.«

»Daß du die Chance hattest, *Microsoft* zuvorzukommen.« Jo betätigt den Auslöser. »Sorry, ganz schön empfindliches Gerät.«

»Ich glaube, mein Vater wollte eher von seinem schlechten Gewissen ablenken, weil er nie Zeit für mich hatte, seine Arbeit ging immer vor.«

»Der Apfel fällt nicht weit vom Stamm, du hast doch auch nur deinen Job im Kopf.«

»Ich hab' ja auch keine Familie.«

»Darf ich fragen, was der Grund deiner Beschattung ist?«

»Die alte Geschichte, du weißt ja ...«

»Und der Typ aus dem Lager soll ein Mörder sein?«

»Nein, das ist einer von ein paar Dutzend Mofafahrern, die wir checken.«

»Und warum hast du ihn nicht einfach angesprochen?«

»Ich möchte ihm keine Scherereien am Arbeitsplatz machen.«

»Dann hättest du ihn doch nach Feierabend zu Hause besuchen können und nicht noch was kaufen müssen. Wenn er mit Treckern dealen würde, was hättest du denn dann gemacht, gleich zum Schein einen Trecker gekauft?«

»Ich dachte, ich kenne ihn schon vom Sehen, ich habe doch schon oft genug für dich hier einge ...«

»Ich sehe was, was du nicht siehst«, singt Jo, reißt die Kamera hoch und fotografiert.

»Wo?« Walde dreht den Zündschlüssel, sein Blick folgt dem Objektiv.

Walde setzt den Blinker und wendet den Kopf. Autos fahren dicht an dicht vorbei. Endlich gibt ihnen jemand mit Lichthupe den Weg frei. Sie kommen nicht weit. Am Bahnübergang rangiert ein Sattelschlepper rückwärts in eine Einfahrt und blockiert beide Fahrbahnen. Walde steigt aus, kein Mofa ist mehr zu sehen. Minuten später setzen sie die Fahrt fort. Das Mofa ist samt Fahrer über alle Berge.

»Soll ich dir anpacken?« fragt Walde vor Jos Haus.

»Kommst du nicht mehr rein?«

»Nee, ich muß noch ins Präsidium undsoweiter ...«

»Falls wir uns nicht mehr sehen sollten, schicke ich dir 'ne Karte. Hier, deine Kamera, ich verzichte auf das Copyright.«

»Danke, bis dann!«

Walde fährt los. Im Industriegebiet am Hafen hat der Regen Kohlenstaub auf die Straße gespült. Die Kühltürme des Stahlwerkes qualmen. Mit Schrott beladene Waggons gleiten vorbei. Vom Ehranger Krankenhaus spannt sich ein Regenbogen bis nach Kenn. Auf der B53 gibt Walde Gas. Wider besseres Wissen versucht er, unter dem Regenbogen hindurchzufahren. In der Ferne erblickt er Heißluftballons am Himmel. Zuerst nimmt er an, sie seien von der Wiese am Schweicher Yachthafen gestartet. Bei Issel bemerkt er, daß sie vom einige Kilometer weiter entfernten Föhrener Flugplatz kommen. Die Luft ist glasklar. Die Weinberge ringsherum scheinen näher gerückt zu sein.

Der heute Mittag nicht angetroffene Mofafahrer ist zu Hause. Er öffnet die Tür in Unterhemd und Trainingshose. und mustert Walde, als stünde *Hamburg Mannheimer* auf der Marke, die ihm entgegenstreckt wird.

»Sind Sie Herr Schmitt«, Walde schaut auf einen Zettel. »Rudolf Schmitt?«

»Warum?«

Walde holt tief Luft: »Sind Sie's?«

Der Mann bewegt den Kopf so, daß es mit etwas Phantasie als Zustimmung ausgelegt werden kann.

»Ich war heute schon mal hier, es geht um Ihr Mofa.«

»Was ist denn damit?«

»Ich hätte es mir gerne mal angeschaut. Ist das möglich?«

»Warum wollen Sie es sehen?«

»Das Fahrzeug spielt in einer Ermittlung eine Rolle.«

»Steckt da vielleicht zufällig mein feiner Nachbar dahinter?«

Walde wird ungeduldig: »Bisher haben Sie mir auf alle meine Fragen eine Gegenfrage gestellt!«

»Ist das jetzt auch schon strafbar?«

»Jetzt zeigen Sie mir das Mofa!« Walde tritt einen

Schritt nach vorn.

»Und wenn nicht, dann nehmen Sie mich fest? Nee, den Anblick gönne ich dem Kerl nicht, der steht jetzt hinter der Gardine«, antwortet sein Gegenüber ungerührt.

»Was ist mit Ihrem Nachbarn, hat er einen Unfall gehabt?« fragt Walde.

»Weiß ich doch nicht, der hat mich schon mal angezeigt, weil ich angeblich seinen Mercedes verkratzt habe.«

»Und, haben Sie?«

»Ooh«, stöhnt er und greift nach einer Tasche, die an der Garderobe hängt. »Ich rege mich wegen dem Kerl nicht mehr auf. Der braucht das, der ernährt doch mindestens drei Anwälte mit seiner Streitlust.«

»Zeigen Sie mir bloß das Mofa, mehr möchte ich wirklich nicht.« Erst geht ihm einer durch die Lappen, dann quatscht ihn der nächste schon wieder voll. Walde flüchtet sich in Gewaltphantasien. Er hätte die 42 Mann in Handschellen samt Mofas vorführen lassen sollen. Irgendwie im Zuge einer Großeinsatzübung mit zwei Hundertschaften der Bereitschaftspolizei aus Wengerohr. Die hatten es doch schon mal fertiggebracht, bei einer Razzia mehr als 20 Türen einzutreten, von der keine einzige verschlossen war. Hatte wohl der Ausbilder vergessen zu erwähnen, daß man auch die Klinke runterdrücken kann.

Das ist nur eine Sache der Geduld, denkt Walde. Wenn ich ihm jetzt die Knarre an die Schläfe halte und schreie *Mofa raus, sonst knallt's*, dauert es genauso lange. Vielleicht macht er sich dann noch vor Schreck in die Hose.

»... der legt sich doch mit jedem an. Mit dem Bürgermeister hat er es auch jahrelang gehabt, zwischendurch alle Nachbarn und jetzt das Fremdenverkehrsamt ...«

Walde folgt dem Mann hinter das Haus, wo ein schwarzes Mofa unter einer Terrasse steht.

»Wann haben Sie das Mofa lackiert?« fragt Walde.

»Wieso, das war schon so, als ich es gekauft habe. Hat der liebe Nachbar schon wieder eine Schramme an seiner Bütt' und will es mir anhängen?«

»Danke für Ihre Bemühungen, das war's schon, schönen Abend noch.« Walde geht mit großen Schritten zurück zum Wagen. Er bemerkt erst jetzt, daß er vor der Ausfahrt des Nachbarn steht. Der bestellt wohl gerade einen Abschleppwagen. Walde würde gerne mal sehen, welcher Abschleppdienst den Mut hat, einen Dienstwagen mit dreitausender Nummer abzuschleppen.

Was ist heute mit ihm los? Walde ist total gereizt. Tante Martha nannte diesen Zustand, er hat *ein Gewitter geladen*. Er rackert jetzt seit acht Jahren kontinuierlich mit vielen Überstunden und opfert einen Großteil des Urlaubs dem Fall, in den er sich mit der Zeit festgebissen hat. Beißt er sich dabei die Zähne aus?

Im Auto legt er eine Kassette ein: *Sade*, sie gehört Anna. Er dreht die Musik lauter. Hier anstelle von Paul Denman den Baß zu zupfen, das wäre jetzt genau das richtige. Er hat Hunger und Durst, aber keine Lust, anzuhalten und die Musik abzustellen. Hinter Schweich fährt er Richtung Föhren und biegt am Sauerboor links ein. Unterhalb der Allee zur Kapelle fährt er langsam zwischen den alten Bäumen den Weg hoch. Gegenüber dem Brunnen neben der Kapelle läßt er die Musik an und die Wagentür offen. Am Brunnen fängt er das dünne Rinnsal in seinen hohlen Händen auf und schmeckt das bittere, eisenhaltige Wasser. Hier ist ein Ort der Kraft. Es gibt mehrere solcher Orte im Trierer Raum. Manche waren schon Heiligtümer bei den Treverern, wurden von den Römern übernommen und dann von den Christen besetzt.

Die Gewitterstimmung ist nach dem Döner, den er in Ehrang verzehrt hat, auch bei Walde endgültig verschwunden. Zuhause hat er eine e-Mail aus Belgien.

Kaum zu fassen, das ist jetzt schon Jahre her, daß er bei den Kollegen angefragt hat. Gleich nach Bekanntwerden des Falles Dutroux und den damit zusammenhängenden Ereignissen hatte er alle in Frage kommenden belgischen Kommissariate um Auskunft darüber gebeten, ob es Verbindungen zum Raum Trier geben könne. Um die Dringlichkeit der Anfrage zu unterstreichen, hatte er zusätzlich seine Privatadresse angegeben. Üblicherweise war die Zusammenarbeit mit belgischen Behörden schlecht. Von Zusammenarbeit konnte eigentlich nicht die Rede sein. Das war eher eine Farce, die sich da in Einzelfällen abspielte. Erst kürzlich mußte die Staatsanwaltschaft einen Kriminellen auf freien Fuß setzen, weil die belgischen Kollegen es nicht fertigbrachten, wichtige Beweismittel aus ihrer Asservatenkammer innerhalb von sechs Monaten nach Deutschland zu überstellen.

Die Nachricht kommt aus Neufchâteau, von keiner Behörde. Ein Kollege hat sie mit seiner Privatadresse versehen. Sie ist in Französisch abgefaßt. Er schreibt, soweit es Walde übersetzen kann, es gebe im Rahmen der Ermittlungen gegen die Kinderschänder in seinem Land bisher keine ihm bekannten Fakten, die auf Taten oder Tatbeteiligungen im Raum Trier hindeuteten. Der Kollege gehört der Sonderkommission Neufchâteau an, die alle Fälle von Kindesmißbrauch in Belgien bearbeitet.

Auf dem Anrufbeantworter sind zwei Nachrichten. Die erste ist von Uli. Er lädt ihn zu einer Jam Session des Jazz-Clubs am Donnerstagabend in die Tufa ein. Die zweite kommt von Marie. Sie bittet ihn, falls es ihm möglich sei, vor 20 Uhr zu Doris' Wohnung zu kommen und Werkzeug mitzubringen. Es ist kurz nach 19 Uhr. Während der Kaffee durch die Maschine läuft, zieht er sich um und wirft ein paar Schraubendreher aus der Küchenschublade zu dem anderen Kram in die Werkzeugkiste.

Gegenüber dem roten Gebäude, in dem Doris wohnt, wuchtet Walde die metallene Werkzeugkiste aus dem Kofferraum. Sein Blick streift über die von der Abendsonne beschienene Backsteinfassade. Neben dem Stadtbad ist dies ein weiteres Haus, an dem die Bauhaus-Architektur in Trier ihre Spuren hinterlassen hat.

Doris ist gleich an der Sprechanlage: »Erster Stock, rechts.«

Die beiden Frauen empfangen Walde in der Diele.

»Danke für's Kommen«, sagt Doris. Sie kennt Walde von einigen Begegnungen und Feiern bei Jo und Marie. Sie haben bisher nur ein paar Worte miteinander gesprochen. Eine direkte Anrede scheut sie, um das *Sie* zu vermeiden.

»Erschrick' nicht, es ist ein Notfall, bei Doris ist eingebrochen worden.« Marie führt Walde durch die Diele.

»Habt ihr es der Polizei gemeldet?«

»Ja, die haben schon alles aufgenommen, und die Versicherung war auch schon da«, berichtet Marie.

»Was war denn hier los?« Walde stellt im Wohnzimmer die Werkzeugkiste ab und schaut sich verblüfft um.

»Das hat der Sachverständige von der Versicherung auch gefragt«, seufzt Doris.

»Sind Fotos gemacht worden?« fragt Walde.

»Die Polizei hat welche gemacht, und der Sachverständige von der Versicherung hat auch fotografiert.«

Walde schaut sich um, untersucht die Steckdosen und wirft dann einen Blick in die anderen Räume.

»Das sieht nur auf den ersten Blick nach Vandalismus aus. Es scheint, als hätte hier jemand etwas gesucht, und zwar gründlich gesucht. Daß er dabei nicht zimperlich vorgegangen ist, ist eine andere Sache. Ich würde sicherheitshalber vor dem Aufräumen alles detailliert fotografieren.«

»Ich rufe Jo an, er soll die Kamera mitbringen, vielleicht erwische ich ihn noch. Er wollte noch Abendessen für Philipp machen und dann kommen«, sagt Marie und geht in die Diele.

»Wo willst du hin?«

»Zur Telefonzelle.«

»Ist nicht nötig, du kannst mein Handy benutzen.« Walde reicht Marie sein Telefon.

»Wo sind die Sicherungen?« fragt er Doris.

Sie geht in die Diele und zeigt ihm den Sicherungskasten.

»Ich drehe mal vorsichtshalber alle raus, hier liegen einige Strippen blank. Ein Wunder, daß die Katze noch keine gehuscht bekommen hat«, bemerkt Walde.

»Jo bringt Kamera und Blitz mit, er hat aber keine Filme mehr. Ich laufe schnell welche kaufen. Die Läden haben noch ein paar Minuten geöffnet.«

»Und ich brauche Gips«, sagt Walde.

»Wofür brauchst du den?«

»Um die Unterputzdosen wieder festzumachen.«

»Und wieviel?«

»Ein Kilo reicht.«

»Wo soll ich um diese Zeit noch Gips herkriegen?« fragt Marie.

»Geh' du die Filme kaufen, ich laufe rüber zu Kalle ins

Atelier. Der hat da genügend Gips«, sagt Doris und greift nach ihrer Tasche an der Garderobe. »Viel anbieten kann ich im Moment nicht. In der Küche steht eine Kiste Sprudel.«

»Ist okay, ich guck', ob ich schon mal anfangen kann.« Walde fummelt am Sicherungskasten herum. Der Kasten ist heil geblieben. Die Wohnungstür fällt ins Schloß. Unterhalb der Sicherungen sind Schilder angebracht, auf denen die jeweils abgesicherten Zimmer bezeichnet sind. Er dreht die Sicherung für das Wohnzimmer ein und überprüft mit dem Spannungsmesser die Drähte an den Steckdosen. Es ist Spannung drauf. Er schraubt die Telefonanschlußdose zusammen, befestigt den Boden des Telefonapparates und steckt den Stecker ein. Nach dem Abnehmen des Hörers erklingt das Freizeichen. Die Zeitansage: »Beim nächsten Ton ist es 19 Uhr 56 Minuten und 10 Sekunden«. Für heute das erste Erfolgserlebnis. Er geht in die Diele zurück. Die Katze reibt sich an seinen Beinen. In der Küche riecht es trotz der weit geöffneten Fenstern abscheulich. Vorsichtig steigt er über die Abfallhaufen. Die eingebauten Elektrogeräte sind in Ordnung. An der Waschmaschine ist die Rückwand abmontiert. Unter den Spaghettis liegen Schrauben. Zwei fehlen. Eine passende findet er im Sammelsurium seiner Werkzeugkiste. Er schraubt das Gerät zusammen und schiebt es zurück an die Wand neben die Küchenzeile.

Das Telefon klingelt. »Bei Morgen, guten Abend!« Es meldet sich niemand. Walde wartet. Nach ein paar Sekunden wird am anderen Ende aufgelegt.

Walde kniet sich im Wohnzimmer auf den Teppich und sammelt Schrauben auf, die wohl von der Musikanlage stammen. Dann schaut er sich das Regal mit den CD's an.

Es sind einige dabei, die er gerne hören würde.

Die Korridortür wird aufgeschlossen. Doris kommt zurück.

»Ich hoffe, das wird reichen«, sie streckt Walde eine Plastiktüte entgegen.

»Damit können wir den Einbrechern noch die Knochen eingipsen, wenn wir sie erwischt haben«, sagt Walde. Ob sie jetzt glaubt, daß er einer von der brutalen Sorte ist? »Ich bräuchte noch ein Gefäß, in dem ich den Gips anrühren kann, einen kleinen Eimer oder eine Schüssel.«

Doris geht zur Küche und kommt gleich darauf mit einer Plastikschüssel zurück: »Können Sie die gebrauchen?« Jetzt ist es ihr rausgerutscht.

»Ich heiße Walde, wenn Sie wollen ...«

»Ich heiße Doris, wir können uns gerne duzen.«

»Auf dem Bau ist das so üblich, daß man sich duzt, da braucht man auch nicht Bruderschaft zu trinken.«

»Okay, das hier ist ja so was wie eine Baustelle.« Doris setzt sich auf den Boden und hebt aus den Hüllen gerissene CD's auf, mit deren Einsortierung sie vorhin schon begonnen hat.

Walde geht in die Küche und rührt den Gips mit Wasser an. Die Masse reicht, um den drei Plastikdosen im Wohnzimmer wieder Halt zu geben.

»Wann ist es passiert?« fragt Walde.

»Irgendwann am Wochenende, ich war ein paar Tage unterwegs.«

»Hast du einen Diamantenhandel, oder haben die bei dir Mikrofilme in den Steckdosen gesucht?«

»Das weiß ich auch nicht so recht ...«

Es klopft an der Korridortür.

»Ach, ich habe nicht daran gedacht, daß die Klingel

keinen Saft hat«, bemerkt Walde.

Marie kommt herein: »Ich habe ein paar Kerzen gekauft, damit wir nachher nicht im Dunkeln sitzen.«

»Danke für das Vertrauen«, ruft Walde von nebenan.

»Außerdem habe ich die hier besorgt«, Marie rollt schwarze Plastiktüten auf. »Da stopfen wir alles rein, was in den Müll soll.«

Es klopft erneut an der Wohnungstür.

»Sorry, Philipp wollte unbedingt mitkommen. Er war nicht mehr zu halten, als er von dem Einbruch gehört hat.« Vater und Sohn stehen in khakifarbenen Shorts in der Diele. Jo hat die Kameratasche umgehängt, und Philipp trägt das Holzstativ auf der Schulter.

»Jetzt fehlen nur noch Tropenhelme und Schmetterlingsnetze, und ihr zwei könnt auf Safari gehen«, stellt Doris fest. »Dann kommt mal mit, ich führe euch durch den Dschungel.«

»Oh, Herr Kollege ist bereits bei der Spurensuche«, begrüßt Jo den auf dem Boden hockenden Walde.

»Ich zeige dir, was du fotografieren sollst. Es geht darum nachzuweisen, daß hier nicht planlos zerstört, sondern ganz gezielt nach etwas gesucht wurde.«

»Habe verstanden, gibt es sonst noch etwas zu beachten?«

»Wenn ihr mit den Fotos fertig seid, könnt ihr beim Aufräumen helfen.«

»Stets zu Diensten!« Jo salutiert.

»Was macht dein jüngster Weinbergsfang, ist die Laus überführt?«

»Erinnere mich nicht daran! Dem Biest ist nicht beizukommen. Falls ich keine Beweise finde oder sie nicht selbst gesteht, muß ich sie morgen freilassen.«

»Das ist bitter.«

»Wie man's nimmt, zum einen werde ich gut bezahlt, zum anderen habe ich so meine Tricks«, lächelt Jo verschmitzt.

»Und die wären?«

»Ich glaube, das erzähle ich dir besser, wenn wir *entre nous* sind, du verstehst, was ich meine«, zwinkert Jo.

Philipp ist von dem Chaos ringsum sichtlich beeindruckt: »Papa, krieg' ich ein paar Abzüge?«

»Was willst du denn damit?«

»Die kommen in mein Album.«

»Wohl zwischen die Kommunionbilder und die Fotos von der letzten Klassenfahrt?«

»Och, Papa, bitte.«

»Wenn Doris nichts dagegen hat?« Jo schaut Doris an. Sie nickt.

»Gut, dann bau' das Stativ auf.«

»Fang' bitte im Schlafzimmer an, dann können wir anschließend dort aufräumen«, bittet Doris.

Walde rührt in der Diele Gips an, als Jo und Philipp mit dem Fotografieren fertig sind und aus dem Schlafzimmer kommen.

»Wofür ist der Gips?« Philipp stellt das Stativ neben die Fototasche.

»In der Küche sind Fußspuren, wahrscheinlich Alliens, von denen nehme ich Gipsabdrücke. Darfst du noch keine Kriminalromane lesen?« wundert sich Walde.

»Laß dich nicht veräppeln, ich kümmere mich um die Küche«, richtet sich Jo an seinen Sohn. »Ich bin es gewohnt, im Dreck zu wühlen. Philipp, räumst du die Bücher und CD's in die Regale, oder willst du mir in der Küche helfen?«

Philipp ist schon im Wohnzimmer verschwunden, aus dem gleich darauf *John Lee Hooker* zu hören ist.

Gegen Mitternacht ist die Wohnung aufgeräumt und geputzt, alle Schränke sind ausgewaschen, das gesamte Geschirr und Besteck gespült, alle Elektrogeräte und Anschlüsse wieder funktionsfähig. Die Matratze mit den herausquillenden Innereien steht in der Diele neben dem aufgeschlitzen Sofa und dem Müll für den Abtransport bereit. Marie rüttelt Philipp, der auf dem Teppich vor dem Bücherregal eingeschlafen ist: »Komm, wir fahren!«

Marie und Jo nehmen ihren taumelnden Sohn in die Mitte.

»Kommst du mit, Doris?« fragt Marie.

»Danke, ich kann euch gar nicht sagen, wie sehr ihr mir geholfen ...«

»Schon gut, laß' stecken«, unterbricht sie Jo.

»Kommst du mit?«

»Ich glaube, ihr solltet mal wieder einen Tag unter euch sein.«

»Wie du willst.«

Die Korridortür fällt ins Schloß. Walde sammelt Werkzeug ein. Das Telefon läutet. Doris geht ran und legt gleich wieder auf.

»So, ich bin auch weg.« Walde hat seine Kiste in der Hand und steht in der Wohnzimmertür: »Ist was?«

»Da hat jemand am Telefon gesagt, das wäre nur der Anfang gewesen«, flüstert Doris mehr zu sich selbst als zu Walde.

»Was ist damit gemeint?« Walde setzt die Kiste ab.

Sie schüttelt den Kopf: »Wer hier war, kann jederzeit wiederkommen.«

»Wenn du willst, kann ich hierbleiben.« Walde schaut sie nicht an.

»Ich kann dir ja nicht mal einen halbwegs vernünftigen Schlafplatz anbieten.« Doris hat das Gefühl, in dieser Wohnung nie wieder schlafen zu können.

»Dann komm doch mit zu mir, ich habe genug Platz!«

»Das macht zuviel Umstände, du hast schon soviel getan, da ...«

»Kein Problem, bei mir belästigt dich auch keiner am Telefon.«

»Na gut, ich nehme nur ein paar Sachen mit.«

Als Walde sich in der Diele an die Wand lehnt, fällt ihm ein, daß er vergessen hat, Marie die e-Mail aus Neufchâteau zum Übersetzen zu geben. Vor dem Haus ist niemand zu sehen.

»Hoffentlich mache ich euch nicht zu viele Umstände«, flüstert Doris, als sie mit Walde die Wohnung betritt.

»Anna ist nicht da.« Walde flüstert ebenfalls und fährt in normalem Tonfall fort: »Hier ist das Bad, da ist dein Zimmer, das ist die Küche, und da drüben schlafe ich. Ich hole Bettzeug, möchtest du noch was essen?« Jetzt denkt sie wohl, er wolle sie anmachen. Im Nu hat er Bettzeug aus dem Schrank genommen und zieht das Bett ab.

Doris ist in der Diele zurückgeblieben und betrachtet die Bilder. Sie hätte in ein Hotel gehen sollen. Nach neuen Peinlichkeiten steht ihr heute nicht mehr der Sinn. Schöne Bilder hat er hier hängen, alles Trierer Motive, ein paar renommierte Künstler sind darunter. Sie folgt Walde ins Zimmer. Dort hängt über der Kommode gegenüber dem Bett ein Chagall, einer von der freundlicheren Sorte.

»Ein Selbstporträt mit Muse?« fragt sie.

»Oder ein Engel der Verkündigung, aber ich denke auch, daß es sich um eine Muse handelt.« Walde hat den

Kampf mit dem Spannbettuch gewonnen und rollt einen Nylonschlafsack auf dem breiten Bett aus. »Falls es dir kalt wird, der Schlafsack ist frisch gewaschen.«

»Danke, ist das die Brücke von Mostar?«

»Ja, der Architekt hat sich aus Angst vor einem Einsturz umgebracht, und dann hat die Brücke über 500 Jahre gehalten, und jetzt haben ein paar Idioten sie gesprengt.« Walde macht gegenüber eine Tür auf: »Schlaf gut. Ich muß morgen früh weg, komm' aber nach neun wieder zurück und bringe Frühstück mit.«

»Vielen Dank, aber mach' dir bitte keine Umstände.«

»Kein Problem, fühl' dich wie zu Hause, ich lege noch frische Handtücher auf die Badewanne, gute Nacht.«

»Gute Nacht!«

Holzdielen knarren. Der Engel schaut dem Maler über die Schulter. Draußen regnet es. Doris schlüpft aus dem Bett und geht ins Bad. Als sie etwas später in die Küche kommt, ist der Tisch gedeckt, und der Kaffee duftet.

Walde läßt die Zeitung sinken: »Gut geschlafen?«

»Mmh, wie spät ist es?«

»Gleich zehn, greif' zu!«

Doris schneidet ein Brötchen auf, zupft den weichen Teig aus der Mitte, und legt ihn, mit einem verstohlenen Blick auf Walde, an den Tellerrand. Walde liest weiter und bietet Doris wortlos die bereits gelesenen Seiten an, indem er sie über den Tisch schiebt. Wenn jetzt Anna zur Tür hereinkäme, geriete er in Erklärungsnot.

Es wird nichts über den Überfall im Parkhaus berichtet.

»Bist du im Dienst, ich meine, kannst du einfach so tagsüber nach Hause gehen?« Doris schaut über die Zeitung hinweg.

»Ich habe eigentlich immer Dienst.«

»So wie die Feuerwehr oder der Notarzt.«

»Im Prinzip schon.«

»Ich dachte, das läuft bei euch im Schichtdienst, wie bei der Feuerwehr.«

»Im Vergleich zur Feuerwehr haben wir weit weniger Einsätze.«

»Im Moment liegt also nichts bei dir an, und du wartest auf einen neuen Fall?«

»Das wäre nicht schlecht, aber mein Chef und bestimmt auch der Bund der Steuerzahler sehen das etwas anders. Abgesehen davon habe ich noch genug zu tun, und wenn Not am Mann ist, helfe ich auch aus, das kann sogar die Sicherung des Castortransports sein, wenn der hier durchkommt.«

»Ist das jetzt indiskret, wenn ich frage, was du zur Zeit machst?«

»Bei dieser Frage habe ich erst kürzlich auf unsere Pressestelle hinweisen müssen.«

»Entschuldige, erst strapaziere ich deine Gastfreundschaft, und dann stochere ich in deinen Dienstgeheimnissen rum.«

»Nein, das kannst du ruhig wissen. Wir haben ein paar Routinefälle in Bearbeitung, aber nichts Akutes.«

»Alles Morde?«

»Nein, nur ein Mord ist dabei, und der ist auch schon einige Jahre her.«

»Einige Jahre?«

»Ja, den Fall habe ich von meinem Vorgänger übernommen. Vielleicht erinnerst du dich noch an den Mord an der zwölfjährigen Nicole.«

»Dunkel, und da ermittelst du noch?«

Walde seufzt: »Im Moment bin ich an einer Sache dran, die vor zwei Wochen auf einem Spielplatz in Föhren passierte. Ein Mofafahrer hat versucht ein Kind wegzulocken. Etwas Ähnliches ist kurz darauf im Nell's Park und jetzt wieder in Kenn gelaufen.«

Er schenkt Kaffee nach: »Wir suchen die berühmte Nadel im Heuhaufen.«

»Besser als nichts zu tun«, sagt Doris.

»Das ist das Problem, du hast den Nagel auf den Kopf getroffen.« Walde seufzt wieder.

»Ich verstehe nicht.«

»Da draußen tickt irgendwo eine Zeitbombe, die jederzeit schreckliches Unheil anrichten kann, und ich kann sie nicht finden. Irgendetwas gibt mir das Gefühl, daß der Kerl im Begriff ist, wieder zuzuschlagen. Ich muß etwas tun, und wenn ich nur ein paar Spielplätze abfahre. Jeden Tag, das ist schon fast zum Zwang geworden ...« Walde starrt vor sich auf die Tischplatte.

»Und das geht schon länger so?«

»Bei Nicole war es damals ähnlich. Wochen vorher ein paar gescheiterte Versuche, und dann ist es passiert.«

»Das hört sich so an, als ob du dich verantwortlich fühlst ...«

Neben Waldes Tasse niest das Telefon.

»Ja.« Walde hört zu. Nach einer Weile sagt er: »Gut, ich bin gleich da, versuche bis dahin, Frau Wagner aufzutreiben.« Er steckt das Handy in die Hemdtasche: »Jetzt haben wir nur über meinen Kram geredet, was hast du jetzt vor?«

»Fahr' los, ich ziehe die Tür hinter mir zu.«

»Du kannst einen Schlüssel haben, es hängt einer neben der Tür in der Diele.«

»Danke, ich treffe mich nachher mit Marie. Wir bringen noch Kram zum Müll und werden ein paar neue Sachen besorgen.«

»Wie du willst, aber denk' daran, dir ein neues Schloß und zusätzlich einen Riegel für die Wohnungstür zu kaufen. Am Wasserweg ist ein Spezialgeschäft, laß' dich dort beraten, ich kann dir heute abend beim Einbau helfen.«

»Danke, du hast schon genug getan.«

»Ich ruf' heute abend an, bis dann.«

Doris macht nach dem Abwasch das Bett und sucht ihre Sachen zusammen. In der Diele betrachtet sie die Bilder.

Zum Zimmer, in das Walde gestern abend verschwunden ist, steht die Tür auf. Ein Kontrabaß fällt ins Auge, rechts von ihm lehnen akustische und elektrische Gitarren an der Wand. Daneben stehen auf einem schweren Schreibtisch zwei große Monitore.

Die Tür zum anderen Raum ist nur angelehnt. Bis auf ein Futon mit einer darauf gefalteten Wolldecke ist es leer. An der Wand hängt einsam ein gerahmtes Foto, Walde und Anna.

*

»Den ersten Preis haben wir schon an dich vergeben, Stefan«, Harry schwenkt ein Foto, und Gabi Wagner grinst.

Walde erkennt einen unscharf fotografierten Mofafahrer mit Helm: »Das ist der aus dem Baumarkt. Der hat mich mit seinem Mofa abgehängt – falls du auch dazu einen Kommentar loswerden willst, spar' ihn dir. Tag, Gabi, entschuldige, hat Harry schon einen Kaffee angeboten?«

»Danke, ich habe meine Tasse von drüben mitgebracht.

Wir waren gerade dabei, die Ergebnisse der Aktion „Rotes Mofa" zusammenzutragen. Hast du noch etwas?«

»Die Überprüfung des eben gezeigten Mannes mit Helm steht noch aus. Ansonsten habe ich nichts Auffälliges feststellen können. Und bei dir waren auch alle erreichbar, keiner in Urlaub?«

»Mofafahrer ziehen wohl den Winterurlaub vor. Bei uns sind, soweit man sie überhaupt so bezeichnen kann, zwei Verdächtige ermittelt worden. Zum einen ein 39-jähriger Fernmeldetechniker aus Feyen, ledig, Einzelgänger, etwas verschroben, zum anderen ein 46-jähriger Bäcker, ledig, mit Mutter, hochbetagter Großmutter und zwei Tanten in Ruwer lebend. Beide Männer haben kein stichhaltiges Alibi und fahren seit mehr als 10 Jahren ein Mofa.«

Walde betrachtet die Bilder: »Den hier kenne ich, den habe ich schon mal gesehen, öfter sogar.« Er tippt auf einen Mann mit dunklen, schütteren Haaren.

»Das ist der aus Feyen«, erläutert Gabi.

»Was ist mit dem Bäcker?«

»Der redet nicht viel«, meldet sich Harry, »ich war bei ihm. Wohnt in einem Viermädelhaus. Mutter und Tante haben mich in sein Zimmer geführt und mir seine Plattensammlung gezeigt. Schätze, es sind ein paar tausend Singles querbeet von Udo Jürgens über Guildo Horn bis Traffic.«

»Und sonst?« fragt Walde.

»Zu jeder Person ist eine Notiz angelegt, ist alles hier draufkopiert«, Gabi Wagner hält eine Diskette hoch, »kannst du alles behalten. Wenn ihr so freundlich wärt, uns eure Unterlagen zukommen zu lassen.«

»Mach' ich«, Harry klopft auf einen Stapel mit Notizen vor sich auf dem Tisch.

»Meine Sachen sind diktiert, Harry gibt sie ins Schreibzimmer.« Walde nimmt die Fotos in die Hand. »Das heißt, wir haben zweieinhalb Verdächtige. Was können wir unternehmen?«

»Hausdurchsuchungen sind nicht drin, wir können nochmals die Zeugen von den beiden Spielplätzen befragen und die Bilder vorlegen.«

»Kann ich mitkommen?« fragt Walde.

»Versprich' dir nicht zuviel davon. Ich fange in der Asylunterkunft an, da muß ich sowieso eine Übersetzerin dabeihaben«, antwortet Gabi Wagner.

»Danke. Dann übernimmst du den schnellen Flitzer aus dem Baumarkt, Harry.«

»Hier, der zweite Preis«, sagt Harry halblaut und drückt Walde beim Hinausgehen ein Foto mit der Rückseite nach oben in die Hand.

Als Walde den Ansatz eines Schlüpfers unter dem hochgerutschten Rock erkennt und das Bild daraufhin schnell zusammenfaltet, ist es schon zu spät. Gabi hat das Foto gesehen und verdreht die Augen.

*

Vor der Tourist-Information an der Porta Nigra holt Doris Marie ab, die gerade eine Stadtführung beendet.

»Wie war's?«

»Gut, französische Gaststudenten, die hier in den Ferien an einem Kurs an der Uni teilnehmen. Wie geht's dir?«

»Geh'n wir zur Brotstraße?«

»Ich hab' mir ein wenig Sorgen gemacht, als wir gestern gegangen sind.«

»Das war nicht nötig ... ich habe bei Walde übernachtet.«

»Aha ...«

»*Bei* Walde und nicht *mit* Walde!«

»Aha ...«

»Es kam wieder ein anonymer Anruf, und da hat Walde angeboten, daß ich bei ihm übernachten kann. Ich wußte nicht einmal, daß er allein ist.«

»Anna ist schon ein halbes Jahr weg. Sie arbeitet in Süddeutschland. Das läuft wohl auf eine kalte Trennung hinaus.«

»Was ist denn eine kalte Trennung?« fragt Doris.

»Wenn man sich nicht mehr liebt und sich eine längere räumliche Trennung ergibt. Das war bei uns früher so, wenn Militärdienst oder Studienzeit kamen, dann gingen reihenweise die Beziehungen in die Brüche.«

»Da kann ich nicht mitreden, Leo mußte weder zur Bundeswehr, noch hat einer von uns auswärts studiert, wir haben immer wie die Kletten aneinander gehangen.«

Doris bleibt vor dem Schaufenster eines Schuhgeschäftes stehen und schaut durch die Auslage ins Ladeninnere.

»Ist das hier das Geschäft?« fragt Marie.

Doris nickt.

»Komm weiter, sonst erkennt er dich womöglich noch!« Marie zieht Doris am Arm.

»Moment, es kann nichts passieren.«

Zwei Verkäuferinnen unterhalten sich neben der Kasse, ansonsten ist der Laden leer. Ein Mann mit grauem Haar ist nicht zu sehen.

Sie sind an der Wohnung angekommen, wo Maries Auto vor der Tür parkt. Gemeinsam tragen sie einen großen Karton mit den Überresten des Einbruchs die Treppen herunter und verstauen ihn im Wagen. Sie müssen zweimal fahren, bis sie den gesamten Müll los sind. Auf der Rückfahrt kaufen sie eine neue Matratze, ein Sicherheitsschloß und eine Türkette.

»Ich muß noch einkaufen«, sagt Marie, als sie die Matratze in den Bettkasten in Doris' Schlafzimmer gehievt haben.

»Trink' doch noch einen Kaffee!«

»Soll ich bleiben?«

»Nein, du sollst mich nicht beschützen, ich dachte nur, du wolltest einen Kaffee nach der Plackerei.«

»Nein, danke, ich muß noch ein paar Sachen erledigen. Und Walde wird heute abend das Schloß einbauen?« wechselt Marie das Thema.

»Immer noch eifersüchtig? Ich verspreche, heute nacht wieder daheim zu schlafen.«

»Außer Jo gönne ich dir alle Männer, die dir gefallen. Apropos Jo, er meinte, er könne etwas zur Sicherung deiner Balkontür tun. Er wird sich wohl nachher melden.«

»Ich glaube, ich werde noch ein wenig laufen, ich habe schon Entzugserscheinungen.«

»Paß' auf dich auf!« Marie umarmt Doris.

Doris trabt vom Parkplatz am Wildpark bergauf am Zaun des Wildschweingeheges entlang. Ein penetranter Geruch schlägt ihr entgegen. Ein paar Viecher liegen behäbig in einer Sandkuhle und würdigen sie keines Blickes.

Ihr Lauftempo steigert sich. In den letzten Tagen hat sich Energie angestaut, die sich jetzt entladen kann. Tannennadeln machen den Weg weich. Der Zaun endet, und es geht leicht bergauf durch einen Buchenwald auf ein Plateau. Irgendwo jault eine Motorsäge. Rechts öffnet sich ab und zu das dichte Grün und gibt einen Blick über die Mosel auf die Höhenzüge des Hunsrücks frei. Doris denkt an Waldes Jugendstiltreppenhaus mit Delfter Kacheln, dann die Wohnung, alte Holzdielen, tolle Bilder, nicht zuviel möbliert, aber auch nicht zuwenig. Das leere Zimmer hat wohl Anna bewohnt. Das Geräusch der Motorsäge nervt. Es kommt auf einmal sehr laut von hinten. Doris schaut sich um. Ein Motorrad braust mit hoher Geschwindigkeit heran. Der Fahrer macht keine Anstalten, abzubremsen. Doris weicht zum Wegrand aus und bleibt stehen. Der Fahrer stellt sich auf und hält etwas Knüppelähnliches in der Hand. Doris wirft sich auf die Böschung. Über ihr zischt es durch die Luft. Das Motorrad, es ist ein Crossrad, wird ein Stück weiter abgebremst. Noch bevor der Fahrer die Maschine wendet, sprintet Doris vom Weg ab bergauf zwischen Bäumen und Gebüsch hindurch. Als sie sich umblickt, bemerkt sie, daß die Maschine ihr folgt. Sie spürt das Adrenalin bis in die Haarspitzen schießen. Sie kennt diesen Wald, in dem sie schon hunderte Male gejoggt ist. Ein Stück weiter ist unwegsames Gelände mit umgestürzten Bäumen. Das Motorengeräusch hinter ihr wird schnell lauter. Buschwerk kratzt an ihren Beinen. Mit den Händen schlägt sie Äste zur Seite. Hinter ihr heult der Motor auf. Sie überpringt die ersten Stämme. Der Verfolger umkurvt die Hindernisse und ist bald nur noch wenige Meter hinter ihr. Die Erde ist durch den Regen aufgeweicht. Sie rutscht aus, fängt sich gerade noch. Das Springen raubt ihr weitere Kräfte. Bergan hat sie vielleicht eine Chance. Es wird steil. Sie muß auf allen Vieren krabbeln. Dicht hinter ihr verstummt der Motor. Blitzschnell wendet sie den Kopf. Der Fahrer setzt ihr zu Fuß hinterher.

Doris rudert heftig mit den Armen. Sie greift nach

Ästen und zieht sich daran nach vorn. Ihre Oberschenkel fühlen sich so hart und schwer an, als wären sie mit Bleiplatten umwickelt.

»Wart' nur, du Dreckstück!« flucht der Verfolger, er hört sich nicht so nah an, daß sie sich umschauen muß.

Oben stößt sie auf einen Waldweg. Sie schaut zurück. Der Abstand hat sich deutlich vergrößert. Der Kerl wirkt ein wenig korpulent, wie er sich den Hang heraufarbeitet. Unter den verschwitzten Haaren erkennt sie das Gesicht – es ist Schorsch, Räumers Mann vom Pferdehof. Beim Spurt über den ebenen Weg mobilisiert sie die letzten Kräfte. Wieviel Meter hält sie noch durch, 200, 300? Wenigstens noch bis zur nächsten Kurve. Dort schaut sie sich um. Der Verfolger ist nicht zu sehen. Hat er aufgegeben, versucht er, ihr den Weg abzuschneiden? Läuft er zurück zum Motorrad? Oder beobachtet er sie aus einem Versteck heraus?

Sie verläßt den Weg und rutscht bergab in einen jungen Tannenwald. An einer dichten Stelle bleibt sie stehen, den Oberkörper leicht nach vorne gebeugt und die Arme in die Leisten gestemmt. Ihr Puls rast. Ihr Keuchen ist bestimmt im ganzen Wald zu hören. Es hindert sie, nach Motorengeräuschen zu lauschen. Wie gerne würde sie sich auf den weichen Waldboden sinken lassen. Sie muß weiter. Der Hang ist steil. Ein Stück rutscht sie bäuchlings, mit den Füßen und Händen bremsend, hinunter. Unten findet sie einen Ast, den sie über dem Knie entzweibricht. Ein Weg taucht auf. Doris kauert sich hinter einen Holzstoß und späht nach beiden Seiten. Ihr gelbes T-Shirt hat an mehreren Stellen den Ton des Waldbodens angenommen. Beine und Arme sind verschrammt, blutig und verdreckt. Überall juckt ihre Haut von den Tannennadeln. Gebückt huscht sie auf die andere Seite. Ein ohrenbetäubender Lärm läßt sie zusammenzucken. Sie wirft sich hinter einen Holzstoß. Erst am Boden realisiert sie die Düsenjäger, die über den Wald donnern.

Aus dem abklingenden Fluglärm tönt das Knattern des Crossrades. Doris preßt sich dicht an die Holzstämme. Ihre Faust umklammert den Stock. Das Motorrad kommt näher. Ihr Herz hämmert. Das Rauschen in ihren Ohren wechselt sich mit dem Knattern des Motors ab. Sie sieht durch einen Spalt zwischen den Holzscheiten, wie das Gefährt langsam vorbeirollt. Der Holzstoß bietet nun keine ausreichende Deckung. Wenn er einen Rückspiegel hat, wird sie entdeckt. Für einen Moment schließt sie die Augen, weil sie fürchtet, er könne ihren Blick im Rücken spüren.

Jemand spuckt, Doris hört schnelle Schritte. Es ist eine Gruppe von Läufern, die in raschem Tempo herankommen. Die Jogger, es sind Läufer des Postsportvereins, bleiben bei ihr stehen.

»Ist was passiert?« fragt ein schwarzhaariger, den sie schon öfter hier gesehen hat, es ist wohl der Trainer.

»Ich bin ausgerutscht.« Doris wischt mit den Händen über ihre Hose. »Lauft ihr zurück zum Waldstadion?«

Der Trainer nickt.

»Kann ich mitkommen, bis zum Parkplatz?«

»Klar.«

Die Gruppe nimmt auf der Strecke bis zu Doris' Auto das Tempo merklich zurück. Als Doris in ihr Auto einsteigt, winkt sie den Läufern zu und schaut sich um. Kein Motorrad ist zu sehen. Auf der Rückfahrt zu ihrer Wohnung läßt sie den Rückspiegel nicht aus den Augen.

*

»Stefan, ich werde einen Versetzungsantrag stellen«, Harry fährt 20 Kilometer über der vorgeschriebenen Geschwindigkeit über die Uferstraße Richtung Feyen – ebenso wie die übrigen Verkehrsteilnehmer.

»Wo willst du denn hin?« Walde blättert in seinem Notizbuch und tippt eine Nummer ins Telefon.

»Nach Bayern, wegen der Ausstattung.«

»Wegen was für einer Ausstattung?«

»Ich meine fahrzeugmäßig.«

»Ach ja, das habe ich auch gelesen, dieser *M3* von *BMW* ...«

Harry richtet die Augen zum Wagendach: »321 PS, laß' dir das mal auf der Zunge zergehen. Da fährt mir keiner mehr davon.«

»Soviel ich weiß, ist der für die bayerische Autobahnpolizei ... Schröter, guten Tach, ich hätte gern Ihre Fernmeldestelle, Herrn Kohn, gesprochen.« Walde wartet eine Weile und legt dann auf.

»Wenn du mir sagst, warum du auf einmal Schröter heißt, ziehe ich vielleicht meinen Versetzungsantrag zurück.«

»Ich wollte nur was wissen.«

»Komm, Stefan, du hast bei unserem Spezi angerufen, zu dessen Wohnung wir gerade fahren.«

Walde nickt.

»Ja und, ist er noch am arbeiten?«

Walde nickt wieder.

»So, und warum fahren wir jetzt zu seiner Wohnung, wenn er nicht da ist?«

»Will' nur was gucken«, sagt Walde.

»Was ist denn in der Asylunterkunft herausgekommen? Darf ich raten, welches Foto identifiziert wurde?«

Walde nickt und verzieht das Gesicht.

»Natürlich, wußte ich doch, dein Meisterwerk, der Mann mit dem Helm. Das bedeutet, auch der Kerl im Nell's Park hatte ein Zweirad dabei.«

»Wieder richtig. Also sind wir vielleicht mit dem Mofafahrer auf der richtigen Spur«, sagt Walde.

Sie fahren durch eine Wohnstraße mit Ein- und Mehrfamilienhäusern.

»Es ist die Nummer 18, Harry, parke bitte ein paar Häuser weiter und warte hier, ich bin gleich wieder zurück.« Walde hievt hinter seinem Sitz eine Einkaufstüte hervor und nimmt daraus eine große Sonnenbrille und eine weiße Baseballkappe und setzt beides auf.

»Stefan, was hast du vor, was ist noch in der Tasche, ich habe eine Familie zu ernähren, denke daran.«

»Eben deshalb bleibst du jetzt hier hocken und machst keine Wallung. Sollte Kohn auftauchen, laß' mein Handy einmal klingeln.«

»Ist gut, ich weiß nur nicht mehr, wie er aussieht.«

»Vielleicht fährt er ein rotes Mofa, du machst das schon.«

Walde dreht sich nach ein paar Metern zum Auto um, Harry schüttelt den Kopf und wirft die Arme hoch.

Das Haus sieht neu aus. Auf dem obersten von drei Klingelschildern steht *Kohn*. Walde klingelt und nimmt einen kleinen Dietrich aus der Tüte. Mit einem Taschentuch wischt er seine Spuren an Klingel und Tür ab. Im Treppenhaus ist es ruhig. Walde streift sich hauchdünne Handschuhe über. An Kohns Wohnungsschloß muß er sein ganzes Geschick aufbieten.

Die kleine Diele hat fünf Türen. Nur eine ist verschlossen. Walde sucht den Sicherungskasten. Hinter der verschlossenen Tür ist eine Abstellkammer mit Besen, Putzeimer, einem Regal mit Konserven und Schuhen, und da ist auch der Sicherungskasten. Walde dreht alle Schalter um. Er entspannt sich ein wenig. Die Räume haben große Fenster. An den Wänden hängt moderne Kunst. Jetzt weiß Walde, wo er den Mann mit dem schütteren Haar gesehen hat, bei irgendeiner Ausstellung in der Kunstakademie oder der Tuchfabrik.

In einem Raum stehen Regale mit Elektronikteilen, auf einem Tisch liegen vor einer Reihe von Meßgeräten Platinen neben Lötkolben und allerlei Kleinkram.

Im Wohnzimmer, von wo eine Tür auf einen begrünten Dachbalkon führt, wird eine Wand ganz von einem Regal eingenommen. CD's, Schallplatten, Bücher, viele Bildbände über Kunst darunter. Die Musikanlage ist vom Feinsten. Ein Kirschbaumsekretär steht in der Ecke. Walde öffnet die mit Intarsien verzierte Klappe. Eine ohrenbetäubende Sirene ertönt. Reflexartig läßt er die Klappe zurückfallen. Der Lärm hört nicht auf. Walde wirft sich auf den Boden. Kein Kabel zu sehen. Entweder wird die Anlage über Batterie oder über Sonnenkollektoren gespeist! Er versucht, den Sekretär von der Wand zu rücken, vergeblich. Auf dem Balkon rotiert ein Blinklicht, scheinbar ist dort eine zweite Sirene in Aktion. Nichts wie weg. Das Treppenhaus ist leer. Er streift sich beim Hinablaufen die Handschuhe ab, steckt sie in die Tüte und zieht den Schirm der Kappe tief in die Stirn.

Mit einem Taschentuch in der Hand öffnet er die Haustür und putzt sich beim Hinausgehen die Nase. Ein paar Kinder haben auf der Straße ihr Spiel unterbrochen und starren zum Dach. Gegenüber gaffen Leute aus den Fenstern. Walde putzt sich weiter die Nase und versucht, langsamer zu gehen.

Als er sich neben Harry auf den Sitz fallen läßt, fährt dieser sofort los. Die Sonnenblenden sind heruntergeklappt, und Harry hat den Telefonhörer ans Ohr gepreßt.

»Mit wem telefonierst du?« fragt Walde, der befürchtet, Harry könne die Schupo rufen.

»Mit deinem Schutzengel und allen anderen guten Geistern, die dich verlassen haben.«

»Mach' bitte langsam, Harry, nur kein Aufsehen.«

»Dafür hast du ja wohl schon reichlich gesorgt!«

Die Straße endet an einer Wendeplatte.

»Auch das noch!« stöhnt Harry.

Als sie wieder am Haus vorbeifahren, sind noch einige Gaffer hinzugekommen. Harry hält immer noch sein Gesicht hinter dem Telefonhörer versteckt und Walde putzt sich weiter die Nase. Auf der Uferstraße hören sie über Funk, daß eine Streife nach Feyen beordert wird.

*

Das Motorrad wendet. Hat er sie gesehen? Doris preßt sich an die Holzscheite. Das Motorrad heult auf und wird vom Weg ab in ihre Richtung gelenkt. Doris spingt auf und weicht zum Ende des Holzstoßes zurück. Zum Weglaufen ist es zu spät. Sie reißt den Knüppel hoch. Die Maschine wird abgebremst und rutscht seitlich auf sie zu. In dem Moment, in dem das Hinterrad an das Holz schlägt, saust ihr Knüppel mit der Kraft ihrer beiden Arme auf den Helm des Fahrers. Von dort rutscht er ab und kracht auf die gepolsterte Schulter. Der Kerl packt den Stock und reißt ihn, bevor Doris loslassen kann, zu sich. Als sie auf die Maschine zutaumelt, trifft sie ein harter Faustschlag ins Gesicht. Ihr Kinn wird hochgerissen, als würde sie von hinten mit Wucht an den Haaren gepackt. Ihr Körper ist gezwungen, ihrem Kopf zu folgen. Hart schlägt sie rückwärts auf eine Wurzel. Ein Schwall Sterne explodiert in ihrem Kopf. Sie rollt sich zur Seite und wird von dem Tritt des Stiefels in der Nierengegend gestreift. Sie versucht, nach dem Peiniger zu treten. Der nächste Schlag trifft sie mit voller Wucht am Oberschenkel. Dann ist der Kerl über ihr. Sie rammt ihm das Knie des gesunden Beins in den Schritt. Das Gewicht des Mannes prallt auf sie. Doris kann sich nicht mehr bewegen. Durch das offene Visier über ihrem Gesicht starren sie zwei blutunterlaufene Augen an. Irgendetwas Nasses rinnt ihr ins Gesicht. Sie versucht, den Kopf wegzudrehen. Er packt ihr Gesicht. Sie bekommt eine Hand frei und greift in das Visier, bleibt an irgendetwas hängen und reißt daran. Der Kerl schreit auf. Dann packt er ihre Hand und klemmt sie zu seinem anderen Handschuh, mit dem er bereits ihren zweiten Arm festhält. Er zückt ein Messer und führt eine blitzschnelle Bewegung von ihrem Bauch hoch zu ihrem Hals. Doris hört etwas aufplatzen und spürt eine Entspannung über ihrer Brust. Ist es ihr Hemd oder hat er ihre Haut aufgeschlitzt? Keine Schmerzen. Der Kerl zieht mit den Zähnen den Handschuh von seiner Hand und reißt die letzten Fetzen ihres Hemdes auf: »Bevor ich dich absteche, will ich aber noch was von dir haben.« Sie schreit, er stopft ihr den Handschuh in den Mund ...

Doris reißt die Augen auf, schnappt nach Luft und bekommt einen Hustenanfall. Das Wasser in der Badewanne ist kalt. Eine Zeitschrift treibt im Wasser. Doris klammert sich an den Rand und versucht, das Wasser aus den Bronchien zu husten. Sie steigt keuchend aus der Badewanne und kauert sich auf die kalten Fliesen. Sie erbricht eine Mischung aus Badewasser und Gallenflüssigkeit. Als sie wieder halbwegs zu sich kommt, legt sie den dicken Frotteebademantel um. Auf dem Balkon läßt der Hustenreiz nach. Die Gärten liegen ruhig da wie immer. Vögel zwitschern, von fern rauscht der Straßenverkehr. Der Traum ist noch nah. Sie geht auf und ab. Dann nimmt sie das Telefon, wählt Maries Nummer und legt gleich wieder auf. Sie zieht sich hastig an und geht ein wenig taumelnd mit noch nassem Haar aus dem Haus.

Elfie, die gute Seele der Anwaltskanzlei Hecht, telefoniert: »... nicht da. Sollte er noch kommen, richten Sie bitte Herrn Hecht aus, er soll sich dringend im Büro melden.« Sie legt den Hörer auf und begrüßt Doris.

»Hast du einen Unfall gehabt?«

»Nein, wieso?«

»Du siehst aus, als wärst du angefahren worden. Einen Termin hast du nicht?«

»Ich bin nur auf gut Glück hier«, antwortet Doris.

»Macht nichts, setz' dich, ein Termin hätte dir auch nichts genutzt, der Chef ist seit gestern unterwegs. Es ist Vollmond, wenn du weißt, was ich meine. Ich telefoniere gerade seine Kneipenroute durch. Christa mußte ich zum Gericht schicken. Da haben wir heute Verhandlungstermin in einer größeren Strafsache.«

»Und Christa soll Hecht vertreten?« Doris setzt sich vorsichtig in einen Kunstledersessel.

»Sie versucht, dort einen anderen Anwalt aufzutreiben. Sie wird wohl hoffentlich einen finden, der sich das Honorar in die Tasche steckt. Ein paar Minuten bleiben ja noch, um die Akten zu überfliegen und vielleicht nochmal mit dem Mandanten zu sprechen.«

»Was bedeutet das für den Prozeß?«

»Mich würde nicht wundern, wenn es auf eine Gefängnisstrafe hinausläuft, obwohl Aussicht auf Bewährung besteht.«

»Nur weil Günther zum Werwolf wird?«

»Das ist der treffende Ausdruck. Eben war so ein Gelegenheitsstricher hier und wollte 50 Mark haben. Der Chef hat ihm heute Nacht angeblich versprochen, er könne sich die Kohle hier im Büro abholen.«

»Und, hast du bezahlt?«

»Wo denkst du hin? Ich wüßte noch nicht einmal, wie ich das Geld verbuchen sollte.«

»Vielleicht unter Spesen?«

»Warum siehst du so gerupft aus?« wechselt Elfie das Thema.

»Ich bin im Wald hingefallen.«

»Deine Joggerei bringt dich nochmal um.«

»Da hast du gar nicht so unrecht.«

»Einen Kaffee?«

»Danke, ich bin schon genug aufge ...«

Die Tür wird aufgerissen und Hecht stürzt herein. Seine sonst so akkurat sitzende Frisur steht auf Sturm. Die Krawatte baumelt lose um den Hals und sein Markenzeichen, die dicke Hornbrille, fehlt. Er macht einen Schlenker und stoppt abrupt vor Doris: »Oh, guten Tag, Frau Morgen, so eine hübsche Klientin dürfen wir nicht warten lassen, kommen Sie gleich durch in mein ...«

»Herr Hecht, es wartet schon jemand in Ihrem Büro«, unterbricht ihn Elfie.

»Gut, dann bis gleich, Frau Morgen.«

»Elfie, bieten Sie der Dame doch bitte in der Zwischenzeit einen Cognac an.«

Als Hecht durch der Tür ist, winkt Doris ab: »Danke, meine Angelegenheit ist damit erledigt, ich glaube, seine Beratung bringt heute nicht viel.«

»Wir haben sowieso keinen Alkohol im Büro. Tut mir leid, Doris, ich würde auch am liebsten abhauen.«

»Ich rufe das nächste Mal vorher an oder schaue im Kalender nach, wann Vollm ...«

Die Tür des Anwaltszimmer fliegt auf, Hecht taumelt herein und schluchzt: »Er stirbt, ich hab' ihn umgebracht.«

Elfie springt auf und läuft ins Anwaltszimmer. Durch die offene Tür erblickt Doris einen Mann mit heftig blutender Kopfwunde, der sich über den Schreibtisch beugt.

»Mörder, Mörder!« röchelt er und kippt vollends auf die Tischplatte.

»Degenhardt hat angefangen, wollte partout nicht von meinem Stuhl aufstehen und hat mich auch noch gehauen.«

»Das hast du auch verdient«, kommt es röchelnd aus dem Nebenzimmer.

»Ruft doch einen Krankenwagen! Ihr seid alle Zeugen, das war Notwehr«, zetert Hecht.

»Die Bestie wollte mich erschlagen« stöhnt das Opfer.

Elfie hat einen Packen Kleenextücher abgerissen und preßt sie auf Degenhardts Wunde.

»Es scheint nur eine Platzwunde zu sein, muß wahrscheinlich genäht werden«, ist ihre Diagnose.

»Das kommt dich teuer, Günther!« wettert Degenhardt, der Elfie die Kompresse aus der Hand genommen hat und sie selbst an die Wunde preßt.

»Womit haben Sie denn zugeschlagen, Chef?«

»Mit dem Telefonhörer« antwortet Hecht. »Der sitzt da in meinem Sessel und telefoniert auf meine Kosten nach Österreich!«

»Und wer bezahlt mir meine Zeit, ich habe eine Stunde gewartet.« Degenhardt ist aufgestanden und geht auf Hecht zu, der zurückweicht.

»Eine Stunde hat er ins Ausland telefoniert, auf meine Kosten. Das setzen wir ihm auf's Honorar.«

Doris schlüpft zur Tür hinaus. In der Fleischstraße kauft sie in einem Waffengeschäft ein Tränengasspray.

Wenig später bemerkt sie in der Brotstraße einen schick gekleideten Mann, der das gestern beobachtete Schuhgeschäft betritt. Graues Haar, in der Hand eine Aktentasche, wirkt neu, kein Hinken, kein Verband – keine sichtbaren Folgen vom Überfall. So schnell wie es ihre schmerzenden Beine zulassen, eilt sie zum Schaufenster. Der Mann ist nicht mehr im Verkaufsraum zu sehen. Er ist wohl in sein Büro gegangen. Doris' finsterer Gemütszustand hellt sich ein wenig auf.

Im Weinladen in der Nähe ihrer Wohnung kauft sie ein paar Flaschen Bordeaux. Sie lädt den Einkauf hinter der Tür in der Diele ab. Es ist ruhig im Haus. Das Wohnungsschloß ist immer noch das alte. Irgendwas stimmt nicht. Ist hier noch jemand? Sie weicht ins Treppenhaus zurück. Unter ihr wohnen Studenten. Auf das Klingeln folgt keine Reaktion, Semesterferien.

Ganz unten öffnet die hilfsbereite Frau Keller: »Guten Tag, Frau Morgen, was ist passiert? Hatten Sie wieder ... ich meine, so eine Attacke?«

»Ich wollte mich bedanken, wegen letzter Woche.«

»Keine Ursache, das war doch selbstverständlich. Kommen Sie doch rein.«

»Danke, ich muß wieder zurück, ich erwarte Besuch. Eine Frage, haben Sie am Wochenende etwas Ungewöhnliches von oben gehört.«

»Nein, war etwas?«

»Bei mir ist eingebrochen worden.«

»Hier im Haus? Bei Ihnen, wann, ist was gestohlen worden?«

»Zwischen Freitagabend und Montagmorgen, ich war über's Wochenende verreist.«

»Ich habe nichts gehört. Die Studenten sind auch nicht da. Das muß ich meinem Mann erzählen. Da kriege ich ja noch im Nachhinein einen Schreck. Die hätten ja auch zu uns kommen können. Waren Sie im Krankenhaus?«

»Nein, ich war verreist.«

»Aber Sie sehen so aus, als ob ...«

»Ich bin gestürzt.«

»Schon wieder auf der Treppe, die müßte auch unbedingt mal in Ordnung gebracht werden!«

»Nein, ich bin beim Joggen gestürzt, es sind nur ein paar Schrammen.«

»Kann ich was für Sie tun?«

»Nein, aber Sie könnten einen Kaffee mit mir trinken, bei mir oben.«

Die Frau zögert: »Ich will Ihnen keine Umstände machen.«

»Ganz im Gegenteil, ich würde mich freuen.«

»Ich lege meinem Mann nur noch einen Zettel hin.«

»Entschuldigen Sie die Unordnung«, Doris spricht betont laut, als sie ihre Wohnung betreten. In der Küche läßt sie die Tür angelehnt, bietet der Besucherin einen Platz auf dem Balkon an und setzt Kaffee auf. Wenn noch jemand da ist, kann er jetzt unbemerkt verschwinden. Nach einer Weile macht sie die Küchentür weiter auf und lauscht in die Diele. Mit einem hölzernen Steakklopfer in der einen Hand und dem Tränengas in der anderen drückt sie nacheinander die Türen zu den übrigen Räumen auf. Im Schlafzimmer schaut sie zuerst unter das Bett. Sie öffnet den Kleiderschrank und schiebt die Kleider so weit auseinander, bis sie sicher ist, daß sich niemand dazwischen versteckt.

*

Walde läßt sich von Harry zu seiner Wohnung bringen. Dort zieht er sich um, packt das Werkzeug weg und stopft das eben getragene Hemd mit der Baseballkappe und ein paar alten T-Shirts in eine Plastiktüte.

Zurück im Auto fragt er Harry: »Hast du schon den Baumarkttypen ...?«

»Der war auf einem Skatturnier in Langsur, hat sogar in der Mannschaftswertung irgendeinen Preis gemacht.«

»Schon wieder einer, ich hatte gestern auch einen, der das behauptet hat.«

»Ich habe schon mit dem Veranstalter in Langsur gesprochen, waren ein paar hundert Leute dabei, ich kann nachher die Turnierunterlagen bei ihm einsehen.«

»Ich komme mit«, sagt Walde.

Auf dem Weg nach Langsur wandert die Tüte in einen Kleidersammelbehälter der Caritas. Die Sonnenbrille, Anna hatte sie im Handschuhfach des *Volvo* vergessen, legt Walde auf dem Tisch einer Parkbucht hinter Igel ab.

»Welche Farbe wünschst du?« fragt Harry.

»Wofür?«

»Für das Auto, das müssen wir ja wohl umspritzen.«

Die beiden Namen finden sich in der Teilnehmerliste des Langsurer Turnierleiters. Auf der Rückfahrt schlägt Harry vor, beim Italiener am Weiher eine Pause einzulegen.

»Der Italiener steht nicht auf deiner roten Gastronomieliste? Da wird also nicht gekifft, gedealt oder mit Diebesgut gehandelt, Harry?«

»Man kann im Prinzip nirgends vor Kriminalität sicher sein oder davor, einen seiner Kunden zu treffen, die Polizeikantine einmal ausgenommen, das müßtest du doch wissen.« Harry steuert den Wagen wie immer zu schnell über die Bundesstraße entlang der Mosel.

»Was soll das heißen? Du warst beim RD, nicht ich«, sagt Walde.

»Ich weiß, daß dich das wenig schert. Aber ich will ab und zu auch mal abschalten können. Wenn ich schon überlegen muß, woher ich die Typen am Nebentisch kenne, ob ich sie mit Haschisch oder Koks erwischt habe, dann ist mir die Feierabendlaune versaut.«

»Was heißt hier Feierabendlaune? Unser Dienst ist noch nicht zu Ende!«

»Du machst doch sowieso nie Feierabend.« Harry überholt mit hoher Geschwindigkeit einen holländischen PKW mit Wohnanhänger und schert knapp vor dem Gegenverkehr wieder ein.

*

Die Klingel läßt Doris zusammenzucken. Jo ist an der Sprechanlage. Beladen mit zwei Metallrohren und einem scheppernden Rucksack steigt er die Treppe hoch.

»Willst du mich vor dem Einsprühen noch weichklopfen oder wie ist die Reihenfolge?« fragt er mit Blick auf Doris' Hände, die zu einer Umarmung ansetzen und immer noch das Tränengas und den Steakklopfer halten.

»Ich bin froh, daß du da bist. Komm rein. Der Kaffee ist fertig.« Sie küßt ihn auf die Wange und führt ihn auf den Balkon.

»Darf ich vorstellen, Herr Ganz, Frau Keller, sie wohnt unten im Haus.«

»Wo auch sonst?« murmelt Jo und schüttelt ihr die Hand. Er untersucht die Balkontür. »Die braucht man nur ein wenig anzuheben, dann ist sie auf. Da muß ein Riegel vorgeschoben werden.« Jo tippt auf die Rohre.

»Die sind für mich? Ich dachte, hier wäre irgendwo Sperrmüll in der Nähe.«

»Da liegst du nicht falsch. Die Vierkantrohre sind wirklich vom Sperrmüll, die haben seit Jahren in unserem Schuppen auf ihre nächste Aufgabe gewartet. Ich habe sie mit einem Roststopper behandelt, du mußt sie nur mal bei Gelegenheit lackieren. Die andere Stange kommt vor die Wohnungstür, dann bist du sicher.«

»Ich habe schon ein Sicherheitsschloß und eine Kette gekauft, das war ein Tip von Walde.«

»Was mischt der sich denn in Sachen ein ..?«

»Danke für den Kaffee, ich muß gehen!« verabschiedet sich Frau Keller.

Als Doris aus der Diele zurückkommt, hat Jo seinen

Rucksack ausgepackt und Werkzeuge, Schrauben und mehrere U-förmig gebogene Eisen auf dem Boden des Balkons ausgebreitet: »Ich nehme das von eben zurück, Walde hat schon recht mit seinem Tip, bei einem Sicherheitsschloß ist die Wohnung auch während deiner Abwesenheit sicher. Du kannst ja nicht die Stange vor die Wohnungstür legen, wenn du ausgehst. Ist aber auch eine Ecke teurer.«

Als Walde Stunden später vor der Tür steht, hat Jo beide Türsicherungen angebracht. Die angelehnte Wohnungstür läßt sich durch die vorgelegte Kette nur einen Spalt öffnen. Walde stellt seine Werkzeugkiste ab und klopft.

»Wer ist da?« fragt Jo hinter der Tür.

»Ich bin's.«

»Wer ist da?«

»Mach' keinen Quatsch!«

»Die Stimme kommt mir zwar bekannt vor, aber wie kann ich sicher gehen, daß Sie auch wirklich Herr Bock sind. Wie lautet ihre Dienstnummer?«

»4711, 23,5 und 5,5 in EURO!«

»Ihren Dienstausweis bitte!«

Walde kramt in seinem Portemonnai und reicht den Ausweis der *Gesellschaft für Nützliche Forschungen* durch den Schlitz. Die Tür knallt zu und wird einen Augenblick später ganz geöffnet.

»Der Ausweis ist gefälscht, ich habe ihn gleich entwertet.« Jo drückt Walde die Schnipsel in die Hand. Walde bückt sich und zieht mit grimmigem Blick einen Hammer aus der Handwerkskiste. Jo weicht einen Schritt zurück: »Herr Kollege, es ist eine Dame anwesend. Ich habe Ihnen lediglich Fragmente meines abgelaufenen Wochentickets der Verkehrsbetriebe Trier überreicht.«

Vorsichtig streckt er den Vereinsausweis nach vorn.

Doris kommt in die Diele und wendet sich an Walde: »Ich wollte was vom Chinesen holen.«

»Danke, ich habe schon zu Abend gegessen.«

»Dann trinkst du was mit, Jo, kümmerst du dich bitte um Walde.«

Als Doris gegangen ist, nehmen Jo und Walde am gedeckten Balkontisch Platz. Jo holt ein Glas und einen weiteren Teller aus der Küche und schenkt Walde ein.

»Danke Jo, was macht die Reblaus?«

»Und du sagst es niemandem weiter?« fragt Jo.

»Großes Ehrenwort«, Walde hält Daumen, Zeigefinger und Mittelfinger der rechten Hand in die Höhe.

»Ich mußte sie mangels Beweisen freilassen. Nirgendwo steht geschrieben, wo das zu geschehen hat. Deshalb schenke ich ihnen in der Regel in meinem Revierhof die Freiheit. Meines Wissens hat es noch keine geschafft, wieder in einen Weinberg zu gelangen. Entweder werden sie von Fußgängern zertreten oder auf der Straße überfahren.«

»Das ist ja Selbstjustiz!« Walde trinkt einen großen Schluck, lehnt sich zurück und genießt einen kühlenden Windstoß.

»Was soll ich machen, sollen wir uns ohne Gegenwehr die guten Trauben wegfressen lassen? Also, wenn es um den Schutz des Weines geht, ist mir jedes Mittel recht, auch das, meine Mitbürger, besonders die mit überdurchschnittlicher Schuhgröße, als Todesschwadrone zu gebrauchen.«

Jo schenkt wieder Wein nach und stellt die leere Flasche neben das Balkongeländer.

Doris nimmt den Umweg durch die belebtere Fußgängerzone zum Chinesen an der Basilika. Sie hat zuhause ein Glas

Wein getrunken. Während der Wartezeit beim Chinesen bekommt sie einen Pflaumenwein serviert. Das gibt ihr den Mut, den Rückweg über den menschenleeren Domfreihof einzuschlagen. Ihr ist unbehaglich zumute, als spüre sie einen Blick auf ihrem Rücken. Schnell geht sie zwischen den Absperrpfosten in die Gasse *Sieh um Dich*. Unwillkürlich schaut sie zurück. Am anderen Ende des Platzes werden vor einem Weinlokal Stühle zusammengekettet. Sie wechselt die übereinandergestapelten Essenskartons in die linke Hand und dreht in der rechten das Tränengas in Position. Sie hätte Walde bitten sollen, sie zu fahren. Ihr *Fiat* steht im Parkhaus. Es ist ihr sehr schwer gefallen, ihn heute dorthin zu bringen. Sie kann sich im Moment nicht vorstellen, den Wagen so bald wieder dort abzuholen. Von hinten bläst ein leichter Wind. Cellophan und Papierschnipsel werden über den Boden gewirbelt. Plötzlich knattert ein Motorrad. Von den eng zusammenstehenden Mauern hallt der Lärm zurück. Doris wirft sich mit dem Rücken gegen die Mauer. Die Schulter, auf die sie am Nachmittag gestürzt ist, schmerzt höllisch. Die Kartons mit dem Essen fallen auf das Pflaster. Das Motorrad hält an. Es sind zwei. Der Sozius steigt ab und kommt auf sie zu. Die Maschine knattert weiter. Doris drückt sich von der Wand ab und hebt die rechte Hand mit dem Spray.

Der Sozius bleibt stehen und nimmt den Helm ab: »Entschuldigung, kann ich Ihnen helfen?« Er ist kaum 20 Jahre alt. Als Doris den Arm sinken läßt, bückt er sich und sammelt die Schachteln mit den verschiedenen Gerichten vom Boden auf und reicht sie Doris.

Als sie die Dielentür schließt, lehnt sie sich zurück. Die beiden auf dem Balkon haben sie scheinbar nicht gehört.

Jo sagt gerade: »Géraldine Chaplin, Mia Farrow oder Catherine Deneuve sind für mich nur zweidimensionale Filmgestalten, ich habe das Gefühl, irgendwie immer für die unberührbaren Frauen geschwärmt zu haben. Schwärmen ist wirklich das richtige Wort, da war und ist kein Sex im Spiel.«

»Das sehen aber manche ganz anders.«

»Bei Mia Farrow waren das aber höchstens der Teufel oder Woody Allen.«

»Du vergißt Frank Sinatra«, bemerkt Walde.

»Der war doch auch schon ein alter Mann, so wie Carlos Saura bei Geraldine Chaplin.«

»Und die Deneuve?« fragt Walde, dreht die Flasche und studiert das Etikett.

»Eine schöne Frau, so würde wahrscheinlich heute die Jungfrau Maria aussehen! Fällt dir eine Sexszene mit der Deneuve ein? Mir auch nicht. Auch wenn es so im Drehbuch stand, kam sie für mich nie als solche rüber, auch nicht in 'Belle de jour'. Abgesehen davon, daß ich schon lange nicht mehr im Kino war und zu Hause normalerweise keinen Fernseher anschalte. Und das ganz ohne anthroposophischen Hintergrund. Die vergeudeten Stunden vor der Glotze setze ich anders ein. Da helfe ich lieber mal Philipp bei den Hausaufgaben oder verwöhne Marie ...«

Doris löst sich von der Tür und geht durch die Küche auf den Balkon.

»Was hast du denn damit gemacht?« sagt Jo, der Doris einen eingedrückten Karton abnimmt und auf den Tisch stellt.

»Ist mir hingefallen. Ein Motorrad ist durch die *Sieh um Dich* gedüst und hat mich erschreckt.«

»Darf es doch gar nicht.«

»Deshalb habe ich nicht damit gerechnet ...«

»Hast du das Kennzeichen?« fragt Jo.

»Sie haben angehalten und sich entschuldigt.« Doris öffnet die Packungen und verteilt das Essen auf die Teller.

»Und du, was ist mit dir?« sagt Walde, der Doris davon abhält, ihm noch mehr auf den Teller zu häufen.

»Ich habe keinen Appetit.«

»Soll das heißen, du besorgst uns unter Einsatz deines Lebens ein Abendessen und willst selbst nichts anrühren?«

Jo hat sein Besteck durch zwei Stäbchen aus einem Tonkrug auf der Arbeitsplatte ersetzt und hält den Teller dicht an den Mund.

»Wenn ich es so wie du mache, ist das Stäbchenessen keine Kunst«, bemerkt Walde.

»Was hast du, die Chinesen schaufeln genauso, die haben doch auch keine Zeit, ein Reiskorn nach dem anderen zu picken, die essen sogar Suppe mit Stäbchen ...«

»... und fahren demnächst mit dem Fahrrad zum Mond«, unterbricht Walde. »Ich weiß, du warst ja schließlich schon da, ich meine, nicht auf dem Mond, in China, du bist Experte.«

Doris stochert in ihrem Essen, es schmeckt wie eine Mischung aus faulem Gras und Styropor.

Das Telefon klingelt. Als Doris zurückkommt, schenkt Jo Wein nach: »Schmeckt ausgezeichnet. Doris, was ist los?«

»Ich bin beim Joggen gestürzt.«

»Hast du dich verletzt?«

»Nein, nur ein paar blaue Flecke, ein Motorrad ...«

Jo unterbricht sie: »Schon wieder ein Motorrad und obendrein im Wald, oder bist du auf der Straße gelaufen, ist man denn nirgends mehr vor diesen Heinis sicher? Hast du denn von dem die Nummer oder hat der sich auch entschuldigt?«

»Hat er nicht«, Doris schüttet ihr Essen in den Katzennapf und geht in die Küche: »Einen Kaffee?«

»Wie ungemütlich«, beschwert sich Jo: »Wir sind doch noch beim Essen und du räumst schon den Tisch ab. Für mich keinen Kaffee, mein Bus geht bald, aber Kollege Walde scheint Interesse zu signalisieren.«

»Jetzt weiß ich auch, warum du aus den Rebläusen nichts rauskriegst, wenn du immer gleich soviele Fragen auf einmal stellst«, bemerkt Walde.

»Darf ich mal?« Jo greift nach Waldes linkem Arm und zieht ihn zu sich rüber, um auf die Armbanduhr zu schauen.

»Warum fragst du nicht?«

»Ich höre nicht gerne zu, wenn jemand mit vollem Mund spricht. Tut mir leid, es wird Zeit für mich.« Jo steht auf, packt seinen Rucksack und schultert das Vierkantrohr: »Doris, du weißt ja, wie alles funktioniert, und vergiß nicht, den Riegel vorzuschieben, Walde hilft bestimmt beim Abwasch!« Er drückt Doris einen Kuß auf die Wange und geht.

Schweigend räumen Walde und Doris den Tisch ab. Als Walde gehen will, hat Doris bereits zwei Tassen Kaffee eingeschenkt. Auf dem Balkon drehen sie ihre Stühle zum Geländer und schauen auf den in der einsetzenden Dunkelheit verschwindenden Garten. Doris hat Michel Petrucciani aufgelegt, hier draußen ist die Musik nur leise zu hören. Zwei Vögel führen eine abendliche Zwiesprache. Eine Schwade Rauch zieht vorüber.

Doris bricht das Schweigen: »Wird wohl in der Nähe gegrillt.«

»Was hast du gesagt?«

»Es grillt jemand hier in der Nähe.«

Walde fragt: »Hat die Geschichte mit dem Motorrad was mit dem Einbruch zu tun?«

Doris seufzt: »Wie kommst du darauf?«

»Ich spüre, wenn jemand Angst hat.«

Doris antwortet nicht, Petruccianis freundliches Spiel steht im krassen Gegensatz zu ihren Gefühlen. Das ferne Knattern eines Mopeds erinnert sie an den Nachmittag. Kann es noch schlimmer kommen, wenn sie Walde einweiht?

»Hast du jemand, der Bescheid weiß und dir beisteht?« Walde schaut in den dunklen Garten.

»Ich war heute beim Anwalt, aber ... das hat nicht geklappt.«

»War die Geschichte mit dem Motorrad im Wald kein Zufall?«

»Nein, auf keinen Fall, ich glaube, ich habe den Typ erkannt.«

»Wer war es?«

»Einer von den Leuten meines alten Chefs, der arbeitet auf dem Reiterhof und hilft beim Eintreiben der Mieten et cetera aus.«

»Und warum war er hinter dir her?«

»Das war sicher in Räumers Auftrag.«

»Der mit den Immobilien und dem Möbelladen ...«

»... und dem Pferdehof und der Reinigung, wobei letztere Schnee von gestern ist.«

»Darf ich fragen, was du ihm getan hast?«

Der Mond lugt hinter den Dächern hervor und wird schnell zu einer großen, gelben Scheibe.

»Eigentlich überhaupt nichts, außer ein paar Jahre für ihn zu schuften. Naja, ich habe zuletzt einen Tisch in seinem Büro umgeworfen und heißen Kaffee über seine Hose gekippt.«

»Wann war das?«

»Ist schon ein paar Monate her. Es ist noch etwas anderes, ich bin vor ein paar Tagen ihm, besser gesagt, seinen krummen Geschäften, zu nahe gekommen.«

»Das verstehe ich nicht ganz.«

»Er will mir wahrscheinlich einen Denkzettel verpassen ...«, Doris starrt vor sich hin, »... oder mehr, heute Mittag war es mir nicht mehr egal.« Sie erzählt Walde, was geschehen ist, wobei sie den Überfall im Parkhaus verschweigt.

»Die Polizei willst du rauslassen?« fragt Walde.

Doris nickt.

»Wahrscheinlich denkt Räumer genauso. Nur hat er Leute, die das für ihn regeln.«

»Eben kam schon wieder einer dieser Drohanrufe, ich habe jetzt das Telefon ausgestöpselt. Ich werde morgen etwas mit dem Anwalt unternehmen.«

»Was hast du vor?«

»Ich weiß von Dingen aus Räumers Geschäftsleben und werde ihm über den Anwalt mitteilen, daß er bei der nächsten Aktion gegen mich mit Konsequenzen zu rechnen hat.«

»Und das soll wirken?«

»Ich denke schon, nur weiß ich im Moment nicht, welchen Auftrag er seinen Leuten gegeben hat.«

»Für heute kann ich dir nur anbieten, daß du zu mir kommst. Gegen ein Brecheisen hilft die Türkette nichts.«

»Aber ich kann doch nicht schon wieder ...«

»Ich kann auch hierbleiben, aber du weißt ja, daß ich genug Platz habe.«

Vor dem Haus ist niemand zu sehen. Die Straße ist leer. Der *Volvo* ist ein Stück weiter geparkt. Jenseits der Baugrube steht im Eingang des Nachbarhauses eine Gestalt. Walde geht ein paar Schritte vor. Es ist ein kleiner Junge, der sich nach der Klingelleiste reckt und bei Waldes plötzlichem Auftauchen zusammenzuckt.

Walde fragt den Jungen: »Kann ich dir helfen, wo willst du denn klingeln?«

»Na da«, der Kleine zeigt auf die Leiste.

»Da sind aber viele verschiedene, wie heißt du denn?«

Keine Antwort.

»Ist es die unterste?«

Der Junge nickt.

Walde klingelt.

»Jetzt müssen wir aber ganz schnell laufen«, ruft der Junge, seine raschen Schritte hollern laut über die Bretter der Grube. Walde greift Doris' Hand und zieht sie mit sich: »Beeil dich, wir müssen hier weg.«

Aus der Sprechanlage hinter ihnen tönt eine heisere Stimme mit einem lauten »Hallo?«

Als sie wieder langsamer werden, lacht Doris: »Ihr beide habt doch nicht etwa ..?«

Er hält immer noch ihre Hand. Sie erwidert den Druck, bis sie am Auto ankommen. Walde bedauert, daß er so nah einen Parkplatz gefunden hat.

Am Wagen reicht er ihr die Schlüssel: »Ich habe zuviel Wein getrunken, oder ist dir die Kiste zu groß?«

Doris fährt, damit Walde nach Verfolgern Ausschau halten kann, einmal um den ganzen Alleenbereich. Wenn sie in den Innenspiegel schaut, kommt es ihr vor, als wäre die Heckscheibe zehn Meter weit entfernt. Vor Waldes Haus ist ausreichend Platz, um vorwärts einzuparken.

In Waldes Zimmer steht der Kleiderschrank offen, sonst scheint gegenüber dem Morgen nichts verändert zu sein.

»Das Bett ist noch bezogen. Ich war heute nur kurz hier, um mich umzuziehen.« Er hält inne und schaut Doris durchdringend an. Sie überlegt, wenn er jetzt vorschlägt, daß er zur Sicherheit bei ihr im Zimmer übernachtet, wäre sie enttäuscht.

Doris deutet auf die Musikinstrumente: »Du spielst in einer Band?«

»Band ist übertrieben, ich improvisiere mit ein paar Leuten zusammen.«

»Habt ihr auch Auftritte?«

»Wir haben noch nicht einmal einen Namen. Wenn du willst, kann ich dir ein paar Takte von der Aufzeichnung der vorletzten Probe vorspielen.«

Als Doris nickt, legt Walde eine Kassette ein und begleitet die Aufnahme auf dem Kontrabaß. Tief über das Instrument gebeugt, zupft er die Saiten und schüttelt nach wenigen Takten rhythmisch den Kopf.

Doris setzt sich in einen Sessel und lauscht.

Nach wenigen Minuten stellt Walde den Baß an die Wand: »Das hat Uli zuhause noch etwas aufgefrischt.«

»Bis zur Improvisation habe ich es nie gebracht«, sagt Doris. »Beim Zeichnen brauche ich immer ein Motiv, an dem ich mich orientieren kann. Deshalb hab' ich auch nicht die Aufnahmeprüfung für Grafik geschafft und bin bei der Mode gelandet.«

»Vielleicht hast du Angst loszulassen?«

»Was loslassen?«

»Die Realität, die Ordnung, das Gewohnte.«

»Da muß ich mal drüber nachdenken.« Doris nimmt ein Plektrum von der Lehne.

»Komm, wir setzen uns in die Küche«, fordert Walde sie auf. Dort stellt er Käse auf den Tisch. »Kann ich mich darauf verlassen, daß du es für dich behältst, dann erzähle ich dir, was ich heute Mittag verzapft habe.«

Doris nickt.

Er erzählt von seinem durch die Alarmanlage enttarnten Einbruch.

»Kann dich das den Job kosten?«

Walde nickt. Danach essen sie schweigend.

»Also«, beginnt Doris, »der Räumer denkt, der Überfall im Parkhaus habe ihm gegolten. An dem Tag hatte er viel Schwarzgeld dabei.«

»Und war es so?« Waldes Augen werden groß.

»Er hat mich vor- und nachher gesehen, mehr will ich dazu nicht sagen.«

Walde pfeift durch die Zähne: »Kannst du das Geld zurückgeben?«

»Wie stellst du dir das vor?«

»Du schickst es zurück.«

»An das Schuhgeschäft?«

»Nein, ans Präsidium mit einem Reuebekenntnis.«

»Und du meinst, dann wird nicht mehr ermittelt?«

»Das schon noch, aber die Motivation wird nachlassen, wenn die Beute aufgetaucht ist ... und falls du geschnappt wirst, wird das Gericht ... Aber damit bist du Räumer und seine Leute nicht los.«

*

Gabi Wagner kommt, begleitet von einer Kollegin, Walde auf den Stufen vor dem Präsidium entgegen: »Die Saarburger haben gerade den Knipser gefaßt, wir fahren hin, kommst du mit?«

Der *Knipser*, so genannt, weil er Kinder anspricht, um sie angeblich zu fotografieren, war in den letzten Wochen verstärkt an der Saar in Erscheinung getreten. Ein beunruhigter Vater hatte kurz nach acht Uhr die Polizei gerufen, als er den Mann dabei beobachtete, wie er sich an eine 13jährige Fahrradfahrerin ranmachte.

»Warum laßt ihr ihn nicht herbringen?«

»Die haben nicht genug Leute, es ist Urlaubszeit, außerdem wohnt er in der Gegend, und da können wir uns gleich bei ihm zu Hause umgucken.«

Im Keller des Saarburger Polizeireviers wird vor ihnen eine niedrige Holztür mit dicken Eisenbeschlägen aufgeschlossen. Der Mann ist Mitte Fünfzig, untersetzt, rotgesichtig mit Knubbelnase. Er steht von der Pritsche auf und ist sichtlich um Fassung bemüht, als die beiden Frauen und Walde in die Zelle eintreten. Gabi Wagner gibt ihm seine Schnürsenkel zurück, und er fädelt sie zittrig ein. Walde untersucht die aluminiumfarbenen Kamerakoffer; er findet zwei große Kameragehäuse, etliche Köcher mit verschiedenen Objektiven und Filtern, eine kleine Tasche mit zwei Kühlakkus und Filmen und einen Notizblock, auf dem Orte, Sehenswürdigkeiten und Tageszeiten notiert sind.

Es stellt sich heraus, daß der Mann in einem Fotogeschäft in Trier arbeitet und während seiner Freizeit Fotos für ein Urlaubsprospekt schießt. Dabei ist er stets, wie er es bezeichnet, um „lebendige Bilder“ bemüht und fordert alle möglichen Leute, unter anderem auch Kinder, auf, mal an einem Brunnen in den Wasserstrahl zu fassen oder sonstwie vor Sehenswürdigkeiten zu posieren. Ein Mofa besitzt er nicht. Er erklärt sich bereit, ohne Hausdurchsuchungbefehl in seine Wohnung zu fahren, bittet aber um Diskretion, da er sich verständlicherweise keinerlei Verdächtigung aussetzen will und obendrein Dirigent eines Musikvereins mit einem hohen Anteil an Jugendlichen ist.

Auf der Rückfahrt ins Präsidium besprechen sie den aktuellen Stand der Mofaermittlungen.

»Nach meiner Einschätzung«, sagt Gabi Wagner, »bleibt es bei zwei Leuten, die wir genauer überprüfen sollten, den Bäcker und den Fernmeldetechniker. Beide haben für den besagten Sonntagnachmittag kein Alibi. Eine Überwachung ist zur Zeit für unsere Abteilung personell nicht drin, wir könnten ihnen eine Vorladung schicken, oder sie besser noch zu Hause abholen und hier in die Mangel nehmen.«

»Dann sind sie aber gewarnt, und wir kommen ohne Kniffe bei der Vernehmung nicht weiter.«

»Bleibt uns wohl nichts anderes übrig.«

»Machen wir halbe-halbe«, sagt Walde, »den einen überwachen wir, den anderen bestellst du ins Präsidium.«

»Wie gesagt, ich habe nicht genug Leute«, entgegnet sie.

»Die Observierung übernehmen wir komplett, ich weiß auch schon, mit wem sich Harry abwechseln wird.«

Walde liest vom Bildschirm den Namen des beraubten Schuhgeschäftinhabers ab und schreibt ihn zusammen mit dem des Polizeipräsidenten und der Zahl 38.450,- auf einen Zettel. Harry kommt ohne anzuklopfen in sein Büro gestürmt. Er klingt erregt: »Ich soll mit dem bescheuerten Grabbe zusammen hinter der Backstube sitzen?«

»Nicht mit ihm zusammen, ihr wechselt euch ab«, entgegnet Walde. »Ich habe ihn schon drüben losgeeist.«

»Die waren wohl froh, ihn loszuwerden.«

»Oder willst du lieber den von der Telekom beschatten, du erinnerst dich an die Adresse?«

Harry stutzt.

»Harry, ich hol schon mal den Wagen!«

»Das hat auch nie im Drehbuch gestanden!« Harry rauscht zur Tür hinaus.

*

»Hallo, Marie, hab' ich dich aufgeweckt?«

»Nach der zweiten Tasse Kaffee wird dir das schwer gelingen. Woher rufst du an?«

»Das fragst du doch sonst nie.«

»Dazu hatte ich früher auch keinen Grund.«

»Aus Waldes Wohnung, wenn du es unbedingt wissen willst.«

»Aha.«

»Was soll das heißen?« fragt Doris und bleibt vor einem Bild in Waldes Diele stehen.

»Ich sagte nur: aha, mehr nicht.«

»Also, es ist nicht, wie du denkst ...«

»Aha, du denkst, ich denke ...«

Schweigen.

»Marie, deshalb rufe ich auch nicht an. Was hast du heute vor?«

»Urlaubsvorbereitungen, sonst nichts.«

»Dann will ich dich nicht stören.«

»So schlimm ist es auch wieder nicht, wir fahren erst am Wochenende, falls nicht wieder ein größerer Münzfund oder sonst etwas dazwischenkommt. Jo ist schon ganz früh zur Kiesgrube nach Biewer aufgebrochen, weil dort heute Moselaushub von unterhalb der Römerbrücke abgekippt wird.«

Sie verabreden, daß Marie sie später von Hechts Kanzlei abholt. Doris hat bis tief in die Nacht alles zu Papier gebracht, was ihr von Räumers krummen Geschäften der letzten Jahre einfiel. Es ist etliches zusammengekommen an Bestechungen, Immobiliengaunereien, illegalen Absprachen mit Konkurrenzunternehmen, Mietbetrug, Steuerhinterziehung, Abrechnungen von Luxemburger Firmen, die direkt auf Schwarzkonten gingen, bis zu Spendenbetrug über einen Verein, bei dem er Vorsitzender ist. Wenn nur ein Bruchteil dessen, was sie notiert hat, nachgewiesen wird, ist Räumer geschäftlich und gesellschaftlich erledigt und hat obendrein ein paar Strafverfahren am Hals.

Doris nimmt ein Taxi zu Hechts Kanzlei. Noch bevor sie sich bei Elfie im Vorzimmer nach dem Gesundheitszustand Degenhardts nach dem Schlag mit dem anwaltlichen Telefonhörer erkundigen kann, bittet Hecht sie in sein Büro. Mit blutunterlaufenen Augen schaut er sie an, als sie ihm ihr Anliegen vorträgt. Dann überfliegt er Doris' Aufzeichnungen und nimmt ein Diktiergerät zur Hand:

»Im Auftrag meiner hier ungenannt bleibenden Mandantin teile ich Ihnen mit: Meine (Ihnen bekannte) Mandantin hat weder Interesse an Ihrer Person noch an Ihren Geschäften. Sie wird sich in Zukunft bemühen, nach Möglichkeit alle Berührungspunkte mit Ihnen oder Ihren Unternehmungen zu vermeiden.
Andererseits besteht sie ihrerseits darauf, von Ihnen oder Ihren Mitarbeitern etc. nicht mehr behelligt zu werden. Eine Zuwiderhandlung gegen diese Forderung hat umge-

hend die Versendung einer sehr delikaten und ebenso detaillierten (an Eides statt abgegebenen) Erklärung über Sie und Ihre diversen vergangenen und gegenwärtigen Unternehmungen inklusive Nennung weiterer beteiligter Personen an interessierte Kreise zur Folge (Staatsanwaltschaft, Zoll, Presse etc.). Unter Zuwiderhandlung versteht meine Mandantin Zwischenfälle aller Art, ihre eigene Person oder ihr Eigentum betreffend, die auf äußere Einflüsse wie Gewalteinwirkung, Unfälle etc. zurückzuführen sind. Stichwortartige Auszüge der noch zurückgehaltenen Information finden Sie auf der beiliegenden Kopie.
P.S.: Weitere Ausfertigungen dieser eidesstattlichen Erklärung sind heute in einem Notariat mit der oben geschilderten Handlungsanweisung hinterlegt worden. Mit noch freundlichen Grüßen ...

So in Ordnung?« fragt Hecht und putzt sich die dicke Hornbrille.

»Ich denke schon.«

»Gut, ich mache selbst die Kopien und versiegele die Umschläge. Das Schreiben geht heute noch per Einschreiben mit Rückschein raus. Das mit dem Notar wird auch umgehend geregelt. Soll ich dir zwei Jungs von Degenhardt besorgen, die auf dich aufpassen?« Hecht schaut sie besorgt an.

»Danke, Günther, ist nicht nötig, ich werde abgeholt. Das hier bedeutet, daß du Räumer als Kunden nun endgültig vergessen kannst.«

»Ganz im Gegenteil, manche Gegenparteien haben sich später geradezu darum gerissen, von mir vertreten zu werden, besonders, wenn sie von mir gebissen worden sind. Jeder kann mal einen richtig scharfen Hund gebrauchen.«

Marie wartet vor der Tür. Auf dem Weg durch die Allee erzählt Doris, was sich im Wald zugetragen und was sie nun in die Wege geleitet hat.

»Das Ganze ist mir wirklich zuwider, aber mir bleibt nichts anderes übrig. Ich weiß nicht mehr, ob der Kerl mich gestern im Wald nur gehörig einschüchtern oder was er anstellen wollte.«

»Du meinst, die Sache ist ausgestanden?« fragt Marie.

»Noch nicht, erst mal muß Räumer das Schreiben haben und seinen Schläger zurückpfeifen. Deshalb wäre ich froh, ich könnte dir heute bei den Urlaubsvorbereitungen helfen und wäre damit aus der Schußlinie.«

Unterwegs nach Pfalzel kaufen sie im Supermarkt Lebensmittel und Getränke, von denen sie eine Kiste Sprudel für Jo zur Kiesgrube bringen. Über eine schmale Teerstraße pendeln matschverschmierte Lkw's zwischen einem Landesteg an der Mosel, an dem ein Löffelbagger aus einem Lastkahn eine tropfende braune Masse lädt, und einer öden Mondlandschaft aus Lehm und Steinen. Jo kommt erst nach mehrmaligem Hupen herbei. Dünne Rinnsale laufen über seine staubverkrustete Haut. Nach einem knappen Dankeschön geht er mit dem geschulterten Kasten wieder zu den anderen Männern zurück, die den Aushub mit ihren Geräten absuchen.

Es gibt auf dem Gelände weder Baum noch Strauch, in dessen Schatten Jo den Sprudel abstellen kann. Er legt seinen Rucksack und eine Schale mit der bisherigen Ausbeute an Münzen und Metallstücken auf die Kiste und nimmt einen tiefen Schluck aus einer Flasche. Um die piepsenden Kopfhörer der Männer um ihn herum zu übertönen, brüllt Jo: »Sprudel für alle!«

Bisher haben die Männer kaum ein Wort miteinander gewechselt. Bis auf Karl sind alle vom Goldfund am Kockelsberg da. Daneben sind noch fünf weitere Hobbygräber und drei Leute vom Landesmuseum bei der Suche. Letztere haben ebenfalls Suchgeräte dabei. Sie werden am Ende des Tages die größte Ausbeute haben, weil ihnen alle gefundenen Münzen abgegeben werden müssen. Eine Schar von Auserwählen darf hier unentgeltlich den Moselaushub durchwühlen. Was das Museum nach der Auswertung nicht braucht, wird an die Finder zurückgegeben. Da es sich nicht um irgendeinen Abschnitt der Mosel, sondern um die münzreiche Zone nur wenige Meter flußabwärts von der Römerbrücke handelt, hat das Museum diese besonderen Vorkehrungen getroffen. Auch nachts wird das Gelände beaufsichtigt.

»Ich geb' einen aus!« wiederholt Jo sein Angebot.

Frohnen, der Vorsitzende des Münzvereins, ist der Erste, der den Kopfhörer in den Nacken schiebt und von Jo eine Sprudelflasche in Empfang nimmt. Nach und nach gesellen sich andere dazu. Nach ein paar Minuten stehen bis auf die Museumsleute alle Gräber um den Sprudelkasten. Alle sind schweißnaß und haben dicke Lehmkrusten an Schuhen und Stiefeln. Obwohl schon reichlich Münzen gefunden wurden, kommt keine rechte Stimmung auf.

»Was ist bei Karl los, daß er nicht kommen kann?« fragt einer.

»Der hat es am Herzen seit der Geschichte mit der Poli... « Gerhard Frohnen, der Vorsitzende des Münzvereins, der selbst nicht beim Goldfund dabei war, gibt Antwort und schaut dabei Jo an.

»Bei mir waren sie auch.« Jo schildert die nächtlichen Ereignisse an der Schwesterklinik. Er spürt dabei in den

Blicken der umstehenden Männern eine Mischung aus Bewunderung, Neid und Mißtrauen.

»Deshalb bist du so früh am Freitagabend abgehauen. Du hättest uns ruhig sagen können, was du vorhast.« Hanni sieht Jo ernst an.

»Die meisten hier kennen mich seit Jahren ....«

»Komm«, unterbricht ihn Hanni. »Wir wollen jetzt keine Lebensbeichte, sag' nur, warum du allein hingegangen bist.«

»Das war ja nur eine Vermutung, daß der Rest noch auf der Baustelle liegt. Ich wollte gar nicht allein hin, hab' aber den Zelig nicht erreichen können.«

»Du wußtest doch, wo wir waren. Das ging am Kockelsberg noch bis in die Nacht«, wirft Hanni ein und hebt seine Baseballkappe an, um Luft an seinen verschwitzten Schädel zu lassen.

»Ich hab' gehört, daß ihr gefeiert habt. Sollten wir denn alle Mann, dazu noch angesäuselt, mitten in der Nacht in die Baugrube steigen? Das war, genau genommen, nichts anderes als Einbruch«, Jo greift mit der Hand in die Schale und läßt die unkenntlichen Münzen durch die Finger gleiten.

»Ich hätte mitgemacht«, ruft einer.

»Das glaub' ich dir«, entgegenet Jo. »Und wenn keine Münze da gewesen wäre und man uns erwischt hätte? Dann würdest du mich vielleicht jetzt fragen, warum ich nicht allein gegangen bin.«

»Wir sollten jetzt nicht vergessen, wem der Dank an der Rettung dieses historischen Goldschatzes gilt«, schaltet sich Frohnen wieder ein. »Ich freue mich darüber, daß dies ein Mitglied unseres Münzvereins geleistet hat.«

»Ich wäre auch nicht darauf gekommen, daß in der

Schwesterklinik noch ein zerrissener Topf liegt«, bemerkt Hanni und klopft Jo auf die Schulter.

Während Marie in ihrer Küche Sandwiches zubereitet und Kaffee kocht, ruft Doris Walde an und informiert ihn, daß sie tagsüber bei Marie bleiben wird. Danach telefoniert sie mit der Anwaltskanzlei. Elfie berichtet, daß Christa vor einer halben Stunde Räumer in seinem Möbelhaus persönlich das Schreiben überreicht hat.

»Was sagt Walde?« fragt Marie, als Doris aufgelegt hat.

»Er macht sich Sorgen um mich«, entgegnet Doris und rührt in ihrem Kaffee. »Das Schreiben ist zugestellt, hoffentlich läßt mich Räumer jetzt in Ruhe.«

»Ruf' ihn doch an, er weiß doch sowieso, woher das Schreiben kommt!« schlägt Marie vor.

»Du meinst ...« Doris rührt immer noch im Kaffee.

»Der läßt sich verleugnen.«

»Und wenn ich anrufe?« fragt Marie.

»Der kennt dich doch überhaupt nicht, und warum sollte ...«

»Wähle mal die Nummer«, sagt Marie und nimmt den Hörer.

»Was hast du vor?«

»Wirst du schon sehen!«

Als Doris wählt und Marie den Hörer übergibt, meldet sich diese mit: »Banque Générale du Luxembourg, Monsieur Räumer, s'il vous plaît.« Nach kurzer Pause bedankt sie sich und flötet mit übertriebenem Akzent: »Bonjour, Monsieur Räumer, ich verbinde, einen Augenblick bitte!«

Doris holt tief Luft, als ihr der Hörer in die Hand gedrückt wird: »Haben Sie das Schreiben erhalten?«

Als keine Antwort kommt, hakt sie nach: »Sind Sie

noch dran?«

Nach einem Räuspern hört sie seine Stimme. »Ich bin tief enttäuscht, das hätte ich nicht von Ihnen erwartet!«

»Wie bitte? Wer soll enttäuscht sein?«

»Sie waren für mich immer eine ganz besondere Mitarbeiterin.«

»Ach, haben Sie mich deshalb rausgeworfen und mir monatelang keinen Lohn gezahlt?«

Räumer schweigt und räuspert sich dann wieder. Doris wartet.

»Das war nicht so geplant«, beginnt Räumer. »Ich konnte Sie nicht informieren, ich kannte ja Ihr Verhältnis zur Belegschaft, aber ich wäre bestimmt wieder auf Sie zurückgekommen.«

»Das haben Sie deutlich gezeigt.«

»Ich habe vielleicht zu lange gewartet und nicht damit gerechnet, daß Sie gleich vor das Arbeitsgericht ziehen.«

»Das ist gelaufen und interessiert mich nicht mehr, mir geht es darum, was Sie zu den jüngsten Vorfällen zu sagen haben.«

Wieder folgt ein langes Schweigen.

»Ich lasse mich nicht erpressen!«

»Wie meinen Sie das?«

»Das fragen Sie mich, zumal am Telefon ...« Er bricht ab. Als Doris schon glaubt, er habe aufgelegt, hört sie: »Ich schlage vor, wir treffen uns.«

»Warum?« entgegnet Doris.

»Morgen?«

»Ich weiß nicht.«

»Um 13 Uhr bei mir im Laden?« schlägt Räumer vor.

»Auf keinen Fall!«

»Dann im Kaufhof, in der Cafeteria.«

»Nein, wenn überhaupt, dann vielleicht in der Buchabteilung.« Doris legt auf und bemerkt, daß sie immer noch den Kaffee umrührt.

*

»Er fängt nachts um drei Uhr in der Backstube an und arbeitet bis gegen zehn Uhr morgens.« Harry sitzt auf Waldes Schreibtisch, gähnt und reckt sich. »Dann verschwindet er nach Hause bis gegen sechs Uhr abends. Anschließend hängt er bis 10 Uhr in der Kneipe. Danach geht's wieder nach Hause, um sich vor der Arbeit noch ein paar Stunden aufs Ohr zu legen.«

»Mehr nicht?« fragt Walde. »Geht er nicht mal einkaufen oder unternimmt sonstwas, immer derselbe Trott?«

»Scheint so, wir haben – natürlich diskret – ein paar Leute gefragt. Heute fängt er schon um 10 Uhr abends an, weil samstagsmorgens der größte Umsatz der Woche gemacht wird. Das nenne ich Abwechslung.«

»Sechstagewoche?« fragt Walde.

»Der arbeitet nicht mehr als einer von der Kripo, der obendrein vom Dienst noch Kopfschmerzen kriegt!«

»Bist du überfordert, Harry?«

»Nein, Stefan, eher unterfordert, davon kann man auch krank werden. Sitz du mal den ganzen Tag rum und warte auf den Augenblick, wo du fünf Minuten lang ein mit 25 Stundenkilometern durch die Gegend zockelndes Mofa verfolgen darfst!«

»Das nächste Mal suchen wir uns einen Verdächtigen mit Ferrari. Wann macht dein Bäcker am Samstagmorgen Schluß?«

»Keine Ahnung, wahrscheinlich wie sonst auch oder

etwas früher.«

Walde zieht mehrere von einer Büroklammer gehaltene Blätter unter Harry hervor: »Lies dir das mal durch und ergänze, was du herausgekriegt hast.«

Harry überfliegt die ersten Zeilen.»Was ist das? Soll ich staunen, oder darf ich lachen oder ist das unkollegial?« Er liest weiter: »Das ist ja eine Gebrauchsanweisung: Alle Sätze mit Ausdrücken wie „annehmen", „glauben", „schätzen", „erwarten" und ähnliche Begriffe stützen sich auf Vermutungen und persönliche Einschätzungen, Prognosen und Hörensagen ... Stefan, mach' ihm klar, daß er keine Wettervorhersage zu machen braucht.«

»Sei nicht so streng, Grabbe möchte keine Fehler mehr machen.«

»Und dann schreibt er solchen Humbug?«

»Er hat ziemlich viel rausgekriegt über Mutter, Tante und Großmutter, bei denen er wohnt, und warum er stottert.«

»Ist mir gar nicht aufgefallen, daß er stottert.«

»In Grabbes Bericht steht, wie er das hinkriegt: er redet einfach nur das Allernötigste oder überhaupt nicht.«

»Unter Vermutung, nehme ich an?«

Walde nickt.

»Gut, bisher hat der Mann keinerlei Anlaß zu der Vermutung gegeben, es könnte sich um den Gesuchten handeln.«

»Wir sind ja auch erst 24 Stunden an ihm dran«, entgegnet Walde.

Am steilen Mertesdorfer Berg muß Walde schon auf den ersten Metern aus dem Sattel. In der Dorfmitte verliert er das rote Mofa aus den Augen. Auf endlosen Geraden hinter dem Ortsausgang geht er in den Wiegegang. Es war keine gute Idee, das Rennrad für die Beschattung auszuwählen. Walde rechnete damit, daß der Bäcker im Stadtgebiet unterwegs wäre. Zwei Kilometer mit bis zu 16 Prozent Steigung, das sieht ja schon fast nach Absicht aus. Das Mofa hat weder einen Rückspiegel, noch hat Walde gesehen, daß der Bäcker sich während der Fahrt umgeschaut hat.

Auf der Abfahrt nach Fell duckt sich Walde dicht über's Lenkrad. Das hohe Tempo läßt ihn bald dem Brechreiz erzeugenden Gestank der Müllkippe entkommen. Sein Rücken wird kalt, eine Zeitung im Trikot würde jetzt gute Dienste tun. In einer langgezogenen Kurve wird er gefährlich weit auf die Gegenfahrbahn hinausgetragen. Im Tal hat er das Mofa wieder in Sichtweite. Es biegt in Richtung Moseltal ab. Gott sei Dank! Den in der entgegengesetzten Richtung drohenden Thommer Berg hätte Walde wohl nicht lebend überstanden. In Longuich biegt das Mofa vor der Moselbrücke auf den Radweg, den es bei Kenn wieder verläßt. Dort folgt ihm Walde durch ein Gewerbegebiet. Wenig später kommen sie an einer Freizeitanlage mit Rollschuh- und BMX-Bahn vorbei. Ein Lkw setzt rückwärts aus einem Firmenhof. Das Mofa weicht auf den Bürgersteig aus. Walde wartet und folgt wenige Augenblicke später. Hinter Kenn fährt der Bäcker auf der Bundesstraße nach Ruwer, wo er gleich darauf das Mofa neben seiner Wohnung abstellt. Gegen Mittag übernimmt Harry die Beschattung.

Zwei Stunden später sitzt Walde im sogenannten *Sicherheitsraum* des Kaufhauses vor einer Bildschirmwand und schaltet an der Steuerung der Kameras der Buchabteilung.

Da, jetzt hat er Doris auf dem Bildschirm. Einen Augenblick später taucht ein anderes Bild auf.

»Mist«, ruft er. »Jetzt ist sie schon wieder weg.«

Der grauhaarige Mann, der ihn nach Vorzeigen seines Dienstausweises neben sich in dem kleinen Kellerraum hat Platz nehmen lassen, zeigt auf einen Knopf und erklärt: »Das sind sechs Kameras, die abwechselnd senden, Sie müssen dann nur hier zurückdrücken.«

Walde betätigt den richtigen Knopf und hat Doris vor sich, die ein Buch aus dem Regal nimmt. Als das Bild verschwindet, drückt er es wieder zurück. Sein Blick schweift kurz über die anderen Bildschirme, unter denen Zettel kleben, die die jeweiligen Abteilungen und Stockwerke bezeichnen. Der Mann neben ihm schiebt seinen Stuhl zurück und stößt den Rauch seiner Zigarette langsam aus. Die Luft wird augenblicklich stickig. Als Doris wieder auf dem Bildschirm auftaucht, steht neben ihr am Regal ein Mann, der nach Doris' Beschreibung Räumer sein muß. Die beiden schauen sich nicht an. Walde kann nicht erkennen, ob sie miteinander sprechen.

»Kann man auch auf Ton schalten?« fragt Walde.

»Nein, das geht nicht, dürften wir auch gar nicht, das müßten Sie doch wissen, von wegen verbotenem Lauschangriff«, der Angesprochene bläst den Rauch in Waldes Richtung. Walde schließt kurz die Augen und wendet das Gesicht wieder zu den Monitoren. In der Herrenabteilung fällt ihm am Ständer mit den Lederjacken ein Mann auf. Walde nimmt zwei Bilder aus der Brusttasche und vergleicht. Es ist Schorsch, Räumers Mann für's Grobe.

Waldes Handy klingelt. Während er sich meldet, versucht er, wieder die richtige Kameraeinstellung zu finden.

Es ist Grabbe: »Herr Hauptkommissar?«

»Ja, was gibt's?«

»Er ist auf einem Spielplatz, da ist ein Mädchen zirka 10 bis 12 Jahre, allein«, Grabbe spricht aufgeregt, »der mit dem roten Mofa.«

»Wo sind Sie?«

»Auf dem Sportplatz zwischen Biewer und Pfalzel, er ist jetzt bei dem Mädchen und schaut sich um. Was soll ich machen?« Grabbes Stimme klingt leicht hysterisch. »Da geschieht was, ich muß eingreifen!«

Walde ist aufgesprungen: »Was ist los?«

»Das Mädchen, er ist bei ihr.«

»Ist denn sonst niemand da?«

»Sie ist allein ... der macht irgendwas ...«

»Was macht er?«

»Ich kann nichts erkennen.«

Walde hält den Atem an. Der Mann schaut von seinen Monitoren auf und starrt ihn an.

Da kommt Grabbes Stimme wieder aus dem Hörer: »Sie fuchtelt mit den Armen ... das Schwein ...«

»Stören Sie ihn, aber nicht festnehmen. Einfach nur auftauchen und notfalls eingreifen ... Hören Sie mich? ... Herr Grabbe ...?« Walde schaltet das Telefon ab und drückt das Bild der Buchabteilung zurück. Er wendet sich an seinen Nachbarn: »Könnten Sie mir bitte einen Gefallen tun und der Frau hier, sehen Sie, am Regal in der Buchabteilung, hier links, könnten Sie Ihr bitte diskret Bescheid sagen, daß ich überraschend zu einem Einsatz mußte, aber erst, wenn der Mann da, im dunklen Anzug«, er weist mit dem Finger auf den Monitor, »hier, direkt neben ihr, gegangen ist.«

»Tut mir leid, ich darf hier nicht weg.«

»Dann sagen Sie bitte einem anderen Hausdetektiv

Bescheid.« Walde steckt das Handy ein und geht zur Tür.

»Es ist im Moment niemand sonst da, außer den Wachleuten an den Türen.«

Walde fingert eine Visitenkarte hervor und kritzelt seine Handynummer darauf: »Können Sie denn wenigstens die Buchabteilung weiter beobachten und ...« er geht zum Monitor zurück, »auf die Frau hier links achten, daß ihr nichts passiert? Da ist noch ein Mann, sehen Sie, der kräftige hier in der Herrenabteilung, der darf ihr nicht zu nahe kommen.«

»Ist er gefährlich?« Walde zuckt die Schultern und eilt zur Tür, ihm fällt ein: »Vielleicht geht es ja auch per Telefon, wenn Sie nachher in der Buchabteilung anrufen ...«

Walde meldet sich während der Fahrt bei Grabbe: »Was ist los?«

Grabbe klingt immer noch hektisch: »Er setzt sich gerade auf sein Mofa, er hat gleich aufgehört, als ich aufgetaucht bin.«

»Womit aufgehört?«

»Bei dem Mädchen ...«

»Was ist mit ihr?«

»Keine erkennbaren Verletzungen ...«

»Was heißt das, was sagt sie, ist sie bei Bewußtsein?«

»Sie hat wohl einen Schock oder Angst vor mir ... Der Kerl haut ab. Was soll ich machen?«

»Bleiben Sie bei dem Kind. Ich bin gleich da. Was hat er an, in welche Richtung fährt er?«

»Grauer Helm, blaue Jacke, nach Biewer ...«

Walde unterbricht die Verbindung und fordert einen Notarzt an. Dann gibt er eine Fahndung an alle Streifenwagen durch. Soll die "Seekuh" maulen, es ist ihm scheißegal.

Er stellt das Radio ab. Mit Musik kommt es ihm vor, in einem Film zu sein und dabei sich selbst zu beobachten.

Hinter der Römerbrücke fährt er bei Rot über eine Ampel und biegt wenige Meter später in eine schmale Gasse zum Radweg am Moselufer ein. Das ist eine von drei Ausfahrten vom zwischen Bahn und Fluß laufenden Radweg, die Walde im Moment einfallen. In Pallien ist die nächste Abfahrt, die zwei Kilometer bis dahin muß er schaffen. Der Wagen holpert über den von Baumwurzeln aufgeworfenen Asphalt. Das Rad auf dem Dachgepäckträger rauscht durch die Blätter. Vor dem Café an der Kunstakademie stehen abgestellte Fahrräder so dicht am Weg, daß er auf Schrittempo heruntergehen muß.

»Arschloch«, schreit jemand von der Terrasse herunter.

Walde beschleunigt und lenkt ein Stück weiter den Wagen mit zwei Reifen auf die Uferwiese und gibt damit einem entgegenkommenden Radfahrer den halben Weg frei. Hinter den Uferweiden taucht die Kaiser-Wilhelm-Brücke auf. Auf einer Bank sitzt ein Pärchen. Eine Familie stoppt vor ihm die Räder und steigt ab. Der Mann schimpft und nimmt die Kinder zur Seite. Unter der Moselbrücke hört Walde durch das herabgedrehte Fenster das Motorgeräusch widerhallen. Im Rückspiegel sieht er den vom Wagen aufgewirbelten Staub. Es ist nicht mehr weit bis zur Unterführung, die unter der Bahn hindurch vom Radweg zur Straße führt. Eine Gruppe Radfahrer kommt entgegen. Walde bremst und lenkt den Wagen nach rechts. Einer löst sich aus der Gruppe, er hat einen größeren Helm auf. Es ist ein Mofafahrer. Er gehört nicht zur Gruppe und biegt in die Unterführung ein. Sobald die Fahrräder vorbei sind, gibt Walde Vollgas und folgt dem Mofa mit quietschenden Reifen. Er glaubt, die rote Farbe erkannt zu haben, bevor es hinter der Mauer verschwindet. Walde schießt hinterher und kommt mit einer Vollbremsung vor den Treppenstufen am Ende der Unterführung zum Stehen. Er reißt die Tür auf und hastet die Stufen hinauf. Oben hält der Mofafahrer, um Autos vorbeizulassen. Grauer Helm, blaue Jacke. Der Fahrer blickt sich um. Walde hastet die Stufen hoch. Das Mofa heult auf und biegt nach links auf die Straße ein. Walde folgt ihm, auf der Straße kann er bald nicht mehr mithalten, und der Abstand wird größer. Die Sohlen seiner Schuhe sind dünn. Schon nach wenigen Metern schmerzen die Füße.

Er darf nicht entkommen! Ich muß ihn jetzt haben, nur so kann ich was aus ihm rauskriegen! Walde schaut dem Mofa nach, das an der Tankstelle vorbei zur Ampel an der Auffahrt zur Brücke fährt. Dort wechselt es auf den Bordstein. Walde hastet weiter die Straße entlang und dann unter der Brücke über einen Parkplatz zur großen Steintreppe. Er nimmt drei Stufen auf einmal. Auf einem Treppenabsatz stolpert er und schlägt hart mit der Schulter gegen die steinerne Brüstung. In seinem Kopf ist kein Platz für Schmerz. Das Mofa fährt zwei Spuren entfernt vorbei, als er oben auf der Brücke ankommt.

Zur Stadt hin hat die Brücke leichtes Gefälle. Mit langen Schritten spurtet Walde am Geländer entlang. Die Fahrspur knickt hinter der Brücke nach rechts ab und führt hinter einer Ampel im weiten Bogen wieder zurück zur City.

Walde läuft im Endspurttempo. Seine Bestzeit auf der Bahn in der Polizeischule lag über 5.000 Meter bei 16 Minuten, oder waren es 18? Das ist schon zehn Jahre her. Walde hat die Brücke überquert und hastet zwischen zwei Pkw's über die Einfallstraße. Rechts an der Ampel warten ein paar Fahrzeuge, er kann das Mofa nicht sehen.

Die Merianstraße, die wieder zur Einfallstraße führt, ist nicht lang und die letzte Chance, dem Mofa den Weg abzuschneiden. Nach wenigen Metern kommt Walde an seiner Wohnung vorbei. Die Straße ist flach. Walde feuert sich an. Gleich kannst du zusammenbrechen! Nicht mehr weit! Hol' alles raus! Jetzt gilt es! Er darf nicht entkommen, sonst war vielleicht alles für die Katz!

Am Ende der Straße konzentriert sich sein Blick allein auf das näherkommende Mofa. Ohne auf den übrigen Verkehr zu achten, hastet Walde über zwei Fahrspuren. Reifen quietschen, ganz nah ein ohrenbetäubendes Hupen. Er wirft sich mit voller Wucht gegen den Fahrer. Walde spürt erstaunlich wenig Widerstand. Wie in Zeitlupe stürzen sie zu Boden und schlittern über die Busspur. Die großen Räder sieht Walde erst, als sie das Hinterrad des Mofas zermalmen. Er hat sich den Tod immer kalt vorgestellt, ihm wird ganz warm.

*

Doris versucht, sich auf den Klappentext des Buches zu konzentrieren: Viele Mütter entscheiden sich heute dazu, ihr Kind zu stillen ...

»Guten Tag, Frau Morgen«, Räumer stellt sich neben sie und weiß nicht so recht, wo er hinschauen soll.

»Tag«, sie klappt das Buch zu.

»Können wir nicht woanders hingehen, wo wir uns hinsetzen können?« Als notorischer Händeschüttler konzentriert er sich darauf, seine Hand zurückzuhalten.

»Nein, lieber nicht, kommen wir gleich zur Sache. Das muß aufhören!«

»Der Meinung bin ich allerdings auch ... was meinen Sie überhaupt?« Er schaut auf ihren Buchtitel und runzelt die Stirn.

»Das wissen Sie doch am besten. Pfeifen Sie erst einmal Ihren Hund zurück!«

»Welchen Hund?« Räumer nimmt ein Kochbuch aus dem Regal.

»Sagen Sie mal, veranstalten wir hier Rätselraten?«

»Gut, im Klartext: Erstens, versuchen Sie nie wieder, mir aufzulauern ... Sie wissen schon. Zweitens, geben Sie alles belastende Material zurück. Und ... ich lasse mich nicht erpressen!«

»Welches belastende Material?«

»Ich dachte, Sie wollten kein Rätselraten?«

»Ich habe kein belastendes Material!«

»Der Brief vom Anwalt spricht aber eine andere Sprache.«

»Also deshalb wurde meine Wohnung auf den Kopf gestellt ..?« Doris hat den Zeigefinger in die Hosentasche gesteckt und läßt einen Zettel in ihre Hand gleiten.

»Da war noch kein Brief ...«, Räumer bricht ab und starrt das Buch in seinen Händen an: *„Mein Leibgericht"*.

»Wer sollte auch sonst ... der Zusammenhang war mehr als deutlich ...« Doris schiebt den Zettel in die Hosentasche zurück. Er ist von Walde. Darauf stehen nur eine Zahl und zwei Namen.

»Ich lasse mich nicht erpressen, niemals!« zischt Räumer.

»Das habe ich auch nicht vor.«

»Und die Sache im Parkhaus war so eine Art Selbstbedienung? Halten Sie mich nicht für blöd!« Räumer stutzt. »Soll das eine Falle sein? Haben Sie ein verstecktes Mikrofon?« Er schaut sich um, sein Blick bleibt an der blinkenden Kamera hängen.

»Da haben Sie mehr Möglichkeiten«, Doris schaut auf Räumers Aktentasche. »Aber besser abgehört als abgemurkst, Sie wissen schon, vorgestern im Wald.«

»Weiß ich nicht, was war im Wald?«

»Hören sie doch auf!« Doris reißt ihre Handtasche auf und streckt sie Räumer hin. »Hier ist kein Recorder drin. Ihr Schorsch hat vorgestern ...«

Eine Kundin, die nebenan am Regal steht, dreht sich zu den beiden um.

»Soll ich es kaufen?« Räumer nimmt Doris das Buch aus der Hand.

Sie zuckt mit den Schultern und folgt ihm zur Kasse.

»*Das Stillbuch* und *Mein Leibgericht*, das macht zusammen 59,60«, die Verkäuferin lächelt Räumer an und mustert dann Doris Bauchumfang. Als sie ihm das Wechselgeld herausgibt, wünscht sie: »Alles Gute!«

»Was war im Wald?« Räumer bleibt ein paar Meter weiter an einer Theke mit Armbanduhren stehen.

»Das haben Sie doch angeordnet?«

»Nein, hat der Schorsch ...?«

»Ja, dieser, Ihr Schorsch hat ...« Doris schüttelt genervt den Kopf.

»Tut mir leid, ich muß jetzt ganz dumm fragen, was hat der Schorsch ...?«

»Er ist mir im Wald hinterhergefahren und so weiter...«

»Was heißt: und so weiter?«

»Fragen Sie ihn doch selbst!« Doris zeigt über die Glastheke auf die Rolltreppe, wo Schorsch gerade herunterfährt. Doris bleibt ruhig. Walde ist da. Sie ist hier sicher.

»Das werde ich tun.«

»Ich dachte, wir wollten uns allein treffen?« Doris registriert, wie Räumer seinen Mann mit einem dezenten Blick zum Verschwinden auffordert.

»Rücken Sie Ihre Unterlagen raus, damit die Sache ein Ende hat!«

»Ich habe nichts, außer dem Schreiben beim Notar«, entgegnet Doris.

»Das ist geregelt.«

»Was heißt: Das ist geregelt?«

»Wenn Sie aufhören, bin ich ebenfalls dazu bereit.«

»Womit aufhören?«

»Egal, was es auch immer ist, Sie wissen schon! Hand darauf!« Räumer streckt ihr seine Hand entgegen.

Doris zögert und streift sie dann so schnell, daß er sie nicht festhalten kann.

»Jenny hat oft nach Ihnen gefragt.«
Sie verläßt das Kaufhaus in Richtung Hauptmarkt. Räumer geht zum entgegengesetzten Ausgang, durch den Schorsch verschwunden ist.

Doris wartet auf der Terrasse des *Domsteins*. Als Walde nach einer halben Stunde immer noch nicht kommt, kramt sie den Zettel wieder aus der Tasche. Die Summe ist um mehr als 10.000 Mark niedriger als ihre tatsächliche Beute.

*

»... wenn der Dorfmann weiter so qualmt, dann landet er demnächst hier auf meinem Tisch. Ich hoffe inständig, daß ich dann auch 30 Stunden Dienst hinter mir habe.« Die Stimme klingt vermummt. Walde spürt etwas Kaltes auf seiner linken Brustseite. Jemand besprüht sie. Dann jagt eine behandschuhte Hand eine mörderisch lange Spritze hinein und setzt gleich wieder an.

Walde fiepst: »Achtung, mein Herz!«

Mehrstimmiges Lachen. Rotunterlaufene Augen beugen sich über sein Gesicht: »Der Eingriff ist nicht mit Vollnarkose möglich, wegen der Beatmung.«

Weil das Luftholen so schmerzt, kann Walde nur hecheln. Instrumente werden rangeschoben. Die blutunterlaufenen Augen setzen das Skalpell an und schneiden ein Kreuz in seine Brust. Wo bleibt die Blutfontäne? Ein Tuch wird über Waldes Gesicht gehalten. Jetzt wollen sie ihn auch noch ersticken. Er muß hier weg! Irgendwas bohrt sich in seinen Brustkorb. Seine Arme und Beine lassen sich nicht bewegen ...

Es gluckert. Walde blinzelt. Hat er geträumt? Das Gluckern hört nicht auf. Gluckert es überhaupt, wenn man ins Bett macht? Dann müßte es ja schon runterlaufen. Walde blinzelt ein bißchen mehr. Er sieht Augen, überhaupt nicht blutunterlaufen. Es sind drei und dazwischen zwei Nasen. Er versucht, ein Auge zuzuknipsen, und will eine Hand darüberhalten. Die linke läßt sich nicht bewegen, an der rechten ziept irgendwas. Dann spürt er eine Hand auf der seinen, die sie zart zurückhält. Es gluckert immer noch. Er macht die Augen ein Stück weiter auf. Es sind nur noch zwei Augen und eine Nase, der Mund darunter öffnet sich. Die Geschwindigkeit des Plattenspielers ist falsch eingestellt. Klingt trotzdem gut. Walde versucht zu lächeln ...

Das Atmen schmerzt nicht mehr. Walde versucht die Augen zu öffnen. Im schwachen Licht erkennt er weiße Laken und einen chromfarbenen Bogen am Ende des Bettes. Lämpchen blinken an Apparaten hinter einer Glasscheibe. Er versucht, den Kopf anzuheben. Neben dem Bett steigen glucksend Blasen in einem Behälter auf. Von dort führt ein durchsichtiger Schlauch herauf und verschwindet unter seinem Laken. Auf seiner Hand liegen blonde Haare.

Kein Nachttisch, keine Blumen, keine Bilder an den Wänden.

Walde schließt wieder die Augen. Ganz behutsam zieht er seine Hand unter dem Haar heraus. Er möchte wieder schlafen.

Eine Kanüle liegt in seinem Handrücken. Er kommt damit dem Haar so nah, daß er die elektrische Spannung darin spürt. Einzelne Haare lösen sich und streben seiner Hand zu. Walde blinzelt. Verschiedene Farbtöne, wie geschnittenes Holz. So ähnlich hat das erste Mädchenhaar ausgesehen, das er berührt hat. Im Wald, beim ersten engen Blues – ganz ohne Musik.

Wahrscheinlich ist er vollgepumpt mit Drogen. In Brusthöhe wölbt sich auf der rechten Seite etwas unter seinem Laken. Es ist der durchsichtige Schlauch. Hier und dort ist etwas langgezogenes Rotes fädrig darin zu sehen. Es bewegt sich ganz langsam abwärts zu dem glucksenden Ding.

Waldes Hände berühren eine Stirn. Seine Mittel- und Zeigefinger streichen eine weiche Augenbraue entlang. Sie zuckt leicht. Waldes Hand gleitet auf das Laken herunter. Der Kopf hebt sich. Lippen kommen auf sein Gesicht zu und küssen seine Wange.

Er öffnet erneut die Augen: »Anna, *du* bist es.«

»Wen hast du erwartet?« Das Leben hat ihn wieder.

Es gluckst immer noch, als er wieder aufwacht, ein helles Geklapper hat sich dazugesellt. Harry sitzt neben dem Bett und hat einen Laptop auf den Beinen. Sonst hat sich im Zimmer nichts verändert, außer daß es heller ist.

»Hall ...«, Walde räuspert sich. »Hallo Harry!«

»Gutes Timing, ich bin so gut wie fertig geworden.«

»Womit?« Waldes Stimme ist immer noch belegt.

»Ein Bericht zu der Brandstiftung von letzter Woche. Du erinnerst dich, die Geschichte mit Grabbes Phantomopfer oder ...« Harry schaut Walde prüfend an. »Erinnerst du dich noch?«

Walde nickt.

»Womit soll ich anfangen, Stefan?«

Walde versucht, mit den Schultern zu zucken. Das löst auf der linken Seite einen heißen Schmerz aus.

»Du bist von einem Bus angefahren worden, praktisch vor deiner Haustür.«

»Und der Mofafahrer?«

»Ist in die Hecken gestürzt und hat sich dabei ein Bein gebrochen.« Harry macht eine Pause.

»Und?« fragt Walde ungeduldig.

»Das war alles erstmal ziemlich verworren. Du warst ohne Bewußtsein und hattest keine Papiere dabei. Grabbe hat den Krankenwagen mit dem Mädchen in die Kinderklinik begleitet. Eine Stunde später wurde dein verlassenes Auto auf dem Moselpfad gefunden. Da wurde ich erst benachrichtigt. Wir haben zuerst den ganzen Uferbereich abgesucht, zusammen mit der Wasserschutzpolizei und der Feuerwehr. Die haben auch Taucher eingesetzt. Letztlich kam von der Feuerwehr die Information mit dem Unfall ...«

»Und die Schupo ...«

»Die sind erst zur Unfallstelle gekommen, als der Krankenwagen mit dir schon fort war, das ist ja ganz in der

Nähe vom Krankenhaus passiert, und dann war bei der Schupo Schichtwechsel ... dazwischen gab es noch einen bösen Crash an der Bitburger ...«

»Und der Mofafahrer?«

Harry zögert: »Ziemlich kompliziert. Also das Mädchen vom Sportplatz ist hörbehindert. Nach dem derzeitigen Stand der Ermittlungen hat der Mann ihr nichts getan. Vielleicht hat der Bäcker sie zu irgendetwas aufgefordert oder nötigen wollen ...«

»Wieso, der Bäcker? Den hast du doch beschattet?«

»Der hat mich gelinkt, aber zum Glück hat Grabbe Schlimmeres verhindern können.«

Ein weiß gekleideter Mann kommt herein. »Schon wieder bei der Arbeit, Herr Bock?«

Walde schaut ihn fragend an.

»Ich habe mich Ihnen zwar schon vorgestellt, aber das scheint Ihnen entfallen zu sein. Ich bin der Klempner, der Sie am Samstag an die Thoraxpumpe gehängt hat.«

Als Walde ihn immer noch verständnislos anschaut, fährt der Arzt fort: »Hat Sie Ihr Kollege noch nicht unterrichtet?« Walde schüttelt vorsichtig den Kopf.

»Sie haben rechts eine schwere Schulterprellung und mehrere Rippen angeknackst. Außerdem haben Sie sich bei dem Aufprall einen Pneumothorax, einen Riß der Lunge zugezogen, in dessen Folge die rechte Hälfte des Organs in sich zusammengefallen ist. Die Maschine sorgt dafür, daß der Lungenflügel wieder da bleibt, wo er hingehört und das Blut zwischen Rippenfell und Lunge abgesaugt wird. Ansonsten haben Sie noch eine Gehirnerschütterung. Außerdem waren noch zwölf Stiche über ihrem rechten Ohr und eine Teilrasur nötig.«

Walde tastet zum Kopf und spürt den weichen Verband.

»Das wär alles, was mir ohne Krankenblatt einfällt. Ist das genug Begründung, um Ihren Kollegen zu bitten, Sie jetzt in Ruhe zu lassen?« Der Arzt legt Walde eine Blutdruckmanschette an.

»Nur noch kurz, bitte, erzähle weiter, Harry!«

Harry schaut auf den Arzt, der sein Stethoskop aus den Ohren nimmt: »Machen Sie es kurz, ich höre weg.«

»Das Mofa ist sichergestellt, da ist der Bus drübergefahren. Der Bäcker liegt auch hier im Haus. Wir haben bei ihm zu Hause nichts gefunden, außer einer Werkzeugkiste. Der Untersuchungsbefund steht noch aus ...«

»Das ist alles?« Walde versucht sich aufzusetzen. Jetzt ist der Schmerz nicht nur rechts, sondern im ganzen Brustbereich.

Harry windet sich: »Es liegt noch nichts Konkretes gegen ihn vor. Bisher ist noch nicht einmal aktenkundig«, Harry schaut zu dem Arzt, »ob es sich um einen Unfall oder eine versuchte Festnahme handelt.«

»Ihr habt ihn noch nicht verhaftet?« Walde stöhnt.

»Er ist doch noch hier im Krankenhaus, im Streckgips.«

»Ohne Bewachung? Hier sind doch auch Kinder!« Walde versucht sich aufzusetzen.

»Jetzt ist aber Schluß, wie soll ich denn Blutdruck messen, wenn Sie ihn aufregen?« Der Arzt nimmt wieder das Stethoskop herunter und schaut Harry grimmig an.

»Sorry«, sagt Harry, es ist nicht klar, an wen er die Entschuldigung richtet. Er packt seinen Laptop und verläßt den Raum.

»Welchen Tag haben wir heute?« fragt Walde.

»Dienstag, Sie sind seit drei Tagen bei uns.«

»Wie lange muß ich noch bleiben?«

»Wollen Sie die mit nach Hause nehmen?« Der Arzt deutet auf die Geräte. »Wir sind hier auf Intensiv. Da sind andere froh, wenn sie auf eine normale Station verlegt werden!«

»Ich müßte mal zur Toilette.«

»Lassen Sie einfach laufen, Sie haben einen Katheter.«

»Nein, ich müßte mal ...«

»Ich lasse Ihnen eine Pfanne bringen.«

»Können Sie mich nicht von den Schläuchen befreien?«

»Da hängen Sie nicht zum Spaß dran!«

»Aber der Katheter kann doch raus?«

Der Arzt drückt einen Rufknopf. Kurz darauf kommt ein Pfleger ins Zimmer.

Der Arzt teilt ihm mit: »Der Herr wünscht, von den Schläuchen befreit zu werden.«

»Wo ist die Machete, Herr Doktor?«

»Das hätte besonders bei diesem hier einen fatalen Effekt«, der Arzt tippt an den Schlauch, der zur Thoraxpumpe führt. »Sobald hier der Unterdruck weg ist, flatscht ihr rechter Lungenflügel wieder zusammen.« Er knickt den Schlauch und klemmt ihn mit zwei Metallklammern ab.

»In spätestens 20 Minuten müssen Sie wieder an die Pumpe.«

Der Pfleger hat die Bettdecke zurückgeschlagen und zieht am Katheter. Walde atmet ein paar Mal fest durch.

Der Arzt schaltet die Thoraxpumpe ab und wickelt Walde die Schnur mit den beiden Klemmen um den Hals. Er dreht die Flasche ab und stöpselt die Infusion ab. Der Pfleger ist mit Katheter und dazugehörendem Beutel verschwunden und schiebt kurz darauf einen Rollstuhl ins Zimmer.

»Das Klo ist am Ende des Gangs. Wenn es Ihnen dort

beim Rauchen schlecht wird, will ich Sie nicht zurückschleppen müssen.«

Beide sind dicht neben Walde, als er seine langen Beine aus dem Bett hebt und etwas wackelig zum Stuhl geht. Beim Setzen spürt er an Gesäß und Rücken den kalten Bezug. Er hat nur einen kurzen Kittel an, der hinten offen ist. Der Pfleger parkt den Stuhl am Ende des Gangs vor der Tür zur Toilette. Walde stützt sich beim Aufstehen mit der Hand auf der schmerzfreien Seite ab. Dann erst kann er den Kittel packen und hinten zusammenhalten. An der Tür muß er ihn wieder loslassen. Der Pfleger tut so, als bemerke er nichts.

Jemand pfeift auf dem Gang. Walde dreht sich um, dieses Gesicht wird er sich merken, und Gnade ihm Gott, wenn er wieder gesund ist!

»Dacht' ich mir's doch, der Arsch kam mir irgendwie bekannt vor.« Jo kommt herangestapft und hält Walde grinsend die Tür auf.

Später schließt der Krankenpfleger Walde wieder an die Maschine an.

Jo schaut interessiert zu und deutet auf eine große Tasche, die er mitgebracht hat: »Ich habe dir ein paar Sachen eingepackt, Schlafanzüge, Bademantel, Kondome, Walkman, Kassetten, Arztromane, Handy, Zeitungen, Kontrabaß, Zahnbürste, Waschlappen. Brauchst du sonst noch was, wir fahren morgen in Urlaub?«

»Das Handy nehmen Sie bitte gleich wieder mit, das ist hier nicht erlaubt«, mischt sich der Pfleger ein.

*

Marie will wie beim ersten Mal nicht zum Versteck mitkommen. Sie ist froh, nach der langen Radtour nach Luxemburg eine Verschnaufpause zu haben und sitzt mit dem Rücken an einen Baum gelehnt neben der Straße. Die Fahrräder liegen im Gras. Sie nimmt die Flasche aus der Halterung und setzt zu einem tiefen Schluck an.

»Oh Gott«, schreit Doris.

Marie verschluckt sich, springt auf und läuft in das Wäldchen. Dort steht Doris vor einem mächtigen Stapel Langholz.

»Was ist passiert?«

»Guck doch mal«, Doris zeigt auf die Stämme. »Die waren beim letzten Mal noch nicht da.«

»Soll das heißen, die liegen auf ..?«

»Weiß ich nicht, es sieht alles ganz anders aus.« Doris läuft hin und her »Hilf mir!«

»Die Stämme wegräumen?«

»Ich bin diesen Weg hier gekommen«, Doris geht ein paar Schritte über tiefe Furchen zurück. »Und dann geradeaus bis zu einer Lärche.« Vor dem Stapel bleibt sie stehen. »Aber wie weit? Der Weg ist gar nicht mehr zu erkennen.«

»Das Holz liegt ja wohl nicht ewig da. Warte einfach, bis es abgeholt wird.«

»Wer weiß, wann das ist.« Doris dreht sich um: »Hier stehen noch alle Bäume, es muß hierhergeschleppt worden sein.«

Sie klettert auf die Stämme. Marie folgt ihr: »Wie sieht eine Lärche aus.«

»Nadelbaum, ein bißchen dürrer als eine Tanne. Wenn

ich eine sehe, dann zeige ... da ist eine!« Doris springt vom Stapel herunter. »Und da ist auch der Stock.«

»Dann gehe ich mal lieber zu den Fahrrädern zurück, bevor sie weg sind.« Marie klettert auf der anderen Seite herunter.

Doris braucht eine Zeit, bis sie das Versteck findet. Es fehlt nicht mehr als ein Meter, und es wäre vom Holzstapel begraben worden. Sie zieht Haushaltshandschuhe aus ihrer Gürteltasche an und zählt über zehntausend Mark. Dann stopft die das restliche Geld in eine mitgebrachte Tüte, die garantiert keine Fingerabdrücke von ihr aufweist. Die alten Tüten wandern zum Geld in den Gürtel. Zuletzt verwischt sie sorgfältig alle Spuren auf dem Waldboden.

*

Vor dem Fenster tobt ein heftiges Gewitter. Der Wind bläst Hagelkörner gegen die Scheiben. Die frisch genähte Wunde, in der bis gestern noch der Schlauch steckte, klopft mit dumpfem Schmerz. Seit einer Stunde ist Walde nicht mehr auf der Intensivstation. Zum ersten Mal seit einer Woche kann er wählen, ob er lieber liest, den Fernseher einschaltet, Musik hört, telefoniert oder sich die Beine vertritt. Dennoch hat er das Gefühl, etwas zu verpassen – wie an jedem Samstagabend, an dem er nicht ausgeht. Von Anna hat er seit ihrem Besuch vor ein paar Tagen nichts mehr gehört. Jo und Marie sind in der Médoc. Die Band hat Sommerpause.

Der Regen ist so dicht, daß er nicht einmal mehr den Turm der Kapelle im Park sehen kann.

Das Bett in der Mitte des Zimmers ist leer. An der Tür hat der Bäcker den Fernseher laufen und die Ohrstöpsel eingesteckt. Eine halbvolle Bierflasche steht auf dem Nachttisch. Das aufgehangene Gipsbein zeigt zur Wand.

Die Musik entspannt Walde immer mehr. Es ist, als wäre dieses Zimmer von der Außenwelt isoliert. Wie eine Schutzhütte, mitten in einem Unwetter, nur sie beide. Beim Hereinkommen haben sie sich kurz begrüßt. Sein Zimmergenosse hat sich mit Klaus vorgestellt, Walde hat ebenfalls seinen Vornamen genannt. Von Erkennen keine Spur. Beim Zusammenstoß trug Klaus einen Helm und konnte Walde, der von der Seite kam, nicht sehen.

Do it again läuft, er hört dieses Stück im gleichen Zimmer, in dem wahrscheinlich der Mann liegt, hinter dem er seit vielen Jahren her ist. Das Untersuchungsergebnis der Geräte aus dem Werkzeugkasten steht immer noch aus.

Er denkt an Jean Felgen, emeritierter Psychologieprofessor, erfahrener Gerichtsgutachter und eine Art Vorläufer der heutigen Profiler. Noch vor wenigen Wochen berichtete er im Rahmen einer Tagung an der Trierer Universität über seine jahrzehntelange Erfahrung mit pädophilen Tätern. Der Vortrag enthielt ein paar Thesen, die den zur Zeit allerorts geläufigen Rufen nach verschärften Strafen entgegen liefen. Erst schilderte Felgen in seinem charakteristischen luxemburgischen Akzent seine persönlichen Eindrücke. Nie habe er einen glücklichen Triebtäter kennengelernt, vielmehr habe es sich immer um sehr unglückliche und oft auch isolierte Menschen gehandelt. Diese Leute brauchten Hilfe, bloßes Wegsperren bis zu lebenslänglichen Haftstrafen seien seiner Meinung nach keine Lösung. Manchmal vielleicht doch, denkt Walde.

Walde legt *Fleetwood Mac* in den Walkman. Noch ein, zwei Wochen, dann ist das hier vorbei.

Das Telefon auf seinem Nachtschrank klingelt. Es ist Anna.

»Wie geht's?« Ihre Stimme klingt kühl.

»Besser, der Schlauch ist raus.« Walde hört keine Reaktion. »Hallo, bist du noch da?«

»Ich habe Haare gefunden ...«

»Welche Haare?«

»Im Bad und ... im Bett. Du bist ein feiger Widerling ...« Sie legt auf.

Walde versucht, sie zurückzurufen. Erst in Trier, dann in Villingen. Dort bleibt ihr Anschluß besetzt. Wahrscheinlich hat sie den Hörer neben das Telefon gelegt.

Er hat Durst, aber keine Lust auf Tee oder Sprudel, eher auf ein Bier, aber Klaus möchte er nicht fragen.

In der Nacht wird Walde wach. Die Lichter der Stadt erhellen das Zimmer. Er hört das Schnarchen seines Zimmergenossen, der wie Walde seit einer Woche auf dem Rücken liegend schlafen muß. Klaus murmelt im Schlaf. Walde ist jetzt hellwach und spitzt die Ohren. Im Bett an der Tür raschelt wieder das Bettzeug.

»Net ... laß' mich ...«

Mehr kann Walde nicht verstehen. Das Atemgeräusch wird wieder ruhiger.

Am frühen Sonntagnachmittag frischt Klaus' Besuch den Biervorrat auf. Nachdem sie die leeren Flaschen in ihren Taschen verstaut haben, lassen sich drei ältere Frauen an seinem Bett nieder. Klaus verfolgt ungerührt ein Formel-1-Rennen am Fernseher.

»Schönen Gruß von der Oma, sie ist zu Hause geblieben, das Wetter macht ihr zu schaffen.«

Klaus nickt.

»Wie geht es dir denn heute?«

»Wie ... gestern«, während Klaus die Worte herauspreßt, guckt er weiter in die Röhre.

»Wir haben Brötchen mit kaltem Braten dabei.«

»Nä«, Klaus schüttelt den Kopf.

»Ich stell' sie dir hier hin.«

Damit ist die Konversation mit dem Patienten für's erste erschöpft. Die Frauen unterhalten sich gedämpft miteinander. Ab und zu schaut eine zum Fernseher oder zu Walde, der mit übergezogenen Kopfhörern ohne Ton vorgibt, in einem Buch zu lesen.

Als die Frauen aufbrechen, hört Walde, wie eine – wer die Mutter ist und wer die beiden Tanten sind, bleibt ihm verborgen – sich bei Klaus nach Waldes Krankengeschichte erkundigt.

Walde tippt Doris' Nummer ins Telefon: »Hallo, hier ist Walde, wie geht's.«

»Bist du schon aus dem Krankenhaus?«

»Nein, aber nicht mehr auf Intensiv. Was machst du?«

»Robby holt mich gleich ab. Wir gehen zum Orgelkonzert in die Basilika.«

»Das mit letztem Samstag tut mir leid. Hat man dir Bescheid gesagt?«

»Marie hat's mir erzählt, hat sie dir Grüße von mir ausgerichtet?«

»Ja, danke.«

»Wenn du willst, komme ich dich besuchen.«

»Ich würde mich freuen!«

»Also bis dann.« In dem Moment, wo er auflegt, bemerkt er, daß er ihr weder Station noch Zimmernummer gesagt hat. Walde verzieht das Gesicht.

*

Etwas fällt hell klingend zu Boden. Klaus reckt sich aus dem Bett und scharrt mit einer zusammengerollten Zeitung über den Boden.

»Warte, ich guck mal«, sagt Walde und steht aus seinem Bett auf.

»Da ... unten ... iss' se«, Klaus' Sprache stockt. Er deutet unter das leere Bett in der Zimmermitte.

Walde hebt eine lange Stricknadel auf: »Was strickst du denn?«

»Nix, die iss ... wegen dem Jucken.«

Klaus faßt den Holzgriff und stochert mit der Nadel im Gips.

Walde schaut zum Fernseher: »Wo ist Schumi gelandet?«

»Zweiter, er hat ihn am Schluß ... net vorbeigelassen.« Wer wen behindert hat, läßt Klaus offen. Bei manchen Worten stockt er lange. »Ich hat' Karten ... aber ...«, er deutet auf sein Gipsbein.

Walde nickt: »Bist du sie noch losgeworden?«

»Weiß net ... der Meister wollt' gucken.«

»Was ist mit deinem Bein?«

»Ich krinn ... bald Gehgips ... un bei dir?«

»Rippen und Schulter«, Walde deutet auf die Verbände, die sich deutlich auf der rechten Seite unter dem Schlafanzug abzeichnen. »Und der Arm hat gehalten?« Walde deutet auf Klaus' verschrammten linken Arm.

»Dat war ... davor ... mit dem Mofa ... auf der ... Trepp'.«

»Auf welcher Treppe?«

»Och ... ist doch ... egal ... Trinken wir einen auf den ...

Schumi?« Klaus deutet auf seinen Biervorrat.

Walde setzt sich neben sein Bett und stößt mit Klaus an, der durch das Programm zappt. Später bleibt er an einer Nachrichtensendung hängen, die über das Rennen berichtet.

»Dat war die ... Entscheidung«, kommentiert Klaus eine Szene und nimmt einen tiefen Schluck aus der Flasche. Was er in den letzten Minuten an Worten herausgepreßt hat, ist ein Vielfaches dessen, was er in den letzten 24 Stunden gesprochen hat.

»Wat hörst du da?«

Walde hat zum Fernseher geschaut und versteht erst nicht, was Klaus meint.

»Da drüben ...«, sein Zimmerkollege deutet auf den Walkman.

»Ach so«, Walde steht auf und holt das Gerät. Er reicht Klaus den Kopfhörer mit der rechten Hand. Der Schmerz läßt ihn zurückzucken, und er wechselt den Kopfhörer in die linke.

»War net so ... wichtig«, sagt Klaus, der Waldes Schmerzen bemerkt hat.

Walde stellt den Walkman an, nachdem sich Klaus die Kopfhörer übergezogen hat.

»Soll ich lauter?«

Klaus nickt: »Die hab' ich auch, ist von ... *Fleetwood Mac*!«

Die Tür geht auf, und das Abendessen wird gebracht. Walde ißt am Tisch. Er hat es halbwegs raus, den Brotaufstrich mit der linken Hand zu schmieren. Klaus rührt sein Essen nicht an.

»Ich hann ganz viel Platten«, sagt er und zieht den Kopfhörer ab. »Paar tausend Stück, die krieg' ich von einem, der ... Musikboxen uffstellt.«

»Sind die nicht verkratzt?«

»Ich hab' die mal ... naß abgespielt, aber dat muß ich dann ... immer machen.«

»Kenn' ich, das Problem, ich hab' auch noch alle meine alten LP's, kann ja nicht alles neu auf CD kaufen!«

»Bei mir sinn et nur Singles.«

»Klar, die kommen ja aus Musikboxen.«

Am frühen Montagabend kommt Doris zu Besuch. Walde fährt mit ihr im Fahrstuhl zum Garten. Dort setzen sie sich auf eine Bank neben der Kapelle. Die tiefstehende Sonne steht auf der anderen Moselseite über der Mariensäule.

»Was ist mit Räumer?« fragt Walde.

»Wenn ich den Brief zurückziehe, verspricht er Ruhe.«

»Und?«

»Ich war letzten Montag in Hechts Kanzlei – er war nicht da.«

»Und?«

»Er ist die ganze Woche nicht im Büro gewesen. Elfie, seine Büroleiterin, hat mir erzählt, warum.« Doris seufzt. »Er ist übel zugerichtet worden. Elfie vermutet, daß Degenhardt einen seiner Schläger geschickt hat, als Rache für den Schlag mit dem Telefonhörer. Ich weiß es besser.«

»Das kann doch nicht wahr sein, wir leben doch nicht in einer Anarchie! Dann ist wohl auch nichts beim Notar angekommen?«

»Das ist anzunehmen.«

»Gehst du zu einem anderen Anwalt?«

Doris schüttelt den Kopf: »Nein, ich denke, wenn ich nichts gegen ihn unternehme, läßt Räumer mich in Ruhe.«

»Das ist ja unglaublich!«

»Jetzt erzähl' mal, wie es dir geht und was passiert ist?«

»Ich kann noch nicht lachen, ohne daß es weh tut, ansonsten geht's.«

»Und was ist mit deinem ... Fall?«

»Der liegt bei mir auf dem Zimmer.«

»Wie bitte?«

»Er ist ja nicht Hannibal Lecter.«

»Weiß er, daß du hinter ihm her warst?«

»Ich glaube nicht.«

»Wird er bewacht?«

»Nein, er ist nicht verhaftet, wir haben nichts gegen ihn in der Hand, außer einem Werkzeugkoffer, der zur Zeit im Labor ist.«

»Und wenn dabei nichts Belastendes herauskommt?«

»Dann versuchen wir es mit Gegenüberstellungen, mal sehen.« Walde hebt die Schulter und verzieht gleich darauf schmerzverzerrt das Gesicht. »Das war die falsche! Wie war's in der Basilika?«

»Gut, schönen Gruß soll ich dir von Robby bestellen. Jo und Marie sind in der Médoc.«

Der Lärm eines nur knapp hundert Meter entfernt landenden Hubschraubers unterbricht das Gespräch. Eine Bahre wird von drei Sanitätern, von denen einer eine Infusionsflasche hochhält, im Laufschritt in die Notaufnahme gerollt. Wahrscheinlich ist es dieselbe Tür, durch die Walde vor zehn Tagen hier ankam.

»Du bist mit ihm zusammen im gleichen Zimmer, und das kannst du ertragen?«

»Zuerst habe ich auch jemand anderen erwartet, zwar keine Bestie, aber doch ... ich weiß gar nicht, was ich erwartet habe. Ich wollte einfach in seiner Nähe sein, damit er hier nicht nachts durch die Gänge schleicht. Im Moment hat er einen Streckgips und kommt sowieso nicht aus dem Bett.«

»Der Unfall ist doch von der Polizei aufgenommen worden?«

»Ich werde einen Bericht nachreichen. Harry hält mir da noch eine Zeitlang den Rücken frei. Außer Harry weiß niemand im Präsidium, daß ich von Intensiv auf die normale Station verlegt wurde, sonst wäre schon längst eine Abordnung mit Blumenstrauß erschienen.«

»Wie hast du es geschafft, in dieses Zimmer zu kommen?«

»Das hat der Arzt gedeichselt, der mich zusammengeflickt hat.«

»Versprich, auf dich aufzupassen!« Doris sagt es, ohne Walde anzusehen.

Walde nickt, er hat auf einmal heftiges Herzklopfen: »Du auch.«

Ein eng umschlungenes Paar geht vorbei. Sie im langen Bademantel, er hat ein Handy auf's Ohr gedrückt.

Lange Zeit beobachten Walde und Doris schweigend, wie die Sonne untergeht und die Färbung des Himmels von zartem Rosa in Blau wechselt. Der nach dem Mähen in dünnen Streifen liegengebliebene Rasen duftet schwach.

Vor ungefähr 20 Jahren hat Walde so mit einem Mädchen auf einer Bank im Stadtpark gesessen und war keinen Deut weniger aufgeregt.

Walde schließt die Augen und tastet nach Doris' Hand. Er streicht mit den Fingerkuppen über ihren kleinen Finger und den Ringfinger. Als er ihren Daumen an seinem Handrücken spürt, weiß er zuerst nicht, ob er es sich nur einbildet. So leicht ist die Berührung. Dann dreht sie ihre Hand, und ihre Finger tasten sich gegenseitig ab.

Doris hält ebenfalls ihre Augen geschlossen. Waldes Finger streifen über den Ballen ihres Daumens, gleiten dann in ihre Handfläche und an den Fingern herunter, wobei er sie an den Seiten abtastet. Seine Berührungen lassen ihr einen Schauer über den Rücken laufen.

Walde kann nicht genug kriegen von dieser Hand. Er würde sie gerne an seine Lippen führen. Das Pochen in seiner Schulter sagt ihm unmißverständlich, daß das nicht möglich ist.

Jetzt erkundet Doris seine Hand. Die langen Finger sind weicher, als sie erwartet hat, die Nägel sind kurz geschnitten. Auf den Kuppen von Zeige- und Mittelfinger ist Hornhaut. Die Ader auf dem Handrücken teilt sich wie ein Ypsilon. Die Härchen sind so kurz, daß sie sie kaum mit Daumen und Zeigefinger zu fassen kriegt. Sie beugt sich darüber und hebt die Hand vorsichtig zu ihrem Mund.

Walde holt tief Luft. Der erwartete Schmerz bleibt aus. Er spürt ihre Lippen an den Mittelgelenken der Finger und dann ihre Zähne, wie sie an der Haut über den Gelenken knabbern. Dann fahren ihre Lippen über seinen Handrücken. Sie wendet den Kopf und streicht mit ihrer Wange an der Hand vorbei und läßt sie wieder vorsichtig herunter.

»Mußt du nicht zurück?« fragt sie.

Walde öffnet die Augen. Hinter den Fenstern an der großen Fassade des Krankenhauses brennt Licht.

»Ich weiß nicht«, er räuspert sich, »wie lange ich Ausgang habe.«

Vor dem Fahrstuhl im Parterre küssen sie sich. Doris wendet sich zum Gehen: »Besser, wir riskieren keine Tour mit dem Fahrstuhl, tschüß.«

»Kommst du bald wieder?« Walde sieht ihr nach.

Bevor ihre wippende Gestalt aus seinem Sichtfeld verschwindet, dreht sie sich um und nickt ihm lächelnd zu.

Klaus schaut Walde gequält an. Erst im Zimmer wird Walde klar, warum. Klaus hat einen Topf unter sich.

»Sorry, ich gehe nochmal raus«, sagt er und dreht sich um.

Walde wartet im Gang. Nachdem eine Schwester im Zimmer war, geht er wieder hinein.

»Alles in Ordnung?«

»Nee, die machen mir ... morgen nen ... Einlauf.«

»Verstopfung?«

Klaus nickt.

Beim Ausziehen schmerzen Wunde und Rippen. Er legt eine Kassette in den Walkman und bringt ihn zu Klaus rüber: »Hör dir das mal an, eine alte *Supertramp*!«

Klaus nimmt den Kopfhörer, ohne seine mißmutige Miene zu verlieren. Er öffnet seinen Nachtschrank und tauscht eine leere Bierflasche gegen eine neue. Seit gestern hat er gut ein Dutzend Flaschen geleert.

»Du hast ja mächtig Durst!« bemerkt Walde.

»Iss von der Arbeit ... vom Backen.«

»Bist du Bäcker?«

Klaus nickt: »Und ... du?«

»Polizist«, fast hätte Walde „Bulle" gesagt. »Was hat das Saufen, ich meine der Durst, mit der Arbeit zu tun?«

»Über 40 Grad am Ofen ... dat gibt Durst.«

Walde hat den Eindruck, daß Klaus heute mehr als sein normales Pensum getrunken hat, und vermeint, neben dem stockenden Sprechen auch ein leichtes Lallen zu hören.

»Bier bei der Arbeit?«

»Iss normal.« Klaus nimmt eine weitere Flasche aus dem Schränkchen und reicht sie Walde rüber: »Was machste bei den ... Bullen?«

»Morde.« Walde beobachtet Klaus, der keine Miene verzieht.

»Prost!« Sie stoßen an.

»Ich wollt' net weit weg«, sagt Klaus. »Da sinn ich bei uns zum Bäcker.«

Walde schweigt.

»Als ich dat erste Mal zur Berufsschul mußt' ... da hat et ... angefangen?«

Walde ist hellwach: »Was?«

»Ich wollt' en Fahrkart kaufen und hab' ... kein Wort mehr ... rausgekriegt.«

»Und dann?«

Klaus zuckt mit den Schultern.

»Bist du denn noch zur Schule gegangen?«

Klaus winkt ab.

»Ich dachte, du bist Bäckergeselle?« wundert sich Walde.

»Ich back' ja auch.«

»Aber du warst nie in der Berufsschule?«

»Nee, ich kann aber trotzdem ... gut schaffen.«

Walde wagt sich noch einen Schritt weiter vor: »Bist du verheiratet?«

»Nee.«

»Hast du eine Freundin?«

»Nee, und du?«

»Äh, das weiß ich nicht so genau.«

»Und die ... von eben, die ... Hex'?«

Walde holt tief Luft und schweigt. Er trinkt die Flasche aus und geht zu seinem Bett zurück.

Kurz nach sechs Uhr denkt Walde darüber nach, welchen Einfluß das frühe Wecken auf seine Genesung haben soll.

Er hat zum ersten Mal seit über einer Woche erzwungener Rückenlage auf der Seite geschlafen. Als das Frühstückstablett abgeräumt ist, döst er wieder ein. Eine glutäugige Schwesternschülerin mißt ihm den Blutdruck. Walde öffnet nur kurz ein Auge. Sieht sie wirklich so gut aus, oder setzt das Krankenhaus Hormone frei, die zur Fortpflanzung aufrufen, bevor es zu Ende geht? Er träumt von Sonne und Strand. Ein Mädchen zählt: »Un, dos, tres ...«

Er schlägt die Augen auf. Zwei elfenartige Wesen lächeln ihn von beiden Seiten des Bettes an und zapfen Blut aus Waldes Finger und Armbeuge. Danach darf er wieder zurück an den Strand! Der Sand ist warm und weich. Ein dicker Mann wird von Kindern in Richtung Wasser gezogen. »Sonst platzt du noch!« rufen sie. Er wehrt sich heftig und ist nur noch wenige Meter vom Meer entfernt. Sie haben ihn an Armen und Beinen gepackt. Sein Kopf schleift über den Boden. »Nein«, ruft er. »Et geht ... net!« Die Stimme gehört Klaus. Ein Krankenpfleger versucht, ihm eine Bettpfanne unterzuschieben.

Schlaftrunken zieht sich Walde einen Bademantel über: »Ich geh' so lange raus.«

Auf Waldes Nachtschrank läutet das Telefon.

»Hallo Stefan, wie ist die Lage?«

»Wo steckst du?«

»Kannst du rauskommen?«

»Woraus?«

»Aus deinem Zimmer.«

Harry wartet draußen auf dem Gang.

»Sieht ganz danach aus, daß wir hier den Richtigen haben«, Harry deutet hinter sich auf die Tür. »Gabi hat bereits mehrere Zeugen, die ihn anhand des Paßfotos klar identifiziert haben. Das grenzt an ein Wunder, daß nicht mehr passiert ist. Der wurde offenbar jahrelang nicht angezeigt, weil die Leute ihn als Spinner eingestuft haben, als harmlosen Exhibitionisten. Ich war mit Grabbe bei seinem Chef. Der ist aus allen Wolken gefallen. Klaus wäre seit über 20 Jahren in seinem Betrieb und stets fleißig und auch den Kollegen gegenüber hilfsbereit. Er würde sich nur für Motorsport interessieren.«

»Das habe ich schon mitgekriegt«, unterbricht Walde.

»Obwohl er nie einen Führerschein besessen hat ... Übrigens wollte er mit seinem Chef am letzten Wochenende nach Hockenheim zum Rennen.«

»Da warst du doch auch?«

»Das hat gleich das Eis zwischen seinem Chef und mir gebrochen. Deshalb konnte ich nachher auch ein paar intimere Fragen stellen. Außer zu Hause hat Klaus mit Frauen keinen Kontakt. Sein Chef war mit ihm sogar mal im Puff, aber das muß ziemlich schiefgelaufen sein.«

»Was sagt das Labor zum Werkzeug?« fragt Walde.

»Fehlanzeige.«

»Und die Nadel?«

»Welche Nadel?« Harry stutzt.

»Eine zirka 20 Zentimeter lange Stricknadel mit Holzgriff.«

»In den Mofataschen war keine Nadel. Und in den Kleidern, die er beim Unfall getragen hat, auch nicht. Es sei denn ...«, überlegt Harry, »er hat sie im Krankenbett versteckt. Das haben wir nicht gefilzt.«

Am Nachmittag kommt eine der älteren Frauen vom Vortag zu Besuch. Nach dem gewohnten Ritual des Austauschs voller gegen leere Flaschen und dem vergeblichen

Versuch, mitgebrachte Speisen an den Mann zu bringen, sagt sie: »Die Tanten sind im Garten. Die Kartoffeln müssen raus. Schönen Gruß auch von der Oma!«

Damit erlischt die Konversation. In Klaus' Fernseher läuft ein Bericht über ein amerikanisches Autorennen.

Die Frau wird unruhig. Nervös zupft sie am Bettzeug. Sie steht langsam auf und geht zum Fenster, wobei sie zu Walde schaut, der ein Lächeln versucht: »Sie hätten ihr Strickzeug mitbringen sollen!«

Die Frau lächelt zurück: »Ja, ich brauche immer was zu tun, das Rumsitzen ist nicht meins.«

»Ihr Sohn braucht' die Stricknadel im Moment wohl nötiger?«

»Welche Stricknadel?«

»Die zum Kratzen.«

Sie schaut Walde verständnislos an.

»Ich dachte, sie hätten sie mitgebracht ...«

»Ach, die meinen sie. Das ist keine Stricknadel. Die braucht der Klaus, um zu prüfen, ob der Teig durch ist. Wenn was daran hängen bleibt, muß er noch im Ofen bleiben.«

Walde nickt, ohne ganz durchzublicken.

Die Mutter schaut aus dem Fenster: »Vielleicht hat das alles auch was Gutes, und er gewöhnt sich das Rauchen ab.«

Beim morgendlichen Dösen wird Walde durch das an den Türrahmen anstoßende Krankenbett geweckt. Es wird ins Zimmer geschoben und an die Tür gestellt. Klaus ist nicht da. Minuten später kommt er an Krücken ins Zimmer gehumpelt und wehrt die Hilfe des begleitenden Krankenpflegers ab: »Ich kann das, ich hatt' schon mal einen ...

Unfall.«

Während Klaus sich anzieht, packt der Pfleger dessen Sachen in eine Tasche.

»Tschöh dann, ich geh' ... heim«, sagt Klaus und humpelt hinter dem Pfleger aus dem Zimmer.

Walde ist perplex und nuschelt: »Alles Gute!«

Sobald er allein im Zimmer ist, versucht er, Harry im Präsidium anzurufen. Besetzt! Er versucht es noch einmal. Immer noch besetzt! Gabi Wagner ist da.

»Hallo, hier ist Walde, es ist ganz dringend! Harry und Grabbe sollen sofort nach Ruwer fahren. Er ist gerade entlassen worden und wahrscheinlich gleich mit dem Taxi unterwegs. Am besten fangen Sie ihn noch vor der Wohnung ab.«

Seine Schulter schmerzt heftig. Er war unvorsichtig beim Ankleiden. Auf dem Krankenhausgang bemüht er sich, nicht zu laufen. Vor dem Haus besteigt Walde eines der wartenden Taxis. Nach wenigen Metern fährt der Wagen an der Porta Nigra vorbei. Walde hat das Wahrzeichen der Stadt so lange nicht mehr gesehen, daß es ihm vorkommt, als käme er von einer Urlaubsreise zurück.

Im Treppenhaus des Präsidiums muß Walde nach drei Stockwerken eine Verschnaufpause einlegen. Gabi schaut ebenso erstaunt wie vorhin die Kollegen an der Pforte.

»Ich bin nicht von den Toten auferstanden.«

»Ich dachte, du liegst auf Intensiv an einer Herz-Lungen-Maschine!«

»Ganz so schlimm war es auch wieder nicht«, beschwichtigt Walde. »Wer hat denn das erzählt?«

»Rat' mal.«

»Da gibt es nicht viel Auswahl. Harry übertreibt nur

bei Geschwindigkeiten ...«

»... vielleicht habe ich es auch falsch verstanden. Grabbe hat sich jedenfalls mächtig ins Zeug gelegt und einiges über den Bäcker herausgefunden. Was wir haben, müßte für einen Haftbefehl reichen.«

»Wir brauchen eine Gegenüberstellung, ein paar Leute zur Unterstützung und ... und vielleicht einen Arzt ...«

»... also das große Gedeck. Hab' ich mir schon gedacht. Dann müssen wir – genauer gesagt ich – mit Stiermann reden«, seufzt Gabi. »Schließlich ist meine Abteilung betroffen, und du bist unfähig«, sie grinst Walde an. »Ich meine dienstunfähig. Hier steht alles drin, was wir seit dem Unfall rausgekriegt haben.« Sie zeigt auf eine Mappe.

Walde schlägt sie auf, während Gabi drei Zahlen ins Telefon tippt: »Wagner, Herr Stiermann ...« Gabi hört eine Zeitlang zu. »Ja, ziemlich dringend, nur eine Minute ... ich kann sofort ... okay.« Sie legt auf. »Er kommt rauf.«

Polizeipräsident Walter "Seekuh" Stiermann kommt mit Schwung ins Zimmer: »Habe ein sehr angenehmes Meeting unterbrochen, das Geld vom Raub im Konstantinparkhaus ist gerade von den Luxemburger Kollegen gebracht worden. Round about die gesamte Beute. Der anonyme Brief hat die genaue Location beschrieben. Jetzt werden wir die Briefmarke einer DNS-Prüfung unterziehen, vielleicht kriegen wir den Kerl damit. Gleich besucht mich der Überfallene, der weiß noch nichts von seinem Glück«, Stiermann grinst Gabi an. »Anschließend kommt die Presse. Was liegt bei Ihnen an?«

Jetzt registriert er auch Waldes Anwesenheit: »Oh, Sie kommen uns schon wieder besuchen, Herr Bock?«

Walde streckt ihm die linke Hand entgegen, kann aber nicht verhindern, daß Stiermann ihm einen Begrüßungsschlag auf die rechte Schulter verpaßt.

Walde zuckt zusammen und Stiermann ruft: »Sorry, jetzt fällt mir ein, an wen Sie mich erinnern! An einen Footballspieler, aber nur einen halben, so wie Sie gepolstert sind.«

Waldes Schulter schmerzt so sehr, daß ihm augenblicklich der Schweiß ausbricht.

»Worum geht es, Frau Wagner?« fragt Stiermann.

»Wir brauchen drei bis vier zusätzliche Leute.«

»Wann?«

»Heute, jetzt.«

»Deadline?«

»Ich denke, heute abend.«

»Wofür der Aufwand?«

»Der Mann wird gerade verhaftet – Spielplätze.«

Stiermann nickt und setzt eine wissende Miene auf: »Haben Sie ein Briefing?«

Gabi schüttelt den Kopf: »War keine Zeit für.«

»Geben Sie mir dann ein Feedback.« Beim Hinausgehen zeigt er Walde einen nach oben gerichteten Daumen.

»Ich frage mich, wo er seinen Sheriff-Stern trägt«, überlegt Walde.

Ohne anzuklopfen kommt Harry ins Zimmer: »Er ist nebenan. Grabbe bewacht ihn.«

»Hoffentlich nicht mit gezogener Pistole«, stöhnt Walde.

»Nein, aber er hat ihm im Auto Handschellen verpaßt. Nur hätten wir ihn dann ins Präsidium tragen müssen. Handschellen und Krücken, das funktioniert irgendwie nicht.«

»Habt ihr die Nadel?«

Harry nickt und legt einen durchsichtigen Beutel auf den Tisch.

Gabi nimmt die Akte, in der Walde gelesen hat, vom Tisch und reicht sie Harry. »Wir brauchen die Zeugen zur Gegenüberstellung.«

»Die sind jetzt bei der Arbeit, in der Schule oder sonstwo.«

»Ihr kriegt vier Mann Verstärkung.«

Klaus sitzt mit verschränkten Armen am Tisch und starrt auf den Rekorder. Gabi sitzt ihm gegenüber.

Walde schiebt Klaus einen Stuhl hin, auf den er sein Gipsbein legt. Klaus zeigt keine Überraschung, ihn hier anzutreffen.

Gabi schaut den Verdächtigen prüfend an: »Wie fühlen Sie sich?«

Klaus zuckt mit den Schultern.

»Sie haben das Recht, die Aussage zu verweigern. Alles was Sie sagen, kann vor Gericht gegen Sie verwendet werden. Haben Sie verstanden? Kann ich Ihnen ein paar Fragen stellen?«

Klaus nickt.

»Können Sie mir laut antworten?«

»Mmh ... kann ich.«

»Wissen Sie, warum wir Sie hierhergebracht haben?«

Klaus schüttelt den Kopf.

»Können Sie es bitte laut sagen?« wiederholt Gabi.

»Was?«

»Die Antwort auf meine Frage. Wissen Sie, warum Sie hier sind?«

»Nein.«

»Dann sage ich es Ihnen. Sie stehen unter Verdacht, sich

Kindern unsittlich genähert zu haben.«

Klaus zeigt keine Reaktion.

»Wir haben Zeugen, die Sie identifizieren werden. Warum waren Sie auf den Spielplätzen?«

»Ich bin rum ... gefahren.«

»Warum?«

»Ich wollt' net ... daheim bleiben.«

»Warum nicht?«

»Wegen der Hexen.«

»Welcher Hexen?«

»Der ... zuhaus'.«

Gabi wirft Walde einen kurzen Blick zu.

»Haben die Ihnen was getan?«

»Sie lassen mich ... net in Ruh'.«

»Und dann fahren Sie weg. Wohin?«

»In den ... Wald«, Klaus zuckt mit den Schultern. Mit der flachen rechten Hand streicht er nervös auf dem Tisch hin und her.

»Und auf Spielplätze?«

»Mmh, manchmal.«

»Was machen Sie da?«

Klaus antwortet nicht.

»Wollen Sie was trinken, einen Kaffee?« fragt Gabi.

»Ein ... Bier wär' mir ... lieber.«

»Ich hole Kaffee«, sie nickt Walde zu und steht auf.

Als sie raus ist, fragt Klaus: »Was will die ... Hex'?«

»Das ist keine Hexe, sie will wissen, was du gemacht hast.«

»War das denn ... schlimm?«

»Wart' mal, bis der Kaffee kommt, dann reden wir weiter.«

»Die Hex' soll den Mund ... halten.«

Walde nickt.

Gabi kommt zurück und stellt drei Becher mit schwarzem Kaffee auf den Tisch. Walde holt Zucker und Löffel aus dem Schreibtisch: »Klaus will, daß ich weiterrede.«

Gabi deutet mit einer Handbewegung ihr Einverständnis an.

Walde fährt fort: »Du warst im Wald und auf Spielplätzen.«

»Mmh.«

»Und hattest auch mit Kindern Kontakt?«

»Mmh.«

»Und du hast auch schon mal bei den Kindern die Hose runtergezogen?«

»Die Maria war mein' ... Freundin.«

»Wer ist die Maria, wo wohnt sie?«

»Drüben.«

»Auf der anderen Moselseite?«

Klaus nickt: »Mmh.«

»Wie heißt die Maria mit Nachnamen?«

Klaus schüttelt den Kopf: »Die war kein' .. Hex. Und auch nit die Nicole.«

Bei dem Namen stockt Waldes Atem. Er schaut kurz zu Gabi. Sie hat sich aufgerichtet.

»Klaus, weißt du denn, wie die Nicole mit Nachnamen heißt?«

»Nä.«

»Wohnt die auch drüben?«

»Mmh.«

»Was war denn mit der Nicole?«

Klaus stützt mit beiden Armen den Kopf und antwortet nicht.

»Dann müssen wir eben die Nicole fragen.«

Klaus läßt seinen Kopf nach vorne sinken: »Aber die ist ... doch ... die ist doch ... tot ... oder?«

Walde wartet ein wenig: »Warum ist sie tot?«

Klaus' Kopf sinkt auf die Tischplatte. Er spricht sehr leise: »Wir waren ... zusammen. Es kamen Leut', und da hab' ich ... einen ... Stein geholt ... und draufgeschlagen.«

In den nächsten Sekunden hört man nur das leise Summen des Rekorders.

»Wohin hast du geschlagen?«

»Hierhin.« Klaus weist auf seine Schläfe.

»Du hast ihr den Stein auf den Kopf geschlagen?«

»Mhm.«

Waldes Stimme gewinnt wieder an Festigkeit: »Und gestochen hast du sie auch?« Er legt die Nadel auf den Tisch.

Klaus starrt die Nadel an: »Davon war sie net ... gestorben. Das hab' ich dann auch ... net mehr gemacht. Auch nicht bei der ... Maria. Da iss auch keiner ... gekommen.«

»Wie lange ist das her, mit der Nicole?«

»Ganz lang«, Klaus weint, »und mit der ... Maria auch. Fast hätt' ich wieder ne ... Freundin gehabt.«

»Wann war das?«

»Ist noch net lang' ... her.«

Walde kontrolliert das Band. Es zeichnet auf. Gabi macht Notizen. Walde wird übel.

»Ich muß mal raus«, sagt er. Im Gang öffnet er ein Fenster. Gabi kommt nach: »Du gehörst zurück ins Krankenhaus!«

»Hast du Klaus allein gelassen?«

»Nein, Grabbe ist bei ihm.«

»Weißt du etwas von dieser Maria?«

»Nein, da muß ich nachher mal in den Akten nachschauen. Ich glaube, wir brauchen hier einen Psychiater. Er macht keinen zurechnungsfähigen Eindruck.«

Eine Stunde später ist Klaus von mehreren Zeugen identifiziert worden. Darunter ist auch der Junge, der verhinderte, daß vor wenigen Wochen seine Schwester vom Föhrener Spielplatz weggelockt wurde.

Später bekommt Stiermann Wind von der Sache, und Walde muß ihn mehrmals davon abhalten, ihm anerkennend auf die Schulter zu klopfen.

Am späten Nachmittag wird Klaus dem Haftrichter vorgeführt, der eine Unterbringung in der Psychiatrie anordnet. Walde begleitet Klaus' Überführung zur Psychiatrischen Klinik Andernach, wo er in einer geschlossenen Abteilung untergebracht werden soll.

Tasche und Krücken liegen zwischen Klaus und Walde auf dem Rücksitz.

»Ich sag' bei dir zuhause Bescheid, daß du in einem anderen Krankenhaus bist.«

Klaus nickt.

»Brauchst du was, sollen sie dir was mitbringen?«

»Wenn sie überhaupt ... kommen«, sagt Klaus fast flüsternd.

»Das glaub' ich schon«, versucht Walde ihn zu beruhigen.

In der Klinik erledigt Harry die Aufnahmeformalitäten. Ein Pfleger trägt Klaus' Tasche und begleitet ihn auf die Station. An der Tür dreht sich Klaus um und winkt. Walde hat das Gefühl, ein Kind in einem Waisenhaus abzugeben, für das keine Hoffnung auf Adoption oder Erwachsenwerden besteht. Er wird ihm seinen Walkman bringen.

Seine Wohnung muffelt. Walde hört den Anrufbeantworter ab. Eine Nachricht für Anna ist drauf. Er ruft im Krankenhaus an und entschuldigt sein Fernbleiben bei dem Arzt, der ihn operiert und die Zusammenlegung mit Klaus arrangiert hat. Am Schluß des Gesprächs verspricht er, am nächsten Tag wiederzukommen.

Walde hängt ein und ruft Doris an: »Was machst du?«

»Ich hab' gerade eine Postkarte von Marie und Jo in der Hand.«

»Darf ich zu dir kommen? Ich kann heute Nacht nicht alleine sein.«

herzlichen Dank an:

Birgit Weyand
Gabi Belker
Dr. Hans-Joachim Kann
Helmut Becker